清源学事小识

严加红 ◇ 著

民主与建设出版社
·北京·

图书在版编目（CIP）数据

清源学事小识 / 严加红著. —北京：民主与建设
出版社，2020.5

ISBN 978-7-5139-3010-9

Ⅰ. ①清… Ⅱ. ①严… Ⅲ. ①回忆录—中国—当代
Ⅳ. ①I251

中国版本图书馆CIP数据核字（2020）第059562号

清源学事小识

QINGYUAN XUESHI XIAOSHI

著　　者	严加红	
责任编辑	刘　芳	
封面设计	北京中尚图文化传播有限公司	
出版发行	民主与建设出版社有限责任公司	
电　　话	（010）59417747　59419778	
社　　址	北京市海淀区西三环中路10号望海楼E座7层	
邮　　编	100142	
印　　刷	河北盛世彩捷印刷有限公司	
版　　次	2020年5月第1版	
印　　次	2020年5月第1次印刷	
开　　本	710mm × 1000mm　1/16	
印　　张	19	
字　　数	202千字	
书　　号	ISBN 978-7-5139-3010-9	
定　　价	88.00元	

导　言

　　学术的生活需要一种闲适的心态，对人生、事业来讲也是如此。然而，这样的闲适并非纯粹的无事，而是在有限的生命旅途中探索无涯的学术星空，乃至不畏学术路途的艰辛、学术前程的渺茫——只要生命尚存纷杂的人世，学术的追寻就不会止息。

　　迈入扰攘的社会，总会存在一个适应的过程，这就是学事的发展。1997 年来到国家高级教育行政学院——现在改名为国家教育行政学院。二十余年来，学院获取巨大的发展，个人亦是如此——从懵懂的青年时期，迈过不惑的中年阶段，乃至知天命的时期。其间，在学院诸部门之间流转——其实仅仅包括杂志社、培训部和教研部，而且形成蜜蜂采蜜的"8 字形舞"，间或考入北京大学，攻读博士学位，以及前往日本东京学艺大学访学。其实，个人的职事仅限

于上述的过程。

勤奋恒守是一种品质，抑或是一种桎梏。因为对学事秉持上述的态度，就会忽视社会的繁杂勾心。在学与事之间，虽然职事的时间较多，但除了育儿之外，大多的余暇都是慷慨地给予学术的研究。作为学者而言，实在得益于无为而为的学事态度、淡然而为的社会态度、无所羁绊的生活态度，最终皆源于人生的彻悟与生命的觉醒，毕竟历经纯然发觉的人生过程，由此获取第二次生命的旅程。

学与事并非遥而相隔的，而是密不可分、相辅相成的。从目前学术研究的成果来讲，大致可以划分为如下部分：一是专业的发表或出版，集中在中国教育史学的研究领域，比如硕士和博士学位的研究论文，以及其他相关研究论文的发表和著述的出版，提出中国近代化研究的"中国主体观"模式，以及日本型文化、社会和教育理论；二是职事的发表或出版，集中在教育和培训的研究方面，纯粹是一种实用主义的发表或出版，包括一些合著、编著的出版，以及研究论文的发表；三是专业与职事的结合及其延伸，即学事的发表或出版，集中表现为理论研究与实践探索的结合，比如提出中国特色大教育系统思想理论。

著述命名为《清源学事小识》，主要存在如下考虑：首先，更多的学事时间是在位于北京市大兴区清源北路的国家教育行政学院中度过的，而在北大昌平园（学院早期暂驻地）的时间相对很有限，而且学术的发表与出版大多是在清源完成的，故而选取"清源"二字；其次，曾经的桐城乡贤方以智著述《物理小识》——明代中国"中西会通"思想的重要学术成果，因而选取"小识"二字，以示对桐城乡贤及其著述的致敬，同时至诚表达学习和继承桐城乡贤的谦卑品质。著述只是学事的杂录，划分为"清源学事丛录"和"清源学事丛稿"两卷："卷Ⅰ"下设"学艺察识录"（2008.10—2009.03）、"丽园稽古录"（2009.09—2010.01）、"清源职事录"（2009.05—2010.01）；"卷Ⅱ"下设综述、述评、设计、报告以及形式变革等五篇相关内容的研究论文，同时增添附卷"京师履印习稿"（包括妻儿的部分习作）——作为在京师求学、立业、成家和育儿的一种记录与忆念。

清源学事丛录

历史与现实

国家教育行政学院（简称"学院"）的建院过程具有一定的代表性，其历史的进路具有典型性的特征，充分反映出教育系统领导干部培训事业的发展过程，同时又是教育系统领导干部培训工作的时代写照，深刻体现出政策宣教和深层社会的背景、教育理念的变化以及教育改革的过程，凸显教育行政管理和学校教育管理的发展脉络，再现教育政策、教育行政和学校管理的关键节点，涉及宏观、中观和微观层面的具体内容，以及深藏于其背后社会和教育发展的某种规律，比如经济和文化管理机制特别是政治体制对教育事业发展的重要作用，甚至领导人物对文教政策和教育事业的深刻影响。因此，疏理学院发展的历程，有助于认识与了解中华人民共和国成立前后教育系统领导干部培训的发展变化、指导思想与政策实践，从而深化认知与理解教育行政管理和学校教育管理的改革发展，以及便于更好地做好今后教育（学校）的改革发展及其领导干部培训工作。

学院是政治与文教的复合体，是教育系统领导干部培训的院校，即具有教育系统行政管理机关和学校教育管理部门及其领导干部培训院校的双重角色，旨在传达文教的政策和领导的知识，开展教育系统行政领导和学校管理层面的理论与经验交流。因此，学院的研究具有重要的现实价值与社会意义，同时由此可以深入探讨学院今后的发展方向，比如深化到办学体制、课程设置、教学组织和培训模式等层面，从而可以进行前瞻性和发展性的探究，这对推进学院实现科学高效的组织管理目标，具有非常重要的社会实践价值，有助于提升学院的办学成效，以及推进学院的内涵发展。

培训与发展

个人的发展和社会的发展都是社会开放系统运行中的突出表现，教育处在社会开放系统运行之中，同时教育的本身亦是社会开放系统中的重要组成部分。教育系统领导干部的职责具有全局性和决策性的特征，教育改革发展的具体举措必须顾全大局、高屋建瓴，需要发挥教育行政管理决策和学校教育管理举措的创造性和科学性，做到整体与局部的统一，因此必须将教育系统领导干部培训置于社会开放系统中来加以认识与理解，其规模、形式、内容的设置等都应考虑社会和教育的整体与局部改革发展状况。

区域教育系统的运行需要处理好国家与区域之间的关系，处理好各部门之间的沟通协作，以及将区域教育纳入国家和区域的社会开放系统，将教育的发展与社会的发展紧密地结合起来，调动社会各方面的主动性与积极性，由此对教育进行积极有效的改革，转变单纯的应试教育模式，推进素质教育理念的贯彻落实，乃至发展到"学力社会"理念的阶段，以至于将教育的改革发展对国家的价值与意义贯彻到教育系统行政管理和学校教育管理的各层面，面向教育系统各级类学校的全体学生，培养学生的综合能力，乃至提升社会国民的综合能力。

学院的培训应该关注如下的方面：第一，教育系统领导干部的岗位管理工作具有复杂性的特征。管理的对象具有特殊性，即管理的学生是发展中的个体，具有先天发展的层次性和不平衡性。同时，管理的最终效益是学校学生和社会国民综合能力素质的普遍提升，具有长期性和潜在性的特征，而且只有当个人发展到一定的程度之时，管理的社会成效才能充分地呈现出来。另外，教育的管理与企业的管理存在明显的差异，不能将教育的管理简单地等同于企业的管理，教育的管理追求最大的是社会的效益，而不是经济的效益，但两者又存在紧密的联系——教育培养的人才最终要在工作的岗位上更好地为社会的发展服务，特别是教育教学的内容必须坚持科学学科和人文学科的紧密结合，培养具有一定世界观、人生观和价值观的高素质国民，同时传授科学技术发展的近况与趋势，继而推动经济、科技和社会的进一步发展。由上可见，若要处理好教育系统组织管理中的相关复杂问题，就必须将教育纳入经济、科技和社会等发展的整体（系统）布局角度考虑，必须将教育放到国民的全面发展角度考虑，必须将教育放到促进国家和民族的长远发展角度考虑，即要求教育系统领导干部将教育的发展置于社会、经济和科技等的整体（系统）发展中，进而考虑相关的问题与矛盾，从而妥善地处理和解决社会开放系统运行中的各种复杂关系，综合地考察教育在国家发展和民族振兴中的重要影响与作用。

第二，教育系统领导干部的知识与能力要求具有全面性的特征，需要充分地体现教育领导和管理的艺术，包括教育领导和管理的知识、教育领导和管理决策的能力、教育组织和指挥的能力，以及教育领导和管理方式选择的能力等。毕竟，教育系统领导干部主管区域教育行政和学校教育的管理事务，因而拥有丰富和扎实的教育理论功底，以及教育领导和管理的知识，显得非常重要。教育行政领导干部需要掌握教育领导和管理的知识，执行教育方针与政策、拟定区域教育发展规划、落实教育组织管理举措、加强教育预测管理等；学校领导干部则需要掌握教育领导和管理的知识，解决教育方针和政策贯彻落实中出现的各种矛盾与问题，在促进学生健康成长和学校整体发展等方面，具有重要的现实价值与社会意义。

第三，教育系统领导干部工作的社会影响具有现实性的特征。人是社会开放系统中的个体。马克思主义强调，人是一切社会关系的总和。教育系统领导干部的所职部门是社会开放系统中的重要环节，领导和管理的人、物、事都是社会开放系统中的一部分，教育领导和管理的决策同样是社会开放系统中的决策，其所要贯彻执行的教育方针与政策，以及具体实行的改革发展措施，亦与整个社会和教育事业及所属部门等各级开放系统存在紧密的关联，且会直接关涉整个国家、地域社会和教育事业，以及学校教职工和学生及其家庭的现实利益，因此在进行教育行政管理的决策以及实施学校教育管理的举措之时，需要在社会开放系统中权衡利弊，深入调查研究之后提出切合实际和相对合理的改革发展举措，从而促进国家、地域社会以及教育事业的持续发展。

学院需要鼓励学员充分利用机遇，深化对培训内容的理解与交流，而且通过内部设施和条件提供，促使学员端正培训学习风气、提升培训学习成效。学员抵达之后，组织召开全员大会，部署培训总体安排，介绍培训教学纲要、培训主体内容，同时要求尽速转变身份角色，且以教育部和学院的名义，提出培训学习具体要求：其一，珍惜培训学习机会，深化理解报告内容，撰写培训学习日记，思考相关理论、政策、实践的重点难点问题。其二，自觉加强沟通交游，互留电话、邮箱、微信和地址等信息，尽速相互熟悉，同时严禁在院外餐馆和娱乐场所请客聚欢，各班委和小班委积极组织院内文化娱乐和交流沟通活动，促使确立真诚、友善和互助的关系。其三，潜心参与培训学习环节，安排自由发表课程，加强重点难点问题探讨，进行友好和平等的辩驳，以现实的问题为中心，共同寻求解决的渠道，并且及时概括总结，形成书面材料、提出政策建议，作为教育行政和学校教育的管理决策参考。其四，提前调研地域和学校教育情况，撰成研究报告，重点探讨和评述某项决策，到院之后参与分班发表，分析政策得失，阐述相关看法，提交发表简报，送交培训部门登录，形成调研报告汇集。其五，积极参加体育锻炼活动，保持健康的身心状态，努力做到学有所成、习有所获，完成培训学习任务。其六，遵守培训规章制度，违反者记入个人档案。

培训课程需要考虑必修和选修方式，实现课程的多样化，比如设置讲义、报告、分修研讨、学员汇报、参观考察（见学）、技能培训等课程。专业课程（讲义）的主讲者为专家学者；报告课程的主讲者为行政官员；研讨课程的主讲者为学院内部教师；汇报课程的主讲者为学员代表。现场考察作为院外的课程；技能（岗位）课程则集中在技术层面，由学员代表或其他有经验者、学院专兼职教师和行政人员主讲或共同参与；体艺课程则包括体育、娱乐和文化等课程，可以在学员中找寻主讲的人选，亦可以在学院内外聘请人员担任主讲的教师。

专题报告至少需要采取三种形式：一是讲座式，即采取教员坐讲和辅助演示的形式；二是演讲式，即教员立式的演说，可以不要辅助的演示——利于教员发散思维，拓展情境思路，信马自由发挥，当然需要教员具有厚实的演讲功底，不然难以调控演讲的进程；三是讲话式，即采取"前两种"方式的结合，包括教员立式的演说以及辅助的演示。总之，专题报告的形式宜不拘一格、多途发展，而不应千篇一律，更不应全部采取讲座式——因为上述的做法不利于教员与学员之间的互动交流，以及学员思维发散。毕竟，讲座式不宜出现固格化，而应大力地改革发展。

研讨与规制

雄辩是西方传统教学中的重要方式，在西方国家广受重视，日本发表教学是西方雄辩方式的翻版。中国应该广泛采用上述具有社会实用价值的教学方式。学院培训亦应重视上述的教学方式，即需要适当规制培训教学中的研讨方式，逐步引导至规范层面，而非欠缺思想准备的泛泛而谈，即必须做到事前有预备、事后有总结，同时安排专家进行引导与交流。

日本中小学甚至幼稚园都关注学生表达和思维能力的训练。日本大学从本科甚至更早阶段开始，在讲义课程的基础上增添发表基础的课程，主要分为技巧传授和实际训练两大部分，由此培养学生准备和参与发表的能力，基本的环节包括文献研究的程度（成果与不足）、相关研究的问题及其深度学术思考，以及获取深化研究的结论。参与的学生则在发表时提出相关研究的问题，进行相互之间的雄辩。教师则同样是重要的参与者，在其中起到引导性的影响与作用，但不具有绝对的权威性，学生可以反驳教师提出的相关观点。通过课堂雄辩的过程，可以促使发表的学生深化对相关研究问题的认识，参与的学生亦可以分享其中的专业知识与学术智慧，以及获取处理和解决问题的相关策略与方法。

在攻读硕士（修士）和博士的阶段，日本的大学基本上采取分学部的发表教学方式，而且硕士阶段称为博士前期、博士阶段称为博士后期。在硕士和博士阶段，发表在课程教学设置中的比重明显地加大，指导教师大多围绕学生研究的相关选题，有选择性地安排发表，并且形成约定的规矩，即大学院（研究生院）相同或相近的选课学生（硕士生和博士生）尽量参加其他同学的发表。指导教师在招收外国留学生之前，可能尚会要求一至两年的预科学习经历，用以考察外国留学生专业知识的掌握程度，以及课程发表的能力素质。日本发表教学的基本步骤：指导教师统筹学生的研究选题，选定发表的相关专题，并且由参与的学生进行意见补充，修订好之后确定参与发表的相关选题；学生依据研究的相关选题，选择和准备发表的专题，确定发表的时间与地点；指导教师提供部分的文献资料，但大多由学生依据选题研究的相关内容，搜寻参考文献，进行研究性综述，提出研究问题，找到解决途径，撰成初步研究报告，准备专题发表；学生依照原先的约定，进行专题发表，发表之前应将研究提纲发给参与者，发表之后参与者提出相关疑问，发表的学生做出回答，由此进入学术雄辩的过程。当然，指导教师进行适当的引导和调控，从而保证论题的相对集中，并且适时做出解释，但学生对指导教师的相关观点亦可再行雄辩，提出异议的观点。同时，发表的学生记录和总结，完善发表的相关研究。在多次发表的基础上，发表的学生吸收参与者的相关观点，完备研究报告，撰成专业论文。硕士学习结束之时，指导教师评定论文研究的成绩，A 等即可推进博士阶段的学额报名，录取之后进入博士学习的阶段。非 A 等的学生则需要进入博士阶段学习的预备，有的则止步之后进入社会职场。博士学习的阶段同样采用发表教学的方式。应该特别注意：日本的大学在硕士和博士阶段的发表教学大多一起进行，且不分硕士和博士学习的课程，由此导致硕士学习的发表压力明显地较大，当然学生亦会收获较多。

日本学术组织召开研讨会之时，大多同样采用上述发表的方式，规模不一定较大，参与者是相关领域研究的专家学者和博士学生，即都是相关领域研究的专业人士，由此确保研讨会的学术交流性质，而非变相的形式主义学术会议。

日本盛行的发表方式在中国亦存在初级的呈现，即分班（组）研讨，但存在较大问题：综述的材料准备不足；专业的素养参差不齐；组织的程序杂乱（大多情况下没有主讲者）；雄辩的气氛不足（多碍于情面）；后续的总结深度不够。学院培训教学中的分班研讨方式显然相当不规范，因而需要构建规范研讨（专业攻防）课程，由此凸显雄辩形式与教研方法的特色，促使学员产生问题的意识，避免出现漫谈局面，从而改善分班（组）研讨的成效，达成培训教学预定目标。主要的程序：学员精心地预备发表的材料；其他的学员保留提问的权利；发表的学员拥有争辩的权利，即提出充分的理由，驳斥对方的观点，解决对方的疑问，或表达接受对方的观点；发表的学员理清研究思路，总结课程研讨收获。可以通过如下两种途经：学院内部教师分班（组）发表，然后学员研讨交流（专业攻防），提出相关研究的观点，展开研讨（雄辩）的过程；学员进行发表，但须在未达学院之前（即在工作的单位），就要做好前期的预备，到院之后进行相关研究的发表，并且与其他的学员展开相关的研讨（雄辩）。这就需要提前拟定发表的研究提纲，寄发预备的学员，同时进行有效的组织，才能做得更好。

规范研讨课程利于调动学员思维的积极性，从而通过集体力量寻获相关研究问题的解决和处理策略与方法，而且是学员的共同寻求，学院内部教师在上述过程中不具有权威性，即仅仅是参与者中的一员，由此充分地体现"真理面前人人平等"的精神，但需要发挥引导性的影响与作用，即展开分班（组）研讨之时，需要适时地提醒学员，以及促使发表者和参与者（学员）及时回归正题，由此深化相关研究问题的分析与讨论，从而最大限度地发挥课程教学效能，训练学员的思维和相关能力，达成最佳效果。具体来讲，培训前后需要做好系列安排：学员未到学院、邮寄通知之时，明确实施上述的课程，并且要求准备相关议题的研究报告，携带用于发表的研究材料，来院之后即参与规范研讨学习；以分班为单位，由分班的班长和副班长负责组织，并且做好文字纪录，发表者需要提交规范的研究通报，内容包括发表者的基本观点、参与者的雄辩观点、发表者的抗辩观点，以及发表者修订的研究结论，或提出的政策建议；由分班的班长和副班长收集课程学习通报材料，包括最初的研究材料和报告、课程教学的实施记录、课程学习通报材料，集中分类之后送交相关部门存档，评出优秀学习通报材料，作为评选优秀等级的重要依据，并且将评级情况列入评语并存档，作为学员培训学习成绩和职级职务升迁的重要参考。

由于国内规范研讨课程的安排稀少，大多没有相关的知识储备和经验基础，因而需要学院内部教师在研讨交流中进行有效的引导，这就需提高对学院内部教师的综合能力素质要求，由此就会推动学院内部教师岗位职责和能力素质的发展变化。学院培训可以尝试开办限定人数（20人左右）的研讨班（组），尝试设置规范研讨课程，借以激发学员参与研讨交流的热情，从而获取更好的培训教学成效——这不失为学院培训教学的方法创新。另外，可以尝试由学员总结研讨的内容，撰述相关培训学习简报；学院内部教师则集中备课，提高参与研讨交流的能力素质。学员预备发表的相关材料，提出疑惑的相关研究问题，并且阐述处理和解决的具体措施，其中需要提出创新建议，而非简单的材料堆积。

在学院培训教学过程中，尚应注意培养适宜规范研讨课程的主持人，而且上述课程可以弱化为发表的形式，介乎于研讨会和辩论会的形式之间，由此更好地实现学员相关观点的碰撞，其中应有主要的发言人，毕竟有的才能够放矢，但课程的主持人（或组织人）相当重要，学院可以引导规范研讨课程的主持人走上专业化发展的道路。同时，为了适应上述课程的教学特色，可以对学院报告厅的内部设施及其配置进行特别的规划与设计，从而促使更利于规范研讨课程教学的开展。

宣传与教师

学院具有期刊编辑的充要条件，而且社会的影响与作用相当强。因为前来学院培训的学员大多为教育系统的各级领导干部，平时在各地域和各单位都能起到相当重要的领导作用，具有较强的影响辐射能量。上述的人群前来学院，在培训教学过程中定会留存大量带有地域性（各单位）特色的教育实践材料，其中存在充分的实践分析和政策建言，可以作为经验交流与政策落实的重要参考，因此存在创办期刊、扩大宣传和档案留存的重要价值。

依据学院业务情况，可以划分为两大领域：一是高教的领域。目前学院存在两大高校领导干部培训项目，即高校领导干部进修班、高校中青年干部培训班，分别面向校级和院处级的高校领导干部。二是基教的领域。主要开设教育局局长培训班和基础教育改革动态班——前者面向基教系统的各级行政领导干部，后者则面向中小幼各级类学校的校长和骨干教师。针对上述两大类别，学院可以编辑两类期刊，专门编发学员文字材料。可以采取主题性和模块化的编辑设计：每期挑选合适的主题，进行采编和刊印，同时取消字数限制，坚决执行尊重文稿原则，即一旦采用（符合前设篇幅要求），除非存在字词或语句通病，编辑一般不做增删，篇幅适度地可长可短，每期稿件数量亦不限制。上述原则可以在学院期刊和资料编辑中获取充分的体现。

学院的性质决定内部教师的复合型特征：学院的性质介于行政机关与学术部门之间，学院的培训具有不同于高校工作任务和服务对象特点；学院的管理则隶属于教育系统的行政管理机关（教育部），由此决定学院具有教育行政机关的组织管理特点，因而就会对内部教师的行政层级心态产生现实的影响与作用；学院的职责可以定位在教育行政、项目组织和教学科研等方面，存在更强的服务性而非教学性特征；学院内部教师是介于教育行政和教学组织以及教学与科研之间的特殊群体，与学员之间又存在非差距性特征，以及学员具有高知识性和高层次性，由此就会提升教师综合能力素质和岗位工作职责的要求。

"仰望星空"来源于温家宝的诗句，即需要放宽视野和心胸，勇于将眼光投向无际的宇宙星空，由此知晓个体的存在诚为渺小，少点行政的"痞性"，多些闲逸的性情和人间的关怀，并且从世俗的社会中解脱出灵魂，塑造伟大的品性和宽厚的情怀，从而树立雄心壮志，慷慨为国分忧、无私为民奉献，努力做好岗位本职、奉献社会民众，最终守住人生的信念和生活的本义。由上可知，学院内部教师需要具有"仰望星空"的思想和精神境界，应该高位俯瞰学院的角落，奠定甘为人梯的志向，抛却人我的纷扰，志愿奉献美丽的人生——上述的思想和精神境界或许正是温家宝"仰望星空"诗句的内在本意。

申报与规划

学院的科研已经处在转折发展的关键时期，需要进行宏观战略思考，处理好各方面的关系。

第一，摒弃精英科研理念，确立大众和普及科研理念，即摒弃科研神圣的旧有观念，营造具有大众和普及特色的科研环境。教育已非象牙之塔，科研并非象牙之塔中的灯座。在提倡教育救国的时代，存在教育神圣的思想观念，其实当时亦遭各种批评。现今，教育神圣的思想观念已经成为陈迹，再没有人重提上述的过时之论，但科研规划中依然存在学术神圣的思想观念。其实，学术已经超越神圣的境地，而步入大众和普及的发展阶段。教育科研亦已超越单纯学科的范畴，而迈入"大社会"和"大教育"的发展环境。在教育趋于大众和普及发展的同时，教育科研亦要走向大众和普及发展，因此营造具有大众和普及特色的科研环境，就显得相当重要。在经费短缺的时代，习惯于奉行注重精英的科研规划和政策，但现今经济社会获得长足的发展，科研经费的提供已经摆脱特殊困难时期的短缺，虽然学院科研经费预算仍很有限。在上述的情形下，需要确立大众和普及科研理念，实施"大科研"发展规划，即超越注重少数精英科研的发展状况，而需要面向学院普通的大众，打造面向全院的"大科研"——科研规划在其中可以起到引导与规范的重要作用，同时可以借此进行科学的组织管理。

第二，摒弃注重制限科研模式，坚持规制科研与自主科研相结合的模式。在很长的一段时期，科研规划惯常地采取命题和制限的方式，由此打造具有战略性和迫切性的学术精品，并且倾注科研经费和社会资源，给予全力支持。上述的做法完全符合精英科研时代的特色。但在教育走向大众和普及发展时代，科研规划需要逐步地适应新时代的转型发展，需要从精英科研理念转变成大众和普及科研理念，以及从注重制限科研模式转变成坚持规制科研与自主科研相结合的模式，即在当前社会和学院发展环境中，更加需要在确保学术重点和科研特色的同时，提倡自由和宽松的发展环境，面向全院开展学术科研活动，表现为科研人员面向学院的全体，鼓励自主科研的活动，从而促使科研人员面向大众和普及发展。比如，行政部门教师的工艺、大厦工人研发的专利等，都可以纳入学院科研规划的范畴，即充分地体现"大科研"的思维模式。学院确立大众和普及科研理念之后，可以通过定期组织科研论坛的活动，搭建学院科研的交流平台，营造学术发展的环境。同时，通过开展成果评选的活动，构建科研评估和鼓励机制，既可以是在物质的层面，亦可以是在精神的层面，从而营造利于学院科研发展的环境与氛围。

第三，摒弃大额资助模式，实行小额鼓励模式。从学院科研经费资助状况来看，依然存在过于精英化的问题，其实需要更加大众和普及的发展，即需要确立大众和普及科研理念，坚持规制科研与自主科研相结合的模式，实施小额鼓励政策——上述的做法更加符合学院科研发展的需要，即学院科研经费资助模式可以采取"总额控制、面向全员、单项酌减、增大立项"的原则，设置规制科研和自主科研两大模式，即可以设置规制科研课题若干项、自主科研课题若干项，且规制科研可以再分重点、一般和专项课题，从而满足学院科研人员（全体）的需要。同时，上述小额鼓励政策尚具有另一重要的优势，即通过扩大科研经费资助的范围，让参与科研的普通大众都可以享有经费的资助，由此利于营造注重购书、读书和科研的学术氛围，以及不拘一格地培养和发现科研人才，形成"人人科研"和"人人成才"的学术发展局面。

博士论文撰述理念与历程的残存记录

翻检旧有的笔记，发现博士论文的原始稿本，深深体会到难得的历史感，虽然这种记录在心底沉淀已久。由于博士论文撰述过程中存在太多的感动，因此将其作为"稽古"录之首。当初，博士论文的选题并非现在的题目——"文化理解视野中的教育近代化研究——以清末游学游历为实证个案"，而是"清末中国学制厘定与明治日本的影响——以清末官绅赴日教育考察为中心"。上述的选题存在研究的必要，但最终聚焦于探究中西文化理解与教育近代化之间关系的问题，即教育文化学方面的研究。

在稽古过程中，最有感触的是笔记本扉页上书写的论文撰述理念。形成的时间标注为 2006 年 11 月 12 日，应该是论文尚未开题之时，因为选题的思路与完成的论文存在很大差异，应该是在确定选择中国近代教育领域之时。理念的内容值得记录，充分体现出当时

"志在必研"的心境。论文稿本共四册,每册设置"八字诀",形成目前所见的"三十二字箴言":"持之以恒,日新月异"(第一辑);"今日之事,今日毕之"(第二辑);"理与事具,思如潮涌"(第三辑);"始易终难,善始善终"(第四辑)。上述的文字具有"临阵击鼓"的意味,值得记录在案。翻检其中的具体内容,值得记录的寥寥,因为稿本都以活页的形式装订而成。论文的正本已经存档,但整理之后的残羹,依然存在稽古的必要,毕竟它是学术研究的历史记录。

第一,残本只是零散的记录,且不分章节的形式。内容包括:一是传教士随带的方式——这是清末中国出洋游学游历的一种形式,也是清末时期西方传教士的来华对中国教育近代化进程施加影响与作用的方面,以及清末中国出洋游历政策的提出——这里存在游历和游学分离的历史划分问题,涉及提出的社会背景和发展过程等内容。二是清末中国出洋游学游历政策的确立——涉及清末中国出洋游历与出洋游学分离之后相关政策确立的历史分析,以及清末中国游日政策的制订——现存的内容集中在康有为的《日本变政考》对明治维新的分析研究及其对"采西学"明治日本中介的推动。三是清末中国游日政策思想的生成(形成分析)——发现三个"存目":清末中国与幕末日本的形势因素分析(成因)、清末中国新政与明治日本维新的比较(政策),以及清末中国游日政策思想的形成(内容),同时记录实藤惠秀的《中国人留学日本史》中的部分内容,涉及清末中国首次派遣游学生赴日的起始时间(1896年),以及派遣的经过——"当年总理各国事务衙门同意驻日公使裕庚所请,通过考试选拔 13 名学生官派留学日本""日本政府采取积极鼓励的政策，日本外务大臣兼文部大臣西园寺公望将清末中国留日事宜交付高等师范学校校长嘉纳治五郎负责"。但从清末中国游日政策思想的最终确立角度而言，影响最大的当是张之洞和康有为。四是清末中国进士学员出洋游学的派遣——这是一段历史的记忆，存在政策变迁的过程，集中地体现清末中国出洋游学游历人员身份的变化，即不再是幼童赴美时从民间贫困的家庭中艰难寻找的状况，而是从低微人群向高层人群的过渡，甚至达到进士的级别，即最高传统知识人的程度；由传统科举向新式学堂过渡时的历史实况，传统的科举士人（包括进士）同样需要走进新式学堂，继续充电先进的"西学"知识，由此表明清末中国的社会已经进入近代化发展的重要阶段；由新式学堂向出洋游学的转变过程，充分地体现当时社会的思维逐步走向开放的发展过程——反映在教育领域，就是培养新式人才的方式，从传统科举转变为新式教育之后，已经发展到出洋游学游历的阶段。上述的方面充分地体现思维、政策和实践层面的全面进步。五是清末中国游学游历美欧政策思想的赓续——体现出清末中国出洋游学游历政策思想的变迁，即从最初的游美欧到游日浪潮，最终回归到游美欧的时代，同时表明清末中国出洋游学游历政策思想的日趋理性，以及政策内涵的深化发展。六是清末中国"新政"阶段划分的问题——存在清末中国"回銮新政"时期游日政策的条目，体现出对近代中国社会历史阶段划分的一些想法。当时想将近代中国的社会归结到"新政"的发展阶段，比如"洋务新政""戊戌新政"和"回銮新政"，即划分为三个"新政"的发展阶段——这种划分存在一定的道理。在"回銮新政"的阶段，清末中国政府出台多项出洋游学游历的政策，制订新式学堂的章程。通过"立章定制"，加强教育法制的建设，因而政策性特征在"回銮新政"阶段的出洋游学游历中表现得相当明显。七是清末中国梁启超"过渡时代"的提法——记述清末以降，"人群进化，级级相随"。19 世纪之后，清末中国进入"过渡时代"。上述的提法是对中国近代转型发展的一种表述，充分地表明中国社会逐步近代化的发展进程。在"过渡时代"，清末中国的新式教育进入崭新的发展阶段，政策性特征日趋明显，同时清末中国的出洋游学游历走向更加崭新的发展阶段。

第二，文献的信息及其来源。残本只有简单的两方面信息：一是 20 世纪初期清末中国出洋游学游历的历史情形；二是相关的参考文献。上述的信息反映出分析清末中国出洋游学游历政策变化的情况，具有典型的文献价值。

首先，残本的文献反映出 20 世纪初期清末中国出洋游学游历的崭新变化：一是"新学制"颁布之后，清末中国政府开始大规模地派遣游学游历人员分赴欧美各国，并且制订章程等政策性的文件，标志清末中国的出洋游学游历加速规制化的发展进程；二是清末中国政府作为官方开始注重参访西方各国的教育机构，委派皇亲和实力的大臣前往西方进行广泛的考察，标志清末中国新式学校教育的内容和形式存在范畴拓展的发展趋势；三是西方的各国开始主动表示接收清末中国的出洋游学游历人员，比如美国的大学表示免费接收清末中国的游学生——耶鲁大学、康乃尔大学和威尔士利女子学院等是较早向清末中国提供免费游学的教育机构，而且开创清末中国政府委派女子出洋游学生的先例；四是 20 世纪初期，清末中国出洋游学游历的对象国家已经由日本转向美欧的国家，游日浪潮出现消退的发展迹象。

其次，某些参考文献有助于之后对清末中国出洋游学游历的分析探究，文献的来源集中地体现在：一是中外教育交流方面的史料，比如卫道治主编的《中外教育交流史》，其中第 8–9 页陈述美国接收清末中国游学生的缘由；舒新城主编的《中国近代教育史资料》，下册第 1105 页收录詹姆斯撰述的《备忘录》，记述美国退还庚子赔款以及资助创办新式学校和赴美游学的相关政策思想——这对探究清华大学的创建史，以及清末中国出洋游学游历的政策思想转轨具有重要的价值，对 20 世纪以来中国社会政治和其他各方面的发展同样具有重要的影响与作用。二是"走向世界"方面的文献。钟叔河主编的《走向世界丛书》共分十卷，是有分量、研究性的文献资料。钟叔河在编辑上述丛书过程中，曾经为每位作者及其撰述作了非常具有研究质量的叙论，并且单独成册出版，名曰《走向世界丛书叙论集》，其中收录郭嵩焘撰述的《请广求谙通夷语人才折》，"叙论集"第 62 页谈道："通市二百余年，交兵议教又二十年，始终无一人通知夷情，熟习其语言文字者。窃以为今日御夷之窾要，莫切于是。"上述的文献对认识与理解清末中国近代化进程中对外开放的思路历程具有重要的价值。三是西方传教士在清末中国"西学东渐"中影响作用的材料。原始的文献很多，今人的研究文献亦不少。熊月之撰述的《西学东渐与清末社会》具有一定的代表性，其中第 606 页论及李提摩太的重要建议，即 1884 年建议清末中国政府派遣以宗王为首的使节团，前往西洋游学游历。其实，日本岩仓使节团就是重要的参照——岩仓使节团周游西洋列国，获取西方近代化中的有益信息，对日本近代社会的发展产生重要和积极的影响作用。四是日本人撰述的相关文献史料。以实藤惠秀最具代表性，其撰述的《中国人留学日本史》是探究清末中国"游日浪潮"重要的研究性文献，引用大量具有原始性价值的重要史料，其中第 8 页收录"中日对西洋文化的反应图表""中国和日本近代化比较表"，第 451 页收录"1896—1912 年中国留日学生人数表"（注：《中华开放史》第633 页同样存在"历年留日学生数"的表格），第 377 页收录"清国留学生取缔规则"，以及第 23 页和第 35 页存在游日浪潮的文献。上述的内容都是对近代中国和日本面对"西学东渐"所做出不同反应的直观性和客观性描述，可以作为中日近代化比较研究的重要参考资料。五是中国近代教育史料的归类与整理文献。在以陈学恂为代表的著名学者的共同参与下，完成"中国近代教育史资料汇编"的编辑工作，从卷帙浩繁的文献中收集与整理具有重要研究价值的文献资料，其中《留学教育》卷第 325 页、《学制演变》卷第 141 卷都存在游日的文献资料。当然，原始性史料的收集与整理文献尚很丰富。六是亚欧国家社会和文化等综合性的研究文献。主要有《亚洲史》《欧洲文化史》《全球通史》等著述，其中《亚洲史》第 409 页收录日本"五条誓文"的具体内容，《欧洲文化史》第 416 页收录关于人与公民权利的内容，《全球通史》第 298 页收录"世界工业场势变化（1840—1900）"，以及第 303 页收录"世界工业生产的上升表（1860—1913）"。诸多的研究性文献对亚欧乃至全世界各国的近代化都存在深入的描述，而且涉及社会、政治、经济和文化等诸多的领域，对认识和理解西方近代化的发展历程，以及西方国家开展对外扩张的发展历程，都具有重要的意义，同时可以对认识和理解中国近代化的发展历程具有重要的参考价值。从理性的角度来讲，对认识和理解中国社会和思维领域的对外开放历程亦具有重要的帮助，有助于在理性的层面深化对中国近代化的认识与理解，当然同时对清末中国出洋游学游历的政策思想产生深刻的影响作用。

第三，近代中国文教的理性总结与思考。近代中国文教的发展历程中存在诸多值得总结和思考的研究问题，其取向可以选择中国文教对外开放或转型发展的相关研究。从理性的角度来看，可以从思维层面分析与探究相关的问题，而中国文教对外开放思维发展历程是分析与探究的重要问题。结合清末中国出洋游学游历的政策思想，可以设置"近代中国文教对外开放思维发展研究——以清末出洋游学游历政策思想的演进为中心"的研究选题。

稽古过程中发现如下几句话："清末出洋游学游历政策思想的演进是近代中国中西学关系发展的重要侧面，是近代中国文教对外开放思维发展的缩影，对推进中国文教的近代化起到重要的影响作用。选题以清末出洋游学游历政策思想的演进为中心，探究中国文教对外开放思维发展的相关问题。"上述几句话可以看成对选题思想的简要诠释。

另外，发现"结束语"的部分内容应该是博士论文初稿完成之后撰述的几句话，后来在论文修订过程中将重点逐步转移到中西文化理解与教育近代化之间的关系方面，但如下几句话存在记录下来的必要：行文至此，虽然尚有千端万绪，但亦该到收笔结束的时候。虽然这一选题存在限定的终点（1911 年），但作为政策思想的本身，其演进从未止息。特别是在民国时期，留学教育呈现出多元化发展的局面，中国文教的发展模式亦逐步由清末时期模仿日本趋向模仿美欧的转变。与此同时，中国掀起新一轮留学美欧的热潮，其中庚款留学具有典型性的意义。

汇报东京访学的经历

东京访学于 2009 年 3 月 25 日结束，这应该是值得庆幸的事情。按照惯例，访学归国之后，需要在学期末的培训总结会上做访学汇报。于是，准备了一点材料。而整理书房时，发现最初的手稿。汇报的题目最初拟订为"回味东京游学经历，探讨培训研究问题——游日归来谈专业成长与岗位工作"。记得最终汇报的副标题有改动，变成"游日归来谈培训研究工作"，转向联系岗位工作谈访学的感受。最初的手稿划分为两部分，与最终的汇报材料没有太多区别，具体的内容亦变动不大。

第一部分，主要谈东京游学的经历。首先是三个阶段的划分，重点谈第三个阶段：第一阶段是以基础日本语的学习为主要，间以考察日本的文化教育和风俗民情；第二阶段是以获取北京大学的博士学位为主要，间以在东京学艺大学学习的专业课程；第三阶段是参与社会性和学术性的活动，完成课题论文，撰述总结报告。

上述的部分存在详细的阐述，内容包括与指导教师研议日本大学法人化改革的相关问题；继续推进札记的撰述；参与社会性和学术性活动，比如日本长野迎接北京奥运圣火的传递、全日本华人教授会的 2008 年年会、讨论中国民族区域自治制度及其相关政策的问题、原外交部部长李肇星赴日作有关中日关系的讲演会、日本文部省和东京学艺大学联合举办的"学校金融教育"研讨会（为此准备交流的材料，简要介绍中国少儿理财教育的情况）、旅日华人记者负责调查的"在日湖北女工受虐事件"研讨会（探讨提供必要的法律援助问题）。

随后尚有两项：按照东京学艺大学国际课的要求，撰述专题论文"旧制日本文部行政模式的发展及其特征分析——以大学教育职权配置与运行为中心"；撰述总结报告，划分为两部分："在日经历与游日感怀——东京访学总结报告"，以及"日本文化、社会和教育论议——基于中国的视角"，提出日本文化的"边缘—中心论"和"背逆论"，以及日本社会的"虚实共生论"和"泥潭论"，并且具体阐述日本教育由"学历社会"转向"学力社会"等相关的研究问题。

第二部分，结合访学的经历，主要谈学院培训的相关问题：一是"规范研讨"的相关问题，此来源于日本大学指导研究生的教学方法，即"发表教学法"——具有统筹、预备、参与、辩论、引导和提升等程序特征，有助于改善学院培训教学中分班（组）研讨的漫谈式问题；二是培训教材建设的相关问题，即当前的教材建设主要存在教科书和项目组织两大模式，而培训教材宜依项目组织的模式。因此，学院培训教材的建设需要与培训组织模式的发展与定型相联系。比如，编订"规范研讨"教材时，内容需要包括典型的研究材料、关键的研究问题、实施的研究步骤、研究过程的要求，以及研究成果的呈现方式，甚至部分范例的展示与分析。

中国社会接受西学的相关论述

翻检旧本，发现出国之前撰述的论文摘要，应该是完成博士论文之后留下的材料，主题是从西学输入与教育近代化之间的关系角度探究相关研究问题，即探讨中国社会对西学接受的发展过程及其特征，阐述教育近代化的相关研究问题。论文摘要的原文：集中以传统中国社会接受西学的心路历程为线索，探讨清末中国出洋游学游历政策思想的演进过程，揭示清末中国出洋游学游历政策思想的发展规律，阐释其社会影响与历史价值、近现代发展及其时代局限，以及对教育现代化的重要启示。为此目的，以"清末中国出洋游学游历政策思想演进的规律、评价和启示"为中心议题，集中分析与探讨清末中国出洋游学游历政策思想的演进过程及其成因；以柯文倡导的"中国中心观"为研究视角，结合运用开放社会系统理论、交互文化理解理论、文化现代化理论，从清末中国出洋游学游历政策思想演进的重要侧面，探讨中国社会和教育近代化的发展过程，并且以此设置分析与研究的基本结构；紧密结合研究目的、对象和结构特征，结合运用文本解读、历史诠释和比较分析等多种研究方法：站在历史发展的时间阈内，对文献的文本进行还原本来面目的解读；站在发展的空间阈内，对文献的文本进行符合现代特征的诠释，同时针对清末中国出洋游学游历政策思想演进的不同阶段特征，运用比较分析的方法进行深入探究。

研究创新：以清末中国出洋游学游历政策思想的演进为重要研究侧面，揭示中国社会和教育近代化进程中蕴藏的基本规律，即对外开放思维逻辑的发展规律、西学本土化的转移过程规律，以及传统性与现代性之间的互动规律；阐释清末中国出洋游学游历政策思想演进的社会影响与历史价值，集中体现在对制度变革、世界观念转变和社会观念变化等方面，从而导致清末中国的科举制度革废，形成对外开放的局面，促进社会和教育近代化的发展进程；从历史发展的视角对清末中国出洋游学游历政策思想的演进进行历史和现代的社会性——双重分析与探索，阐述其近现代的发展及其时代的局限，从而辩证和清晰地阐明所具有重要的发展意义与现代价值，集中体现在文教思想观念、理论思维形态、实践发展路径、制度化发展等方面；阐明对中国社会和教育现代化的重要启示，集中体现在慎重撷取传统思想观念，从战略的层面把握对外开放在中国文教事业发展的重要作用，加强中国文教发展与社会现代化之间的互动联系，以及在减少政策性失误的前提下，维持既有文教政策的执行效力，以及制订比较灵活、具有弹性和富有成效的政策配套措施，鼓励采取多种派遣的模式等方面。概括地来讲，从"大教育观"视角出发，将清末中国出洋游学游历政策思想的演进置于文化和社会的大背景中来探究，具有战略层面的考虑，同时通过阐述清末中国出洋游学游历政策思想演进的时代局限与历史价值，揭示中国社会和教育近代化的基本规律，从而促进中国社会和教育现代化的发展进程。

上述的提法充分反映出博士论文撰述时的心路历程。虽然成文之后经过多次修订，论文的摘要已经出现很大的变化，但最初的想法依然具有思维逻辑的原本特点，可以映射出博士论文撰述思维的发展变化轨迹。

北大导师对博士论文指导的片段辑要

2003 年开始，在北京大学攻读博士学位——这段经历日久弥念。翻检陈旧的资料，发现一份北大导师阎凤桥教授指导博士论文的面谈材料。材料在之前有过总结，主要按照导师的要求，提交导师审阅，但现在已经难以查找整理的材料。面谈的内容具有研究指导上的价值和意义。阎凤桥教授强调：在理论创新的方面，需要提炼出2-3 条拓展性的创新点，需要具有独特的价值；在文献评述的方面，文献分析是选题研究的出发点，要对学界的研究成果进行全面的梳理，指出成绩以及不足，包括遗漏的相关问题，同时文献分析是探寻创新点的体现，而创新点就蕴藏在文献分析之中；在研究内容的方面，主要探究"中西文化理解"与教育近代化之间的关系问题，因而需要探讨"中体西用"等思想理论，但这涉及哲学和文教层面的意义，如何将"两者"的关系阐述清楚，是要解决的重要问题，同时需要分析实践形态与思想理论之间的关联性、研究范畴拓展的合理性，以及需要防止问题研究范畴的泛化，故而需要进行必要的收缩，从而增强论证的逻辑性；在历史研究的方面，历史研究与其他研究存在共通性，但同时存在相互区别的个性特征。从共通的方面来讲，就是都存在选题和方法等方面的创新，而历史研究更强调收集与分析资料，而且资料的分析需要具有新意，即在资料的占有上要有创新性，需要通过占有的史料来说服其他人，阐明研究的价值、研究的可行性，以及研究的意义。

观看影片《邓稼先》有感

中央电视台的电影频道播映纪录影片《邓稼先》——这位乡邻是值得骄傲的人物。但对他的了解其实比较迟。高中时，知晓"桐城派"文学、左忠毅公逸事、五尺巷故事，以及遇上校友外交部原部长黄镇参访桐城中学的事情。当年站在教室的楼台，鼓掌欢迎黄镇部长的到访，心中涌现无限的崇敬。大学之后，常到图书馆阅读，逐渐知晓家乡附近的名人及其故事，黄梅戏表演艺术家严凤英、著名篆刻家和书法家邓石如等。而邓石如正是"两弹元勋"邓稼先的先辈，而且从住家可以远眺邓石如的墓地。邓稼先辞世之后，邓石如的墓地重新修葺，现在松柏苍翠、青石铺地，已然成为凭吊和旅游的景点，墓前矗立启功挥毫的碑石。不幸的是，墓地遭到盗墓者的光顾，听说掘洞而入，为了搜寻书法或篆刻作品。邓石如的故地现在建有"铁观音房"，建筑恢宏壮观。了解邓石如，是从阅读邓稼先事迹类图书开始的，之前对邓石如的墓地及其故居并没有过多的关注。在大学的时期，通过阅读相关的课外书籍，从而知晓邓稼先的事迹。随后每次回乡，都会远眺住家对面的邓石如墓地，以及周边的苍松和翠柏，追怀"两弹元勋"邓稼先的历史功绩。每次经过墓地的附近，都会绕道过去瞻仰，缅怀才艺卓著的书法家和篆刻家——邓石如。

电影以邓稼先接受任命，远赴西部边疆开展原子弹的理论设计为开篇，描述新中国建立的初期，有抱负的知识分子为了国家的神圣使命，鲜明地表现出不怕牺牲和勇挑重担的无畏精神。影片采用对照的手法，将邓稼先和杨振宁两位著名的科学家进行对照。影片通过杨振宁在美国收听中国原子弹爆炸成功的新闻开始，而此时的杨振宁已经具有较高的学术声望。原子弹和氢弹研制的成功极大地提升国家的国际地位，促使新中国步入核大国的行列，并且加速新中国替代台湾地区的国民党政权而获取联合国的合法席位。国际地位的获取并非光靠说说就行，而是需要硬实力。而新中国制造出原子弹和氢弹，就是硬实力最佳的呈现方式。邓稼先领导原子弹和氢弹制造的理论设计工作。理论研究具有基础性的重要地位，而且是不仅仅依靠实践就能完成的工作任务。反观现在，行政的官员注重实践工作而轻视理论研究，已经屡见不鲜，更有甚者重视文娱工作，惯做面子和政绩工程，追求短期的效益，迫切地需要采取措施，制止上述思想和行为的蔓延。其实，新中国原子弹和氢弹的研制过程清楚地表明，理论研究处在工程和项目中绝对重要的地位。

影片的细节描写鲜明，具有强烈的震撼力。譬如，邓稼先前往捡拾原子弹构件的碎片，突出地体现出困难之境中敢于担当、勇于牺牲、死而后已的大无畏精神。邓稼先前往爆心和人民英雄纪念碑的细节描述，牵动心弦、感人肺腑。而病榻上邓稼先强忍剧痛，由于敏教授执录"推进核武器研究的建议书"，充分地体现出邓稼先的远见卓识，以及对国际社会的敏锐洞察，呈现出科技战线上领导者的大将风度和气质，值得现在很多的领导者深思与感悟。口述建议书之时，尚把中国核武器研究的任务托付给于敏教授，充分地体现出邓稼先的事业心和爱国心，具有细节刻画的意蕴，让人感动泪流。而邓稼先在人民英雄纪念碑前与助手的对话，则充分地体现出老科学家殷殷的爱国情怀，对自己难以实现梦想所存在遗憾的感受，以及对自己生命行将终结的预感与眷念。

时代造就英雄，英雄引领时代。正是前辈中存在邓稼先这样勇于牺牲的人物，新中国才能在国际的孤立中昂首向前，历经劫波之后重现光明的发展前景。当新中国适值甲子之时，在天安门前隆重地举行庆典仪式——这些人民英雄确实应该祭奠与告慰。新中国60周年的庆典首先从人民英雄纪念碑开始，充分地表明中国人民没有忘记牺牲自己、照亮后人的前辈先烈。而影片中邓稼先与助手在人民英雄纪念碑前的一段对话，正与新中国60周年庆典仪式的开端不谋而合。由上可知，中国现在的成就来之不易，国家的发展是沿着前辈英雄的足迹、站在前辈英雄的肩膀上取得的，我们生活的幸福是在前辈的英雄勇于自我牺牲、艰苦奋斗的基础上获取的，确实需要在此庆典之时祭奠和告慰英烈。让我们永远记住邓稼先这样的人民英雄，祭奠和告慰邓稼先这样的英烈，并且在我们党的领导下，达成科学发展和中华崛起的宏愿。

对父亲关于年龄与学问关系的随想

回到阔别的故乡，感到是世界上最幸福的人。当时父母年逾七十，父亲的身体尚很健康，虽然时有小恙。每次见到父母，都会有新的感受与收获。

闲暇之时，坐下与父亲聊天。有一天，建议父亲订些报纸，由此可以了解一些村庄外面的信息。在乡土的农村，父亲算是文化人，读过私塾。仍然记得，父亲高唱《增广贤文》和《百家姓》的情形——或许这是最初了解父亲之时。父亲之前是泥瓦工、窑厂的负责人，而且是老党员。父亲听了我的建议，微微笑后说道："老来文章无用，何况现在眼睛也不行，已经看不清报纸上的小字。"当时内心很震动，特别是父亲"老来文章无用"的人生感悟。

阅书之时，偶然又见这样的话——"人到四十不学艺"。读到这句话时，想起父亲的那句话，感慨颇多。岁月穿梭而逝，有时真的可叹人生短暂、时不待我。由上看来，对以后的人生岁月应该有所擘画，需要珍惜不息流逝的时光，尽力做好一些紧要的事情，过好平凡而又宝贵的生命时光——因为聆听了父亲的那句话，引发出上述的随想。

东京游学材料整理的解原

东京游学资料打印结束，整体上内容丰富、翔实，但尚需进一步地充实、进行系统的整理。偶翻《文心雕龙》（韩泉欣直解，杭州：浙江文艺出版社，1997），首篇《原道》言："文之为德也大矣，与天地并生者何哉？夫玄黄色杂，方圆体分，日月叠璧，以垂丽天之象；山川焕绮，以铺理地之形：此盖道之文也。仰观吐曜，俯察含草，高卑定位，故两仪既生矣。惟人参之，性灵所钟，是谓三才，为五行之秀，实天地之心。心生而言立，言立而文明，自然之理也。"其中之理，道尽札记整理之意，遂摘录于此，以解撰述之原。

行政领导与研究者的思维差异问题

当前，中国社会日益呈现出行政主导型的模式特征，行政领导在社会事务中拥有决定性的权力，而研究者与行政领导之间出现隔阂，日益成为多发的现象。其中的原因就在于行政领导与研究者之间存在的思维差异问题。

韦伯提出官僚制的思想观点，虽然在理论层面对官僚制存在正面的评价。但这种行政层级制度存在较大弊端——在实行纯粹公有制的社会主义时代，表现得尚不突出，但从纯粹的公有制朝向公有与私有并存的转轨时代，就明显地呈现出来。若不进行强有力的规制与约束，则可能存在脱缰失控的危险，成为大小腐败的重要契机。

在建设特色社会主义的时期，容许公有和私营并立，从而获取共同的发展。从理论的角度而言，上述的举措并不存在正误与优劣，而仅仅存在程度的差异。在当前国际社会中，无论是在社会主义国家还是在资本主义国家，公有与私有——两种类型的社会资源配置机制都呈现出并存发展的状态，而不存在纯粹的社会主义国家或资本主义国家——这是基本的国际现实。但相对而言，在社会主义国家，官僚制的存在表现得相当明显。当然，官僚制并非就是腐败，而其需要特定社会背景和环境条件的滋生与涵养，即主要看是否存在制度性的规范与约束。

在社会转型发展的时期，比如建设特色社会主义的时期，公有和私营呈现为共存发展的状态，其中就会存在借助行政的权力而获取私利的可能性，虽然存在制度性的规范因素，但这同样是由行政领导和研究者之间所存在思维差异造成的结果。行政领导注重裙带与关系，大多致力于求同存异，因此现实中强调协调与团结，倡导和谐共生的关系，但研究者则看重科研的过程，大多致力于求异存同，强调提出问题、分析问题和解决问题，追求新颖与拔群，提倡卓越的学术成就。

行政领导与研究者之间存在差异性的思维模式，由此亦就形成天然对立的关系，因而需要建立辅助监督的机制，借以保障研究者对行政领导的辅助监督职能，以及保证研究者的自律与规范，而机制的终结点就是制度与政策。形成制度、制订政策，是实现研究者对行政领导进行辅助监督的必然途径。若要做到上述的方面，群众和公民的社会组织亦就具有存在的必要性，由此可以达成对行政领导和研究者最终结点的辅助监督，即实现对群众和公民的利益维护，推进社会整体的进步与发展。由上可见，政治民主是一种必要的选项，但这种选项并非由社会主义或资本主义社会性质决定的结果，而是具有一种社会规律的特性，即是上述两种社会制度都需要遵循的一种共同价值。

高校教师管理的问题

高等教育大众化浪潮已经度过一个阶段，由此导致高等教育质量的问题提上议事日程，相关的讨论甚嚣尘上、莫衷一是、汗牛充栋，难以形成具有战略性和规划性的建议。其实，高等教育质量的核心问题在于目前严重存在的教师问题，不仅存在教师队伍数量的不足问题，更存在教师师德和专业的素养问题，归根结底则是教师管理的问题。可以做出如下的判断：

一是高校教师队伍数量不足的问题。1997年高校扩招以来，接受高等教育的学生人数呈现巨大的发展态势——从千人发展到几万人的高校，即万人的高校已经成为普通的规模。上述急速扩张的现实造成高校师生比率出现严重的失调，以致产生高校教师队伍数量不足的问题。

二是高校教师师德和专业素养的问题。改革开放以来，社会外部的发展环境发生很大的变化，内部的发展环境紧跟着出现较大的变化，由此促使社会各阶层的民众心理产生显著的变化，必然会对高校教师的师德和专业素养产生深刻的影响作用，比如师道榜样、学术道德、社会公德、职业道德等问题，以致困扰教师成长成材以及专业素养的育成，并且产生各种不良的效应。诸种报端出现对高校教师专业素养的批评和议论，已经是司空见惯的事情，社会急切地呼唤学术大师。但现在确实呈现出学术大师难求的局面——高校教师的专业素养水平存在严重的滑坡，不仅教学素养的水平下降，而且科研素养的程度下滑。上述局面的形成存在诸多影响与作用的因素，但关键是各种社会因素的影响与作用。

三是高校教师管理的问题。上述问题的归结点是高校教师管理的问题，这是诸多问题存在的关键，也是破解高等教育质量问题的关键。集中体现在：第一，教师队伍建设的宏观政策问题。高等教育大众化发展之后，高校的教学型师资出现较大的短缺，教育部和高校在政策方面都重视上述群体和队伍的形成，比如教育部曾经出台政策，鼓励教授和博导为本科学生开设课程。精英人才给本科学生上课，并不存在决策失误的问题，但在教师短缺的大环境中，大多数的教师都走上教学的岗位，造成政策引导上更加关注教学，而对教师的科研采取缓行政策，由此必会撼动高校发展的重要基础，即造成大批科研型教师受到排挤，并且纷纷涌向教学的岗位。第二，教师双重职责中的科研缺位问题。韩愈曾经将教师的职责划分为三类：传道、授业和解惑，而上述职责的基础则在于教师的专业素养，最终需要归结到科研。教师没有科研，何以传道、授业、解惑？但高等教育规模扩张之后，高校教师的科研不仅没有紧跟，而且出现严重的滑坡，以致产生诸多学术腐败的现象。上述局面的出现绝非偶然，而存在必然的因果，即目前高校出现严重科研缺位的问题。第三，教师的权益保障问题。首先是待遇福利的问题——教师待遇及其承担的岗位职责存在严重的不相符，即在规模扩张背景中，教师承担诸多教学科研的任务，但教师的待遇却难以稳步提升，年轻教师的待遇尚出现较大幅度的下降，比如教师的住房和办公条件进一步恶化，教师的工资福利并未获得提高；其次是话语权利的问题——社会日益强化行政的权力，高校的行政化倾向日益明显，行政的权力远超学术的权力，教师在高校管理中的话语权日益削弱，甚至出现打压教师话语的现象，教师的科研承受诸多行政的干预，并且出现鼓励"御用"的科研，造成科研依附于行政的权力，由此破坏学术自由的原则，导致难以出现具有见地的科研成果；再次是决策权力的问题——这是高校行政的传统领地，在行政型管理模式下，行政的权力处于主导性地位。

高校出现教授争抢行政岗位的局面，其实这是对有限资源的争夺，也是高校资源配置不公平的体现。"双肩挑"导致部分的行政领导借助岗位的权力，垄断有限的资源，包括科研的资源，普通的教师难以获取科研所需要的资源，比如科研的条件、项目的申报、办公的设备、决策的话语等。毕竟决策权集中于行政，由此导致学术的权力呈现严重的边缘化，势必对科研成果的质量产生深刻的影响与作用，以致出现各种学术腐败的行为。

由上可见，高等教育质量提升的核心问题是亟须解决高校教师管理的问题。当然，目前尚有其他的争议，比如诸多研究者提出学生管理问题的重要性。当然并不想刻意地否定，因为在高等教育"大众化"的背景中，随着学生人数的扩大，学生的管理肯定会出现诸多的问题。但任何的问题中都存在根本性的问题，同时存在诸多连带性的问题。在高等教育质量提升的问题上，教师管理的问题才具有根本性的特征，包括教师的规模和素质问题，而学生管理的问题仅仅具有连带性的特征。当然，亦不否定学生管理问题解决的急切性。上述的方面在思维上并不存在矛盾，况且与"以学生为本"的理念亦不存在理论的冲突。

关于人的本质性认识问题

学者文人常叹岁月流逝、光阴如梭。孔子慨叹"逝者如斯夫"——这是孔子立于高山之上，下俯河川，而对时光流逝的经典慨叹。上述的慨叹都是在承认："人总是一种历史性的存在。"从哲学认识的层面而言，人总是一种历史性与永恒性的共存。存在上述的认识之后，就可以坦然地面对人生中存在的困惑和苦难。宗教是追寻永恒性的存在，但它不可能逃脱鸦片的性质。宗教都存在上述的性质，即使它有时亦承认人的历史性特征。

对个体而言，物质世界中的历史性与永恒性是共存的。历史性的特征体现在作为人的个体总会历经从出生到死亡的发展过程。由此表明，人是具有限定性的历史过程，而不可能永恒的存在。但从物质不可灭原理的角度而言，人作为物质世界的一分子，总会不断地进行物质形态的嬗变，却不可能改变其作为物质性的存在，即具有了永恒性的特征。

同时亦不应怀疑，在精神的世界中，人亦是历史性和永恒性的共存。正是由于人是处于特定的历史阶段之中，因而从思想表现的角度而言，人的精神总是时代性的反映。但作为人的精神，它亦具有永恒性的存在，这与历史性的特征并不相悖，因为人的精神可以超越历史性的局限，成为一种永恒性或相对永恒性的存在，由此形成某种普世的价值。比如社会原理的知识和征服自然的科技——这种纯粹的精神或物化的精神，都具有永恒性的存在，或具有相对永恒性的存在，而科技哲学则更多地具有相对永恒性的存在特征，因为科技哲学总会存在超越暂时永恒性的存在状态，而出现不断发展变化的过程。

承认永恒性和相对永恒性的存在并不矛盾，比如牛顿力学。科学界从来不应因为承认爱因斯坦的相对论，就否定牛顿力学的科学价值，同样不应存在认可牛顿力学，就不承认爱因斯坦相对论的突破性价值。由此表明，牛顿力学具有相对永恒性的存在特征。爱因斯坦的相对论同样并非科学上的终极理论，仍然存在突破和超越的可能性。由此而言，永恒性具有相对性的特征，只是存在程度的差别。从上述意义的角度来讲，人总是一种历史性的存在，或许上述的认识并不存在问题，这是一种哲学的层面对人的本质性的认识。

但存在上述本质性认识之后，并不能就此产生悲观和厌世的情绪，毕竟人的存在无论是历史性的还是永恒性的，其实并不重要，关键是要关照宏观、中观和微观的层面：从宏观的层面而言，人总是一种历史性的存在，这是具有本质性的认识，但从中观和微观的层面而言，人又总是一种历史性和永恒性的共存。因此，认识人生的价值，不仅需要存在历史的观点，承认人是一种历史性的存在，同时需要秉持辩证的观点，承认人是一种永恒性的存在，或相对永恒性的存在，即承认人是一种历史性和永恒性的共存。上述存在的意义总会体现为人生的价值。

关于学问的三大关系

目前，有关学问对个人的功用，仁者见仁、智者见智，并未形成统一的定论，因此就可能成为自由的领地。有的人认为，学问只是走向权力的跳板、新娘出嫁时的盖头、走向财富的垫脚石。而有的人则认为，学问是一种荣耀、一种虚荣心满足的途径、一种交往的方式。社会中尚不时出现一个或几个这样的人，确实把学问当成人生的一种亮点、一种生活的方式、一种智慧的体现。观点的多样性充分地表明，上述的问题是具有学问的问题。而作为准备以学问为业的人，需要处理好如下三大关系：

一是学问与名誉的关系。学问是硬功夫，而名誉只是一种人格。

其实，学问并非任何人都可以做好的事情。在社会历史中，总会存在沽名钓誉的人，其中大多是拥有权力的人。有些人确实获取了成功，"芳名"存于人世。更多的则遭到了失败，不仅没有获取学者的芳名，而且往往成为短暂人生中的墨点、华丽地毯上的污秽。有的人成就了学问，却低下了人格。而有的虽无高深的学问，但人格却日显其高。名誉需要日积月累、锱铢必较，往往会因为小小的黑点，就会毁损一世的英名——这样的大有人在。当然，那些不注重名誉，而确实获取学问的人，亦并非不存在，但肯定做不出高尚的学问来，否则更会体现出虚伪的人格，甚至把别人的成就当成权力寻租的对象。在上述的方面，权力者往往表现若此。

二是学问与文凭的关系。在"学历社会"中，文凭是身份的象征，甚至成为入世的凭证——这是一种确实的价值存在。即使在西方的发达国家，虽然已经度过"学历社会"的发展阶段，而步入"学力社会"的时期，即发展到注重学问的阶段，但仍将文凭作为一种认证，在某些方面已然作为参照的指标。学问到底是什么，它与文凭到底存在何种的联系——这是很多辨才者想要弄清的问题。其实，学问与文凭并不存在完全必然的联系，而仅仅是一种相关性的表达。获取较高文凭的，并不见得有学问，而具有较高学问的，同样并不见得是获取较高文凭的人。而两者之间更不存在诸如大学层级名分的区别所造成学问表达的差异。近代的梁漱溟、现代的华罗庚都不是从名牌大学出来的高才生，而其却都可以进入具有学问的人之列，即没有文凭而有学问的典型。当然，社会中没有学问却拥有各种名堂的文凭者，确实不计其数。而一种理想的状态应该是有学问者有文凭，而有文凭者必有学问。但若想达成上述的理想状态，确实需要获取系统的解决。

三是学问与资源的关系。在当前社会中，追求学问者固然存在，但更多的则在追逐名利，学问往往成为一种垫脚石。而攀爬的标杆之一就是获取更高级别的职称和职位，攫取更多的资源。当然，获取的途径存在千差万别。凭专业水准者，肯定大有人在，但凭位高权重而达成目的者，同样并不少见。诸多"头脑们"热心推进组织性的研究，其中的原因在于组织人员去完成集体性的科研成果，当然这些人就可以冠冕堂皇地名列编著者，甚至达到其他人无权染指的地步。历经几项科研课题之后，肯定又会坦然地名列高级职称，甚至获取担任导师的名衔。上述的事情在当今的学术界已不少见，而且呈现普遍发展的趋势，而这些人往往会以"双肩挑"的面目出现，成为名利双赢的"族类"，行政与科研的资源同时随之进入名下，由此垄断有限的社会资源——这也就是几十余位教授争夺一个处级岗位的缘由。每当翻开上述"头脑们"的学术简历，除了合作编著和合著的科研成果之外，难以发现凭借个人实力所完成代表性的科研成果。但这些人却往往是社会科研事务的积极参与者，比如学术研讨会、课题评审会，以及其他可以凭借行政和学术身份参与的项目科研活动，让人感受就是业内无双的"古今完人"。上述的方面已经成为当前社会学术界中的一种怪现状。

刍议历史问题的研究方法

阅读《唐德刚：用口述医治司马迁的"心病"》和《计量史学的

过去与未来》两文，很有感触。前者主要阐述唐德刚研究历史的口述史方法，其中谈到黄仁宇的大历史观；后者则主要回顾与展望计量史学的研究方法。在近代中国的历史研究中，可以给予关注的尚有柯文的"中国中心观"。

了解唐德刚及其著述，是从阅读历史文献开始的。曾经阅读唐德刚运用口述史方法所撰述蒋介石、胡适、张学良等历史人物的图书资料，以及所介绍口述史研究方法的专门文献。然而，真正地了解唐德刚，却从购置《晚清七十年》为开始。

撰述博士论文时，特别注意到黄仁宇的大历史观，并且运用于教育相关问题的探究，故而对黄仁宇其人其文进行更加深入的了解。黄仁宇的著述在中国大陆最著名的是《万历十五年》及其作品系列——《中国大历史》《十六世纪明代中国之财政与税收》《资本主义与二十一世纪》《放宽历史的视界》等。从历史研究方法的角度来看，阅读《中国大历史》，很能受到启发。

了解柯文，主要通过一本著述《在中国发现历史——中国中心观在美国的兴起》，其中详尽地介绍近代中国历史研究中的中心观问题，即由西方中心观转为中国中心观，而博士论文发展出中国主体观，用以解决中国社会和教育近代化中的相关认识问题。提出中国主体观，得益于柯文中国中心观的启发，是在评判基础上的思考与发展——主要是近代以来中国人认识世界，逐步脱离传统中心观的藩篱，而形成中国主体观，即强调中国主体意识的阶段发展与深刻变化，由此力求做到历史与文化研究的统一，注重中西文化理解，从而深刻地揭示中国社会和教育近代化思维逻辑形态的阶段发展与深刻变化特征。

从唐德刚、黄仁宇、柯文的研究方法或视角内涵来看，唐德刚的口述史强调揭示历史的实在性，解决历史研究中客观实在性的问题，从而有效地阐释历史发展的客观规律——当然，依然与历史学家的"史德"和"史才"存在很大程度上的关联。黄仁宇的大历史观亦注重揭示历史事件或发展中的规律性特征，但主张"通过对历史社会的整体面貌进行分析和把握，掌握历史社会中的结构性特点，更加关注历史人物背后的逻辑关系和政治文化架构"。而柯文的中国中心观则体现出在批判西方研究中国历史的传统模式基础上，追求阐明近代中国历史的独特性特征，强调采取动态观点和内部取向。

计量史学兴起于 20 世纪 50 年代中期，亦是一种历史研究的重要方法，其强调历史的动态性和信息性，"历史之能有科学性，仅仅在于把能够数量化的各种普遍关系加以系统阐述"。了解计量方法运用于社会科学的研究，是从大学本科时代学习教育经济学、教育统计学、教育测量学等课程开始的，但当时只是学习专业的知识，而对个人的科学研究起到推动作用的时期，是在阅读计量经济学文献之后。由于从事教育史学的研究，因而关注计量方法运用于历史学、考古学等学科领域。曾经购置陈铁梅的《定量考古学》——运用计量方法研究考古学的相关问题。阅读上述的文献之后，意识到计量方法在社会科学中的运用价值、计量史学研究的一些特征，以及计量史学研究中的一些论争。

达尔文及其《物种起源》的源流

阅读《光明日报》（2009 年 11 月 4 日），发现纪念达尔文《物种起源》发表 150 周年纪念特版上黄堃的著文《屹立在层层书籍阶梯之上的〈物种起源〉》，感触颇深。达尔文是耳熟能详的人物，早就已经成为儿童早期英才教育的榜样。达尔文参与环球的考察，同样具有儿童早期英才教育的含义。达尔文著述《物种起源》开启了人类对自然和自身的全新认识，这是通过艰辛探索之后结出的硕果。但成果的取得存在一些前提性的条件——来自社会及达尔文的自身。

第一，人类社会对自然科学的认识与积累奠定达尔文继续前行的坚实基础，虽然有些学说存在科学认识的失误或局限。至达尔文的时代，西方的社会充满对自然世界的好奇和兴奋，已经积累丰硕的认识成果，比如亚里士多德的《物理学》提到，"对个体之所有构成来说，若因内部自发性而有适当之构成，它就将会获得存留，否则就将消亡"；拉马克的《动物的哲学》提出"用进废退"的学说，反对"物种不变"的论调；莱尔的《地质学原理》支持地质"均变"的理论，强调地球变迁的一贯性和渐进性特征，以及物种的变化或消亡。诸此种种自然科学中的认识、观点和学说，直接对达尔文摆脱传统的"神创论"，以及倡导"自然选择原理"，提供自然认识方面的重要基础。

第二，人类认识自然的崭新积累是达尔文"生物进化论"提出的基本前提。在达尔文撰述《物种起源》的时代，进化的思想已经出现并产生人类自身的深层思考，比如马尔萨斯的《人口论》论述

"人口过度增长造成人类生存空间有限"的思想，以及匿名者的《自然创造史的遗迹》阐述"以化石证据宣传进化"的观点。此时，除了达尔文探究"自然选择原理"之外，华莱士同样对相关的研究问题产生浓厚的兴趣，撰述研究论文，并且与达尔文进行学术的磋商，激发达尔文深层探究的兴趣，以致联合宣读物种起源研究的成果，即"通过自然选择物种起源的论文摘要"，后来成为达尔文《物种起源》的最初稿本，由此催促达尔文出版《物种起源》，达到人类社会认识自然世界的新高峰。

第三，持之以恒地深入探究物种起源的问题，是达尔文实现伟大成就的重要条件。在很多的时候，人们更多关注伟人的成就，而忽视成就和伟绩背后的一种精神。在对达尔文诸多的评论和纪念文字中，存在不少上述的实际情形。其实，成就和伟绩的背后往往存在求索与坚持的精神。达尔文"思想小路"即是上述精神的体现。当然，聪慧亦是达尔文获取成就的前提，但上述的精神却是其获取成功最重要的条件。《物种起源》发表150周年的纪念节目讲述达尔文"思想小路"的故事，以及故事中的故事，即达尔文与其子女之间"踢与拾路边石子"的趣闻，以及博物馆中达尔文原稿背面的少儿算术演算。上述故事及其中的故事中反映出真实的达尔文，正如达尔文与华莱士联合发表物种起源研究的论文：前者是一种人生的情趣——儿女绕膝的乐趣；后者是一种学术的态度——相互切磋的识趣。其实，上述两者都是伟大成果诞生之前的礼物，这也是达尔文获取伟大成就的重要条件。

第四，参与环球考察的切身实践同样是达尔文从事生物进化论研究中的重要环节。达尔文参加英国皇家海军于 1831 年开始的环球考察，这一事件无论是在人类社会认识自然世界还是在达尔文推进学术研究中，都具有里程碑式的重大价值与意义。当然，事件尚因达尔文的"生物进化论"而日益显示出其中的社会价值与意义。当前社会对学术研究存在诸多的异议，或注重实践，或强调理论，难以获得高度一致性的结合，或存在学者的自身原因，或存在客观环境的制约，诸种的因素显得相当复杂，但都不能实现实践与理论的完美结合。伟大成就的诞生并非单纯的上述条件所造就出来的，更重要的是一种社会性综合因素共同起作用的结果——这就是产生伟人的时代、伟人诞生之前的学术环境、伟大成就诞生之前的现实机遇、伟人之所以成为伟人的个体精神，当然尚有产生伟人的家庭或家族的条件与支持。上述的因素之间存在一种完美的组合，而其中的关键则在理论思考之外所应存在的具体实践过程，即达尔文提出"生物进化"学说的过程，充分地体现上述切身实践过程的存在。

第五，达尔文的生物进化论是建立在理性地对待神创论基础上的学术创造。达尔文生活在神创论盛行的时代，而且达尔文处于信奉神学的家庭氛围，因为其妻是宗教徒，信奉神创论，曾经刻意地以宗教的思想导引达尔文，以让其从探究自然选择的泥沼中摆脱出来。诚然，达尔文的伟大成就并非凭空而出现的研究结果，而是通过对诸多的事物进行深入观察和分析之后获取的分析结论，比如达尔文对各种昆虫、动物、植物等物种的观察与探究。生物进化论探究的执着与坚持精神导引达尔文持续地深入思考自然选择原理，并且在观察与分析的基础上不断地升华和提炼，这是达尔文获取伟大成就的素质优势。达尔文最终没有探究人类的起源问题，刻意地回避这种可能会对当时的宗教和社会产生革命性与冲击性影响的研究问题，但达尔文的《物种起源》发表之后，人类的起源也就成为崭新的研究问题，这就是后来有关人类起源的学说。

达尔文的生物进化学说具有重大的创新意义，其贡献完全可以与相对论和量子力学等原理相提并论，成为现代科学的重要理论支柱。随着基因遗传规律的发现，以及进化论的现代综合发展，人们对自然世界和人类社会的认识显得更加清晰，由此支撑起自然科学和社会科学诸多领域的崭新时代发展。由上可见，达尔文的生物进化学说具有重要的时代价值和现代意义，值得在 150 周年之际给予特别的回顾与忆念。

由人生到社会之被动引发的思考

无论是在网络还是在报章中，经常会见到一些议论性的文章或信息，标题都冠以"被"字的句型，给人以被动的感觉。以往这种句型通常运用于人生琐事的日常描述，而现今则已经发展成为社会现象的广泛描述，有时会给人难以读懂的感觉，比如"被自愿""被自杀""被死亡"和"被幸福"。不管是新闻的炒作还是社会的现象，确实可以归结为一种社会的怪现状。

需要感叹汉语词汇的深奥，确实有时难以清晰地知晓上述词语的准确内涵。"自愿"是个人意志驱使之下的行为状态，而"被自愿"则明显地表示出外界力量对个人意志的违背，但却以"自愿"的状态出现。这种看似符合逻辑又明显不符合逻辑的语意表达，或许只有在汉语中才会出现。确实难以知晓如何将上述的表达译成外文，当然译成日文很简单，可以套用汉语的形式。

新语词的出现是社会状态的一种反映，充分地体现在社会的生活之中。在日常琐事的被动中，通常可以表达为"被打"或"被抽"，这些都能被人理解。比如，王三因不听父亲的劝告，决意不上学读书，于是父亲打了他，由此可以这样的认为，王三被父亲打了，或干脆说成"王三被打了"，但这种被动的句型若运用到社会现象的广泛描述，确实给人不伦不类的感觉，比如李四"被幸福"了、刘五遭遇"被死亡"。上述的句型若是小学生练习句型时的表达，老师不给判个错才怪。

但在当前社会中，上述句型却很时髦，好像现今出了"麦当娜"就成为新闻。若真的出现这样的事情，确实会感觉到"被新闻"。其实，这并不存在新闻之处，裸的艺术在中国并非没有。按照中国人的习性，可以再往古代之时说起，远古的人类不都是赤身裸体？这些都不必大惊小怪。俗话说"赤条条地来，赤条条地走"，但有的人或许不同意，说要"赤条条地来，不能赤条条地走"。确实，人生前来世间一遭，尚需干点事情——这是人生的价值所在。若某人"被赤条条"，那不是新闻，就是炒作。在汉语的词汇中，还是不要过多地出现上述儿童学话的错误语词为好。

其实往深处思考，上述的句型绝非仅仅一种表达的方式，而且是社会现象的一种呈现方式，充分地表明当前社会中所出现娱乐化的文化传播方式，以及麦当劳式的精神表达方式——已经成为一种社会的时尚。诚然长此以往，社会就会存在令人担忧之处。因此，需要少一点"被自杀""被幸福""被死亡"之类的语词及其句型表达。

清华大学和大师的随想与论议

清华大学的出身具有奇特的方面——这是时代的缩影。当时的中国在国际社会中处于比较劣势的地位——《辛丑条约》的签订标志中国清朝坠入半封建半殖民地社会的深渊,赔款东西方列强十亿两白银。按照当时的人口计算,每人需要负担两至三两白银。然而庚子赔款时,出现美国退还部分的庚款,用以资助中国青年赴美游学。虽然背后存在美国政府和社会的战略考虑,但却给困顿的中国带来近代人才培养的新契机,造就一批近代中国社会和教育发展需要的杰出人才。况且,清华学校的创办开拓出近代中国大学发展的新局面。其实,最初的清华学校只是游美预备的学校,因接受庚款的资助而设立起来。但最终清华学校发展成为中国著名的大学,已经成为与北京大学并立的大学,而后者是在传统太学的基础上发展起来的。

北京大学和清华大学充分体现出中国大学的不同风格,这亦是它们所具有不同的历史背景下而形成的:前者鲜明地体现出一种传统与反传统的风格,毕竟是延续太学的血脉而存在与发展的大学;后者则鲜明地体现出一种开放与沉稳的风格,毕竟是在"西学东渐",接受庚款资助的基础上而创立的大学。同时,前者充分体现出一种矛盾的状态,但矛盾中又存在和谐的成分;后者则充分地体现出一种包容的状态,但包容中又存在传统的成分。在当今社会中,清华大学已经占据社会权势与舆论的上峰，但北京大学却以传统的优势与特色依然具有矗立不摇的重要地位，似乎这个国家因有这所大学而独立不移，屹立在世界东方和诸民族之中。清华大学的"厚德载物"校训更能体现出开放与传统的结合，而北京大学在社会趋于开放和改革之际，由蔡元培提出"兼容并包"的方针，则更能体现出传统与开放的结合。此即上述两所大学重要的相通之处。

当然，其中存在天时、地利和人和的成分。而上述三者的结合更充分地体现在抗战时期创建的西南联合大学。当时，北京大学、清华大学和南开大学三校合并，上述不同类型和特性的大学在特殊历史时期的合并，充分体现了传统与开放结合的成分和特性，其实，这就是中国大学的内在精神。当然，中国的社会并非呈现为小国寡民的状态，而是泱泱大国，上述的合并不符合中国社会长期发展的需要。因而抗战结束之后，上述三所大学依然各就各位。此即近代中国"大学西迁运动"与"大学回归运动"之间的历史辩证发展过程，充分体现出中国大学史中的本质精神，即国家主义和本土至上，而且存在对立与统一的关系，以及非常紧密的联系，由此促使现代中国的大学呈现出多姿多彩的形态与特性，并且具有浓烈的时代特色。

大学都缺不了大师，似乎这已成为大学之所以为大的依据。因而很难想象大学从未出现过大师的情形。而大师的概念比较复杂，许多专家可以成为大师，比如北京大学的季羡林，但并非所有专家都可以成为大师——这确实是具有悖论特征的问题。大师不仅需要具有专家的"专"，更需要具有大师的"大"，而在大师的"大"中，则又包含专家的"专"，而且具有博的含义，更多地体现为一种教育家的特性。因此，大师不仅是专家，而且是教育家，甚至在特定的历史时期或发展阶段中，大师亦应成为政治家。由上可见，高校领导干部需要成为政治家和教育家。这样的提法并非空穴来风，而存在深刻的理论依据。当然，这并非说高校领导干部都要成为大师，但其中蕴涵需要具有大师气质中博的特性要求，用以弥补专家气质中专的偏裨，并且为专家创造成为大师的条件，当然，其中亦存在创造成为大师的条件。上述两者并不存在矛盾的地方，而存在高度的统一关系。这与当前大学中出现"双肩挑"的干部及其占有资源的现实，并非就是一回事。但上述的诸种现象对大师的出现，确实有百害而无一利。

历史中的清华大学存在很多的大师，比如清华国学研究院中著名的"四大导师"，即王国维、梁启超、陈寅恪、赵元任。他们具有渊博的学识、高善的人格、独立的精神，堪称大师。虽然诸多大师或许存在欠缺，比如难以称得上政治家，或难以称得上成功的政治家，但这并不影响其成为大师，由此充分体现出大师的基本特性，即"专"的方面，然后就是教育家。当然，大师的出现尚会存在另一取向，即先行成为教育家，而且具备成为政治家的条件。这种类型的亦可成为大师，而此时"专"的特性则充分体现在教育家和政治家的内涵之中，比如梅贻琦就属于上述类型的大师。梅贻琦曾说，"良言思不出其位，正以成在位者也。若夫学者，则无所不思，无所不言，以其无责，可以行其志也，若云思不出其位，是自弃于浅陋之学也"（梅贻琦：《清华大学史料选编》，卷三下）。这句话已经成为至理名言，充分体现出大师的风骨。若当今高校领导干部都具备上述思想意识，就不会出现那么多迫害专家学者的历史悲剧，更会多一些专家学者与领导干部之间的和谐共处，即多一些出现大师的条件。这确实是大学发展之幸、国家强盛之幸，以及民族复兴之幸。

大学之中行政的影响与作用

大学的行政化倾向已经成为社会议论的重点话题，存在一定的文化性和社会性基础。从传统文化的角度而言，孔子的儒学成为显学之后，逐步演变成大一统思想，成为思想与政治之间的作用模式。其中，"学而优则仕"则影响到后来学术和政治的发展，从而为学术的政治化创造出特定的思维范式，长期以来逐步成为中华民族的传统思维模式。从中国社会的角度而言，学术的政治化是历史的事实，比如传统史学研究——二十四史就是政治的发展史，甚至是王朝或家族的统治史。实质上来讲，这依然是政治史的体现形式。上述传统史学又属于思想和学术的范畴。由上可知，社会与文化、思想之间存在紧密的联系，而其根本特点就是政治的体现形式，现实性上来讲，则具有行政模式的特征。

古今中国的大学都与政治存在紧密的联系，比如传统的太学是贵族子弟的养成所。近代大学的出现具有革命性意义，从而实现近代大学培养目标的转型发展，同时实质性地逐步扩大教育对象的范围。这亦是特定时代的政治需要，而且其中的推动力量就是官僚行政的因素，主要推动者是具有一定权力的官僚和维新阶层。近代之后，各种政治思想逐步渗入大学教育内容，俨然成为大学教学的重要组成部分。上述方面逐步演化成为当前大学所呈现行政化倾向的深层原因。大学的行政化倾向并不一定就是坏的事情，比如行政资源利用的便利性，同时符合中华传统文化的实质精神，即"学而优则仕，仕而优则学"的根本原则，可见并未脱离传统思想和文化的范畴。

但大学的行政化倾向并非没有弊病，其实存在诸多的诟病。大学行政干涉学术研究的事情在中国的大学中屡见不鲜，已经成为社会关注的焦点。其中的深层根源就在于大学的行政化发展，而社会对大学行政化倾向的指摘很大程度上是一种批评流行的方式和普遍的现象，即大学的行政对学术研究的过度干预——确实需要采取措施而予以避免，否则大学的行政化程度将会持续加深，甚至会演变成为把大学办成行政机关，而失却大学的社会价值与现代意义。

感叹：人生就像走 T 台

每到岁末年初，总会产生无限的感慨。面对社会的纷扰、周边的情势，真的感到岁月的蹉跎、人生的有限，感叹人生就像走 T 台。每个人都走在其中，展示的是春、夏、秋、冬的"服饰"，各人具有各人的风采。而在人生的 T 台上，走的不是服饰而是人体时，那种感觉肯定就少了丰富多彩。由是之因，依然感觉周边的情形实在很正常——若没有服饰的装扮，世界就缺少了丰富的颜色。

若每个人都毫无遮挡，没有情绪、人性或虚伪的掩饰，或许这样的世界比现在的情形更糟糕。在人生的 T 台上，若配有一点服饰，毕竟尚有遮掩，而非一览无遗。由上可见，每当眼观周边的景致，无论感受如何，恶心、赞叹、睥睨，或欣赏，总有自己的感受。而每当上述的一切都不存在时，只有"皮相之私"，那么情形或许比现在的更龌龊。

因此，对人生的态度、现今世界的情势，依然需要多些欣赏与赞美，少些抱怨和无奈。关键是要走好自己的猫步，用心地表演自己的"服饰"。

音乐与曲调之间区别的相关问题

总有这样一些人，喜好议论其他人的歌唱，这其实是大可不必要的做法。从音乐起源的角度来看，乐之起于音。因为有了声音，才会出现音乐。而音调则体现一种模式，即一种唱法。通常的做法就是为某首歌词谱曲。而一旦歌词获得了谱曲，就存在了一种固定的唱法。

谱曲的歌词固然可以获得推广，但依然觉得没有谱曲的歌词更显自由。总会有人评论某人唱歌跑了调，但我总不以为然，甚至会为这样的唱法感到高兴，因为这是即兴而发的感受，而非僵化的唱腔模式。其实，这才是音乐的真谛所在。从上述角度而言，有了谱曲的歌词并非最好的歌曲呈现形式，而没有谱曲的歌词反而是最好的歌曲呈现形式。

上述讨论已经涉及音乐与曲调之间区别的问题。音乐自古有之，《诗经》就是远古先人的歌曲集。虽然未将他们的唱腔流传下来，但诸多诗歌作为最初的歌词依然获得了流传，并且为后人所整理与赏析。由是观之，《诗经》流传下来了歌词，而没有流传下来唱腔——歌词的曲调模式。

从历史的角度而言，远古的诗歌就是一种歌曲形式——这是毫无疑问的史实，比如《诗经》和古诗词。上面已经讲述《诗经》具有的实质精神，即远古先人的歌曲集，而古诗词缘何亦能列入歌曲范畴？其实，古诗词同样采取了一种曲调，让人朗诵时感到顺口。由此可见，古代的先人总是流传下来歌词，而并不在乎曲调，由此揭示的是一种历史的事实。

歌者必有调，但歌词并非必须配上曲调。因此切不可认为，歌词定要谱曲、唱歌定要跟上曲调。固然，歌者的唱法总会存在专业与可取之处，存在值得他人模仿的价值，但并非只有固定的唱法。歌之存于心，犹人之有多能，千篇一律地模仿总非最佳的选择。需要特别地倡导：有歌词则必有唱法，但有唱法而不必千人一面，毕竟还是丰富多彩一些为好。因此，需要多些歌词的提倡，少些曲调的强求。上述看法就是对音乐与曲调之间区别的基本认识。

院本课程的建设

遵循学院领导的安排，游日归院之后，我由教研部专职教师转换成培训部职员的身份，承担培训研究的岗位职责。主要有如下三项工作任务：学院内网"培训简报"的更新与维护、学院外网培训工作内容的上传与充实、"影子培训"和院本课程开发，要完成"院本课程取向调查表"和"院本课程类型规划与院内教师授课酬金支付办法表（建议）"，推进院内教师的授课和院本课程的前期开发。

部门领导对调查表做出反馈，相互进行交流，感觉存在需要解决的某些疑惑，主要是院本课程建设的中心设置问题，即是以培训需求为中心，还是以培训需求和教师研究专长的结合为中心。前者是多年以来学院普遍的做法，主要的考虑是可能会存在某些学员的"上访"，以及由此导致教育部等上级领导的负面反应；后者是需要坚持的，即以培训需求与教师研究专长的结合为中心，以及坚守学院培训应有的主体性。因此，在接受院本课程建设任务时，我开始着手院内教师院本课程取向调查，而非直接进行院本课程体系设计。部门领导布置《院本课程建设指南》（简称《指南》）的工作任务，但只有在完成院内教师院本课程取向调查与分析结束之后，方可做好《指南》的设计，以及院内教师上讲台的事情，并且符合学院培训需求的根本特点，由此可以拥有坚实的研究基础，从而发挥院本课程建设的真正效用。

培训评估报告的撰述

部门领导做出部署，培训评估报告需要从总体的角度对年度培训工作做出评价，并且准备相关的建议，比如授课的满意度总体下降，内部管理系统的建设取得进展，以及接待中国台湾团的培训等。于是，我查阅了 2009 年 1–7 月培训办班的项目评估报告，由此为培训评估综合报告的撰述做好前期准备。主要思考如下问题：一是确立研究型的学院培训模式特色，包括政策性的研究、专业性的研究、实践性的研究，坚持实践研究与专业研究的结合，以及政策研究与理论研究的结合；二是加强课程体系及其模式的建设，可以划分为核心课程与系统课程，采取模式化的方式，推进课程体系的建设；三是推进院外"兼职教授阵"的建设，院外"兼职教授阵"需要进行分类管理，可以划分"兼职顾问教授阵"和"兼职主讲教授阵"，建立"院外教授阵"的更新与充实机制；四是增强院本课程建设的力度，基本的宗旨是以选修为主导、必修为"塔尖"，建立层级性的课程体系，而非精英式的教师课程，推进院内教师的专业发展与院本课程的建设；五是强化教学计划的系统程度，建立以模块化为基准，以核心课程与系统课程为主线，以学员的培训需求为核心，以多样化的培训环节为形式，推进培训课程体系的建设，建立课程运行与保障机制，并且发挥学员在培训过程中重要的角色作用，由此提升教学计划的丰富性、可操作性和效用性，以及增强教学计划的系统程度；六是推动培训互动机制的建立，培训环节注重研究性的特色，加强系统、专业、政策和实践等多层面的结合，增强"师生互动""专生互动""生生互动"和"社生互动"，比如推进分班研讨环节的改善，改革简讯和简报撰述的环节，推进培训环节中互动成果的呈现形式。

《学员／院简讯》的编辑

按照部门领导的吩咐，编辑学员撰述的研讨总结报告报送学院主管的领导，待签署意见之后，印成《学院简讯》。当前，《学院简讯》内容较杂，不仅存在学员的上报材料，而且存在学院专职教师的阶段简报材料。初步的想法是将学员的材料辑成《学员／院简讯》，形成与《学院简报》并行的上报教育部相关司局的材料，期许某些观点可以为教育行政部门所采用，由此达成实践与决策的结合，以及提升教育部相关司局决策的科学化程度，但落实起来并非易事。

《培训评估综合分析大纲》的拟订

拟订《培训评估综合分析大纲》，主要分为六大部分：培训工作概况、课程评估分析、考察环节分析、组织与管理分析、院内资源分析、问题与建议。主要的资料来源是培训项目评估报告的材料，分析研究之目的在于服务于年度培训工作总结会议。随后进行修订，主要划分为三大部分：培训工作概况、培训评估分析、问题与建议，基本上采取合并与删减并重的办法，院内资源分析的内容不再纳入撰述的材料，而作为专题列入其他培训研究的计划——院内资源分析是相当具有创新价值与前瞻性质的研究内容，应该进行更加慎重的思考与分析。

参与"影子培训"的研究

部门领导传达准备到吉林省长春市考察"影子培训"的相关事宜，原因是长春市在"影子培训"的理论与实践方面已有积累，并且吩咐收集"影子培训"的相关资料，但在目前研究任务分解尚未明晰、研究大纲尚未拟订的情况下，需要等待主持人提出研究的规划意见，首先要对研究的任务进行必要的分解，由此方可有针对性地收集相关的资料，否则难以有效地利用有限的时间。

院本课程建设的对谈

联系部门领导，咨询学院领导对院本课程建设的意见，而后者建议部门内部的相关人员共同商议。研讨的结果：一是需要确立课程的类型，选定教学的方法，比如结构式和案例教学，制订课程的标准，甚至可以开设院内教师与院外教授的合作类课程，作为对院外课程的拓展，尚可采取师徒制，院内教师与院外教授结成"帮带"的关系，引导院内教师的课程开发；二是需要处理好院本课程建设与重点课程建设之间的关系，强调院本课程不同于人本课程，需要协调教师提供、学员需求和课程体系之间的关系，以及院本课程与院内教师专长之间的关系、课程的内容与形式之间的关系、院本课程建设与学院课程改革之间的关系；三是院本课程不应该只追求数量，而更应该关注质量，需要进行规划与引导，将课程的内容、形式与对象结合起来，解决相关的标准问题，在课程设置中高度地重视学员的参与；四是院本课程不宜长课的设置，即要少一点长时的课程，而更多地关注互动的课程，比如案例教学、小班化教学、结构式教学，并且让课程教学活起来、动起来；五是院内教师更应该定位于培训师和催化剂的作用，在教学过程中注重引导的作用，重视学员之间分享理念和经验；六是应将课程内容与形式的结合作为院本课程建设的宗旨，做到内容与形式的有机结合、相辅相成，并且高度地重视院内教师在基础学科的专业优势，发挥院本课程对院外相关课程的补充与拓展功能。

培训部的工作会议

部门领导组织培训部人员开会，通报并商议培训部月份工作的要点，主要是培训项目的前期组织、"中国移动西部校长培训"项目的前期准备、培训管理系统的开发与完善、"院本课程开发指南"的制订、院内教师的培训者培训、年中培训工作研讨会的准备等方面，其中谈到院本课程建设、培训评估综合报告、"影子培训"项目等关涉的议题。

培训评估综合分析报告的撰述

撰成《2009 年上半年学院培训评估综合分析报告》，提交部门领导审阅。

—— 附：2009 年上半年学院培训工作综合分析报告 ——

培训部：2009.05.11–2009.05.20

依照教育部人事司有关学院 2009 年招生工作的部署，在学院领导的倾心关注和指导下，通过全院各部门、全体教职员工的共同参与和努力协作，2009 年上半年学院培训工作取得新的进展，顺利实现年初确定的各项任务指标，而且存在某些创新与突破的方面。当然，培训工作中的问题需要给予足够正视，从而以此为基础进一步改进学院培训工作的成效。

一、培训工作概况

2009 年上半年学院培训工作已经取得较为显著的成效。集中体现在：

一是稳步推进年初规划的培训项目。截至 8 月份，2009 年上半年学院将完成培训共 26 个班别，其中包括教育部规划办班 7 个、教育部与其他部局合作办班 6 个、教育部司局与学院合作规划办班 4 个、地方委托办班 5 个、台湾地区委托办班 1 个、学院规划办班 3 个。

二是推动培训管理信息系统的充实与完善。为了增进学院培训管理的科学化和信息化水平，2009 年上半年加大培训管理信息系统的建设力度，着力推进各项培训信息的输入与管理，充实与完善相关信息的内容，力求构建出便捷的培训信息查询与培训项目管理系统。目前培训管理信息系统的栏目设置主要包括课程管理、权限管理、培训班管理、学员管理、单位管理、文档管理、培训合作单位管理，以及教师课程查询与修改等诸项功能。下一步的工作存在两种取向：追溯以往培训项目的档案资料，整理、输入相关的信息；运用培训管理信息系统，随班输入新的项目信息。通过上述的两种取向，进一步推进培训管理信息系统的建设与发展。

三是举办台湾地区委托的研修考察项目。接受台湾地区的委托，举办台湾地区高校校长"大陆高校招生制度研修考察项目"，参加项目的有台湾地区私立、公立高校的校长。在学院领导的关心与大力支持下，培训部的人员精心策划与实施项目规划，参与的教师热心地配合与落实工作的任务，从而保证项目的实施获得重要的成果。项目的实施采取研修与考察相结合的方式，旨在推动台湾地区高校的校长深入了解大陆高等教育的进展，以及高校管理的相关实践，加强两岸高等教育领域的交流与互动，从而增强"两岸"高教界的联系与理解，同时推进学院在"两岸"教育交流中起到重要的作用，扩大学院在台湾地区教育界的影响。

四是规划与实施诸类专项培训。在完成常规工作任务的同时，上半年尚规划与实施诸类专项培训项目，比如第一期高校科研工作专题研修班、第二期分管教育县市长班，并且集中以优先发展教育，建设人力资源强国为主题，以及全国教育厅人事工作专题研修班、"中国移动培训基地"学校的校长"影子培训"专题研修班和动态班。诸类专项培训项目的规划与实施，丰富与深化学院培训工作及其任务的内涵，加强学院与政府、教育机关和企事业单位的紧密联系，拓展学院教育培训的空间与范畴——这对学院培训事业的发展具有重要的意义。

二、培训评估总体分析

目前学院培训的评估存在三种方式：问卷、访谈与座谈，以问卷调查为主要的方式。问卷评估主要设置九方面的调查项：一是对专题课程的意见；二是对学校考察的意见；三是对总班主任工作的意见；四是对分班班主任工作的意见；五是对相关服务的意见；六是对培训项目的意见；七是对培训特色方面的意见，比如教育论坛、结构化教学；八是学员推荐优秀报告及其报告人、联系方式；九是对今后学院培训工作的其他意见与建议。访谈评估主要通过与学员代表之间的访谈，了解学员对培训活动的效果，以及培训组织与管理等方面的看法与建议。访谈评估的方式依然处于尝试性的阶段，比如在第25期全国地市教育局长培训班、第34期高校领导干部进修班上进行尝试性的运用，并且撰述访谈评估报告。座谈评估也是学院培训评估的重要形式，学院领导、学院相关部门的负责人和学员的代表共聚一室，就学院培训的项目设计、课程安排和组织管理等诸多的方面进行广泛的沟通与交流，从而对学院培训项目的效应进行评估，并且吸收学员代表的相关改进建议。综合2009年上半年学院培训评估的统计结果，可以从培训课程的评估、组织管理的评估两方面进行比较系统的分析，不断地吸取经验与建议，从而促进学院培训效益的提升，以及推动培训事业的进一步发展。

（一）问卷数据统计与结果分析

依据 2009 年上半年学院举办第 34 期高校领导干部进修班、第 31 期高校中青年干部培训班（上）、第 25 期全国地市教育局长培训班、第 2 期全国基础教育改革动态专题研修班、第 66 期基础教育改革动态专题研修班的问卷评估（作为研究的样本），评估数据统计与结果分析如下：

一是培训课程评估分析。数据统计分析：与往年相比，2009 年上半年学员对培训课程评价中的满意率与较满意率存在明显下降，比如在第 34 期高校进修班的全部课程教学效果评价中，平均分只有 74.4，"双率"（即满意率和较满意率）只有 71.4%，其中某些课程评价的数值偏低，比如"提高保密意识，做好教育系统保密工作"，教学效果平均分和"双率"分别是 50.0 和 30.0%；"切实做好高校信访工作"，分别是 45.0 和 20.0%；"本科教育质量观与实践探索"，分别是 63.8 和 55.0%；"高等教育的国际交流与合作"，分别是 50.0 和 30.0%。在第 31 期高校中青年干部培训班的全部课程教学效果评价中，平均分只有 73.7，"双率"只有 72.2%。"深入学习实践科学发展观，促进高等教育科学发展"，分别是 65.7 和 59.3%；"提高保密意识，做好教育系统保密工作"，分别是 54.6 和 29.6%；"全球金融危机背景下我国今年国际的发展形势与走向"，分别是 63.0 和 59.3%；"切实做好高校信访工作"，分别是 50.0 和 25.9%；"我国民族政策问题研究"，分别是 64.8 和 55.6%。上述的两类数据表明，高校"两班"的课程评估结果都处于近年来的最低值。但学院对课程选题重要性的评估结果依然维持在正常的水平，进修班的平均分和"双率"

分别是 85.8 和 87.5%，培训班分别是 86.2 和 87.0%。基础教育的各班（2、66、25）学员对课程教学效果评价的两类数据均达 85 以上的数字值，即平均分达到 94.4（2）、89.4（66）和 85.8（25），"双率"分别是 98.7%（2）、94.7%（66）和 89.0%（25），对选题的重要性依然给予较高的评价，各班的平均分处于 95.0 左右，"双率"均保持在 96.0% 以上。由上述的统计结果可知，学员对课程选题的重要性均给予肯定，但对课程教学效果的评价数值出现下降，而尤以高校进修班和培训班为最突出。问卷结果分析：第一，培训课程教学存在行政化的倾向，将课程教学等同于工作汇报；第二，核心课程建设尚存问题，新设的相关课程受到质疑，比如高校班开设的保密与信访课程，讲授的艺术需要提升；第三，教学缺乏新意，内容尚需更新，存在部分内容上的重复现象，特别是体现在政策性课程的方面；第四，明显个性化的学术观点受到质疑，影响到课程评估的结果，但这又涉及如何处理学术观点的争鸣问题。

二是培训组织、管理与服务评估分析。数据统计分析：2009年上半年高校进修班和培训班（上）对班主任工作的评估普遍较好，其中对总班主任评价的平均分是 93.8 和 96.3，"双率"分别是 95.0% 和 100.0%；对分班主任评价的平均分为 98.9 和 98.8，"双率"分别为 99.2% 和 100.0%；对相关服务的评价基本都在 80 数字值以上，图书信息服务的平均分为 81.3 和 88.9，"双率"分别为 85.0% 和 92.6%；网络技术服务的平均分为 87.5 和 94.4，"双率"分别为 90.0% 和 100.0%；餐饮质量与服务的平均分为 91.3 和 91.7，"双率"分别为 100.0% 和 100.0%；前台及楼层服务的平均分为 86.3 和 89.8，

"双率"分别为 90.0% 和 100.0%；体育设施及服务的平均分为 88.8 和 94.4，"双率"分别为 95.0% 和 96.3%。对相关服务的总平均分为 87.0 和 91.9，"双率"分别为 92.0% 和 97.8%。由上述的数据可知，高校班的学员对总班主任和分班主任的评价都处于数字值的高位，即对班主任的工作是处于很满意的程度，对相关服务的评价亦较高，但存在某些不平衡的特点。基础教育培训班的评估情况比高校班的更好些，对总班主任和分班主任的评价数字值都在 95 以上，其中总班主任评估的平均分为 97.9，"双率"为 98.9%，分班主任评估的平均分为 96.9，"双率"为 99.0%。对相关服务的评价分别是：图书信息服务的平均分为 93.6，"双率"为 93.3%；网络技术服务的平均分为 90.9，"双率"为 91.8%；餐饮质量及服务的平均分为 96.4，"双率"为 97.4%；前台及楼层服务的平均分为 93.5，"双率"为 94.6%；体育设施及服务平均分为 94.4，"双率"为 96.0%。由上述的数据可知，基础班评估的效果普遍较好，对班主任工作和相关服务的评价都明显优于高校班的评估结果。问卷结果分析：第一，长短期班别培训需求的着重点存在某些差异，长期班别（高校班）不仅关注培训课程与教学组织，而且关注相关服务的提供，而短期班别（基教班）则更关注培训教学及其组织；第二，学员自身的服务需求和利用频数对评估的结果会产生相应的影响；第三，服务的主动程度与评估的结果之间存在某些程度上的关联，特别是对长期班别（高校班）的评估结果存在较大程度上的影响；第四，学院提供的设施与硬件及其管理机制等诸条件方面的差异，对评估的结果产生相应的影响，比如学员提出体育馆闭馆过早，以及相关服务与管理中存在的问题。

　　三是具有培训特色的分项目评估分析。这类分项目主要表现在三方面：学校考察、春季论坛和结构化教学。数据统计分析：对学校考察的评估指标主要设定三种因素：考察单位的选择、组织与管理、考察效果。样本统计班别的平均分和"双率"分别是：第34期高校领导干部进修班为86.3和88.3%；第25期全国地市教育局长培训班为90.4和91.7%；第2期全国基础教育改革动态培训班为95.8和97.8%；第66期基础教育改革动态专题研修班为89.6和95.3%。对春季论坛的评价主要设定两种因素：选题的重要性和论坛的效果，结合对大会主旨发言和校长论坛之中的报告人进行评估。从选题重要性的方面来讲，进修班的总平均分为84.0，"双率"是90.0%；培训班的总平均分为84.3，"双率"为85.2%；从论坛效果的方面来讲，进修班的总平均分为76.5，"双率"为83.0%；培训班的总平均分为79.3，"双率"为83.7%。结构化教学是在第25期全国地市教育局长培训班上实施的，以部分的分班为单位，在各分班开设专题课程——这是学院专职教师开设课程的新尝试，评估的结果表现很好。其中，从选题重要性的角度来看，总平均分为99.5，"双率"是100.0%；从教学效果的角度来看，总平均分为99.5，"双率"是100.0%。由上述的统计数据可见，2009年上半年具有学院培训特色的分项目实施成效较显著，学员对开设上述类型的分项目表现出积极参与的热情和比较满意的评价。问卷结果分析：第一，特色的分项目具有开放性的特征，比如学校的考察，学员可以通过参与此分项目获取对教育理论与实践的感性认识；第二，特色的分项目具有创新性的特征，比如春季论坛和结构化教学，春季论坛在较短的时间内向学员呈现具有前沿性和及时性的丰富信息，结构化教学则通过案例研究与诸种教学方法的运用，把教育实践与理论导引紧密地结合起来，并在教学的过程中充分地发掘学员参与课程教学的积极性与热情，创造出活跃的授课氛围；第三，特色的分项目具有主题比较集中的特征，无论是学校考察的选取上注意到不同类型学校的结合，还是春季论坛和结构化教学中关注选定的中心议题，都充分体现出这种特征。

四是培训项目的总体评估分析。样本以课程设计、组织协调、总体评价为评估的指标。数据统计分析：高校进修班和培训班的评估结果显示，在课程设计评价的方面，平均分为 85.0 和 91.7，"双率"都是 100.0%；在组织协调的方面，平均分为 86.3 和 92.6，"双率"是 90.0% 和 100.0%；在总体评价的方面，平均分为 86.3 和 91.7，"双率"是 95.0% 和 100.0%。三个评估指标的总平均分为 85.8 和 92.0，"双率"总平均是 95.0% 和 100.0%。从上述的数据可知，学员对培训项目比培训课程评价中的平均分相对要高些，而低于组织与管理评价中的数据值。可见，高校班的培训课程建设应该引起足够的关注。从基础教育的培训班（66、25、2）评估数据来看，在课程设计的方面，平均分为 95.0，"双率"是 100.0%；在组织协调的方面，平均分为 93.1，"双率"是 98.4%；在总体评价的方面，平均分为 93.3%。三个评估指标的总平均分为 92.4，"双率"是 99.1%。由上述的数据可知，基础教育培训班的评估数据值总体呈现为高位，表明培训的成效较显著。问卷结果分析：第一，培训课程的建设任重道远，核心课程的建设仍待加强；第二，培训组织、管理与服务中尚存在不尽完善的地方，仍需强化"以学员为本"培训理念；第三，培训的模式仍然存在创新的余地，并需更好地处理政策性、理论性与实践性等诸多的关系；第四，相异的培训类别肯定会存在具有差异性的培训需求，应该采取更符合学员需求的培训设计理念，提升培训过程中的针对性。其实，从上述培训项目总体评估的结果来看，学员对培训项目的总体评价都处于高位的数据值，表明学院培训的成效相当显著，呈现出高度正面和相当肯定的评估结果。

（二）访谈式评估结果分析

访谈式评估主要试行于第 34 期高校领导干部进修班、第 25 期全国地市教育局长培训班，因此评估结果分析以上述两个班别的评估为样本。访谈信息分析：访谈式评估的主题集中在对主要培训活动效果的评价，以及对培训组织与管理工作的评价。访谈的内容大致包括如下方面的问题：您觉得本次培训学习效果较好的内容是哪些；您最大的收获有哪些；您觉得需要改进的培训活动有哪些，具体需要改进的内容是什么；这些不足产生的原因是什么；您的学习需求的满足程度如何；您觉得学院在培训的组织管理方面存在哪些问题；您的改进建议有哪些。访谈评估的结果：对学院培训课程设计中研讨交流、混合编班、实地考察、春季论坛和学员论坛等诸种形式评价较高；肯定学院邀请到了领导、专家和学者的授课阵容实力，特别强调基点高、信息量大，有助于开阔视野，拓展思路，收获很大。学员提出诸多改进的建议，比如强调要尊重教学计划的严肃性，进一步提升专题报告的质量，增加新的内容元素；增加学员之间进行交流、研讨和论坛的频次；改革培训的组织模式，加强对培训的组织与引导；改进考察的规划、设计与安排，增进考察的现实成效。访谈结果分析：第一，多种类型的培训模块设计与组织管理形式适合干部培训的特点，但尚存需要充实与改进的地方；第二，培训的规划与设计仍存在较大的发展空间，需要更进一步地加强培训需求的分析；第三，在培训课程设计中要高度注重并做到理论与实践的并重，高度重视政策性和实践性的授课内容，并且重视培训课程的设置和师资队伍的建设，提升授课的品质；第四，需要摒弃培训课程设计中的应试思维，创新培训组织与管理的模式，深化培训诸环节的准备、组织与管理工作，从而提升培训的成效。

（三）座谈式评估结果分析

2009 年上半年采用座谈评估的方式体现在第 34 期高校领导干部进修班，主要的参与人员包括学院领导、学院部门的代表和学员的代表，实质上是采取倾听与咨询的方式对相关培训项目的设计与实施及其过程进行评价的活动，着意于倾听与咨询学员对学院培训的相关建议。座谈信息分析：座谈的内容集中在对教学与服务工作的评价，学员从正面评价与改进建议两个侧面对此提供多方面的信息，起到咨询与建议的效果。在教学计划的方面，正面的评价集中体现在培训教学理念、培训组织形式、课程模块与类型等诸多的方面，改进的建议集中体现在时限偏短、课程过紧、专题不精、研讨不深、考察不细，以及学员资源尚待开发等诸多的方面。在服务工作的方面，学员充分肯定学院的硬件设施，包括餐厅、体育馆和报告厅，以及相关的服务工作，并且提出应在细节上提升服务的水平，比如提高服务员运用普通话进行交流的能力与水平，顺时保障供暖等方面。由上述相关的评价与建议可知，学院的培训教学与服务工作已经具有一定的实力与水平，但依然明显存在需要改进的余地。座谈结果分析：第一，需要继续坚持以学科为基础，以问题为中心的办学理念，并且逐步推进培训模式的变革；第二，需要充分地考虑学员的培训需求，丰富培训的组织形式，加强全方位的角色互动，着力打造学院培训的核心与品牌课程；第三，强化对分班研讨和实地考察等诸多环节的组织与引导，加强对学员资源的开发与组织，深化学员之间的沟通与交流。

三、改进学院培训的建议

综合上述分析结果，以及结合培训评估中学员对今后培训工作的意见，提出如下改进学院培训工作的建议：

一是核心课程的建设。核心课程的建设是学院培训开发与发展中的关键内涵，亦是学员评估建议中的重要内容。核心课程的建设应分如下几步走：第一，精心设置课程的板块，构建比较完善的教育领导干部培训课程体系，比如讲授的课程首先要以国家发展战略、中长期规划、宏观政策、形势制度；领导科学、学科发展、管理艺术、能力素质；人才培养、科学研究、内部治理、文化建设；和谐社会、党风廉政、身心健康；青年研究、热点问题、最新进展、系统观念等构成诸种的板块，并在此基础上构建培训课程的体系。第二，确立板块中的核心课程，坚持少而精的课程设计理念。学员在培训评估中强调，核心课程应该限制在开设 1-2 门高深知识的课程，防止授课内容的过度重复与泛滥，以及在授课内容和教学方法等诸方面，亦应尽力契合学员培训的需求。因此，在构建培训课程体的基础上，征询学员的培训需求也是核心课程建设的重要内涵。第三，培训课程板块的建设尚需考虑多种类型板块的设置，特别是应该关注并设置各种参与培训角色的互动课程。比如，学员建议注意加大分班研讨、学员论坛、大会交流、特色论坛等教学板块或环节的比重，在核心课程的教授中溶入师生互动与交流，减少满堂灌的教学方式，增加授课中师生共同探讨与研究的氛围。第四，整合培训课程资源，开发院内、社会与学员中的资源，把实地考察、体育课、健康指导课和研究性教学等诸多的环节更紧密地结合起来，核心课程建设中需要注重政策性、理论性与实践性的结合。

二是院本课程的推进。学员评估中多次出现学院教师授课与院外教师授课相比存在较大差距的评价。上述的结果应该是一种现实，但不是一种学院的恒态——这是对学院教师专业素质和授课效果的一种发展性判断，即学院教师的授课具有较大的发展潜力，需要通过学院相关政策性的调整，激发学院教师从事科学研究和开发院内课程的信心与动力，院本课程的建设与推动是学院教师专业资源开发与培养的重要决策与步骤。学院在院内教师授课的政策上曾经有过诸多的探索，其中启动重点课程的建设就是重要的措施。院本课程的建设旨在更大程度上发挥院内教师授课资源的效用，最大限度地开发与培养院内的师资与课程资源——这符合学院教师队伍与院内课程建设中战略发展的基本趋向，亦符合学院培训事业的未来发展。从现实性的角度来讲，推进院本课程的建设，已经成为学院培训的重中之重，学院作为"1号提案"即是明显的证明。培训部已经设计"院本课程取向调查表"，向各位专兼职教师收集与咨询相关的信息，并且结合学院培训项目中学员需求与课程建设的实际，积极推动"院本课程建设指南"的研究。当然，院本课程的建设并非单纯的课程建设，而是关系到学院各层面的改革发展。比如，院内教师授课审批与评估程序的设计；院内教师授课的时间安排与方式选择；院内教师专业发展与院本课程结合的激励政策；院内教师授课安排与培训项目课程设置之间关系的处置措施；院内教师授课与院内和谐文化的建设。诸此种种都是相互关联的统一体。推进院本课程的建设，必须坚持系统的发展理念，需要统筹院内外的有利因素，有步骤和策略性地推进与实施。

三是培训模式的变革。提升学院培训的质量，课程的建设是主要的环节，但推动培训模式的变革是具有相当必要性的战略选择。培训模式的变革必须以学员为中心，在培训项目设计、教学计划安排、培训组织与管理、运行程序与机制等诸多的层面，都应高度注重学员在其中的角色地位与作用。比如，分班研讨，学员评估中凸显出对研讨过程引导中的问题，强调需要深化研讨的过程——这是需要思考的问题。主要需要考虑如下两个方面：目前分班研讨环节的组织与引导到底存在什么样的问题；分班研讨环节的组织与引导是否需要进行模式性的变革。前者是事实的陈述，体现出对目前分班研讨模式的评价，其实主要是以教师为中心还是以学员为中心的问题，以及指导教师的作用是否发挥的问题。换个角度来考虑，即是学员中心如何体现出来。后者是思维的陈述，反映出对分班研讨环节的未来思考，体现为如何改善分班研讨的组织与管理形式，以及研讨成果的体现方式。换个角度来看，就是如何看待教师在其中的角色地位与简报简讯的形成方式问题。当然，培训的模式具有更丰富的内涵，包括项目设计的模式、课程设置的模式、教学方法的模式、组织管理的模式、评估设计的模式、师资构成的模式，诸种的模式都需要进行系统性的变革。学院培训模式的改革并非单一层面或模式的改革，而是具有系统性特征的变革过程——这需要培训思维模式的变革相适应，否则难以推进培训模式的变革进程。比如，院本课程的建设不能只是孤立的提案，而是学院培训中相互关联的环节，需要进行课程设置的模式、院内教师授课的程序与酬金支付的模式等诸多方面的同步配套改革，甚至关涉学院培训项目组织管理模式的变革。由此可知，培训模式的变革是提升学院培训质量的系统工程，对学院培训事业的发展具有重要的战略意义。

四是后勤服务的提供。学院的硬件设施已经具有较强的实力与水平，学员在评估中多次提及上述的实际状况，但后勤服务确实存在某些尚待改善的方面。学员在评估中反映出的主要是细节方面的问题，比如分班研讨室中计算机、打印机等设施的配备；国内主流报纸的提供；学员的住宿区域洗衣房和洗衣机的增添；餐饮饭菜的多样需求；缴费项目的统筹，以及服务员运用普通话沟通与交流等问题。细节决定成败，改善学院后勤服务的提供尚需从注意细节开始——这就需要做到及时倾听学员的意见与建议，细致、认真地解决学员提出的各种困惑与问题，以及通过建章立制等诸多的途径与方法，完善提供的机制，从而大幅度地提升学院后勤服务的水平。

商谈培训总结会上学院领导讲话稿的准备

部门的领导约往院长办公室，商谈齐齐哈尔培训总结会讲话稿的准备。坐定之后，院长与部门领导谈讲话稿的准备，主题确定为结合当前学习与落实科学发展观，以及开展"回头看"的社会形势，重点谈如何学习与落实科学发展观，促进学院培训教学的改革发展，比如培训需求的调研、教学计划的制订与执行、培训教学的开展等，强调上述的方面都要抓紧、继续落实，并且提出相应的要求，从而推进学院的培训教学上台阶。关键是要做到内涵发展、特色发展和科学发展。部门的领导谈到总结会的两大程序：培训部的总结和学院领导的方向性引导，建议院长的讲话明确学院事业发展的形势，指明学院进一步发展的方向。院长强调指出，不仅要从学院的内部来看培训教学的进展，而且要从学院的外部来看学院培训的优势与不足，跳出学院看学院，找准问题、查找不足，这在学院培训的事业发展中是相当重要的事情。

当前，学院事业发展的机遇与挑战并存，面临来自高校和中组部等下设培训机构的干部培训压力，比如北大和清华等著名的高校已经建立高校领导的知识性培训基地，学院培训发展的关键问题就是需要凝聚学院的核心竞争力，其核心是培训教学，学院需要激发全体员工的忧患意识，主要体现在生源问题、软实力和培训文化建设等方面。目前学院的培训尚存在不足，需要持续发挥特色优势，注意调研学员对学院培训成效的反应，确立学院的核心课程。另外就是学院教师队伍建设的问题，虽然评估中已经有进步，但做得尚不够，教师在学院中的职责定位应该是教学、科研和带班，需要增强带班的责任心，鼓励教师上讲台，提升科研的质量和水平。

部门的领导谈到学院培训的特色方面：一是高端和重点的培训项目，比如海外培训项目、进修班和培训班，以及其他专题培训班，学院的培训在上述的方面明显存在优势；二是学院是专门从事教育干部培训的院校，这是其他的高校与机构所不具备的优势；三是学院在具体的培训中存在内涵的特色，比如课程建设中的政策性设计和实用性特征，高校偏重知识的培训，而学院偏重政策和能力的培训，另外学院专兼职教师与院外教授的队伍建设亦明显存在特色。

院长强调，在看到学院优势的同时，尚需看到学院培训发展中存在的问题与需要改进的方面，比如学院培训的内涵发展问题，以及学院教师的专业性作用如何发挥的问题，上述的方面关涉机制与推力的问题。具体地谈到如下问题：一是班主任职责担当的问题。目前在学院的培训中，班主任创造性地开展工作的动力不足，需要进一步地探索班主任带好班的办法，并且制订相应的政策性配套措施，保障班主任做好组织管理的工作，比如在明确班主任职责的基础上，需要进一步地抓好如何落实的问题，建立相应的动力机制。二是培训教学的问题。学院的培训是培养人的问题，教育领导干部素质的提升是关键性的目标，而达成上述的目标需要创造性地开展工作，比如创造性地执行教学计划，当然这亦存在机制的问题。三是提升学院教师科研成果质量的问题。学院的科研在量上已经具有相当的规模，但科研成果的质量与水平尚存在一定的问题，需要通过建立一定的机制，鼓励、保障和引导教师开展科研。四是处理大厦会议中心与培训中心的位置问题。需要坚定强调后勤保障培训教学，做到经济效益与社会效益并重。

院长谈到，讲话稿中需要强调的第二方面问题，即学院培训工作中的内涵发展、特色发展与科学发展问题，强调其中的教师队伍建设和课程设置建设问题，比如课程设置的科学性问题，以及执行教学计划的严肃性问题，指出需要做好学员需求的调研，搞好核心课程、特色课程和院本课程的建设。在教师队伍建设中的问题方面，强调需要注重教学、科研和带班的任务，其实学院的培训中存在某些好的和不好的现象，比如结构化教学就具有典型性。但这只是存在于个别部门的现象，没有形成普遍的发展趋势，需要解决动力机制的问题，应该鼓励各部门独立和创造性地开展工作，发挥教研部和相关部门在实现"三任务"中的作用。另外，需要强调后勤为培训教学服务，以及远程培训部的技术保障问题。

院长最后总结谈话的主要内容，集中在两大方面：一是强调当前学院培训工作的形势；二是强调内涵发展、特色发展和科学发展的问题。其中包括培训需求的调研；核心课程、特色课程和院本课程的建设；教学计划的设计；教师队伍的建设；后勤服务的保障等方面问题。院长尚谈到学员培训评估和院本课程建设的问题，于是提交"2009年学院培训评估的综合分析报告""院本课程建设调查表"，以及"院本课程类型规划与院内教师授课酬金支付办法的建议"等评估分析性和政策建议性的研究材料。

代拟培训教学总结会上学院领导的讲话稿

结束院长讲话稿的代拟，提交部门领导，并且与院办的相关领导联系，依其要求上传电子版，同时嘱托转交院长，以期提出进一步修改的意见。

—— **附：学习落实科学发展观 推进学院培训的科学发展** ——
——在 2009 年培训教学总结会上的讲话（代拟稿）

科学发展观是我们党在新的发展时期提出的全新执政理念。我们党有关干部教育培训工作的相关部署充分体现出科学发展观的时代要求与本质内涵，它也是我们学院培训事业发展的重要指针。当前，学院的培训工作正进入重要的发展阶段，面临着培训模式改革的机遇与挑战，关键是要推进学院培训的科学发展，开创学院培训工作的新局面。

一、深入学习理解科学发展观，认清当前学院培训工作面临的发展机遇与挑战

从外部的形势来看，当前学院的培训工作面临着难得的发展机遇，这为学院的培训工作提供极为有利的政策环境与社会氛围。主要体现在：

一是干部教育培训已经成为我们党开展组织工作的重要途径和干部养成的主导方式。2006 年 3 月，中共中央印发、试行《干部教育培训工作条例》，其中的第三条规定干部教育培训工作应该遵循的基本原则：以人为本，按需施教；全员培训，保证质量；全面发展，注重能力；联系实际，学以致用；与时俱进，改革创新；2007年7月，胡锦涛总书记在党的十七大报告中强调，需要造就高素质的干部队伍，并且对干部教育培训提出新的要求，做出新的部署；2008年7月，全国干部教育培训工作会议召开，标志全国干部教育培训工作进入新的发展阶段，亦为学院的培训工作提供必要的社会环境与氛围。

二是中央加大对干部教育培训的投入力度，并且创设相配套的宏观政策和制度环境。近年来，我国社会经济呈现比较快速发展的势头，虽然存在全球性金融危机的冲击，但我国金融和经济的基本面还是保持比较良性的状况，这种社会经济发展的实际为干部教育培训提供必要的经济支持，中央逐步加大对各级干部教育培训的投入力度，并且提供各种政策性和制度性的扶持，大力地支持并开展各种层级的干部教育培训工作。比如，在上海、陕西和江西分别新设浦东干部学院、延安干部学院和井冈山干部学院，并且加强对原有各级类干部培训机构的建设与改造，我们学院亦是其中的受益者。

三是教育部高度重视教育干部培训工作，加强领导并不断地推进学院培训工作的发展。早在1999年，教育部就印发《关于进一步加强国家教育行政学院建设的意见》，规划我们学院的性质与任务，尚分别制订教育系统干部培训"十五"和"十一五"规划，并且通过教育部办公厅印发招生通知等形式，不断地加强对学院培训工作的领导，同时教育部及相关司局领导亦通过不同内容与形式的活动支持学院的培训工作。上述的方面为学院的培训工作提供重要的领导机制、制度环境和保障条件，从而有力地推动学院培训的发展步伐。

四是教育事业的发展对教育干部素质提出更高的要求，为学院的培训提供比较充分的外部需求。当前，我国教育事业进入新的发展阶段，学前教育、义务教育、高中教育、职业教育、高等教育和社会教育等都呈现为蓬勃发展的态势，不仅在教育机构的数量和在学规模上日益扩大，覆盖面由城市到农村，以及由边远农村到城市（比如，义务教育免费政策），而且在教育机构的办学性质与内涵上亦不断地发生新的变化（比如，民办学校的兴起与规制，以及国立、公立高校独立学院的出现及其政策的调整）。上述的发展变化对教育干部素质提出更高的要求，因而客观上为学院的培训提供充分而必要的外部需求。

上述的内容表明，干部教育培训业已成为我们党所奉行科学发展观的重要内涵，中央和教育部等政府部门为教育干部培训提供必要的资源支撑，创设较为良好的政策环境。我们应该抓住难得的机遇，利用好各种资源与政策，加速推进学院培训模式的变革，深化学院培训组织管理的改革，从而推进学院培训工作的发展。当然，机遇与挑战并存，确实这亦是符合思维逻辑的两个范畴。学院培训工作的发展面临着战略机遇的同时，亦必然会存在各种严峻的挑战，这是难以回避的社会事实。综括地来讲，主要体现在：

一是学院的培训必须适应当前社会和教育发展的现实挑战，并对当前教育系统日益发达的现实给予积极的应对。当前社会与教育的发展日益趋于全球化，我国正步入工业化与信息化并存的发展阶段，教育系统变得日益发达，形成一种复杂系统的发展状态。这就需要学院的培训给予必要的积极应对，首先是学院的培训需要适应当前社会和教育日趋全球化的发展现实，比如我们积极开展教育干部海外培训项目，就是这种现实挑战的一种对应形式；其次是学院的培训尚需要适应当前我国教育系统自身发达的现实挑战，比如我们培训的项目日益扩展，逐步发展出分管教育副市县长培训班、教育厅长研修班，以及全国基础教育改革动态培训班，学院培训的对象正不断地朝向"两端"方向扩展，这就是为应对教育系统日益发达的现实挑战而采取的重要措施，另外学院的培训尚存在教育部司局的委托办班，这种班别多为应对社会发展与教育政策发展的现实情况而设置，当然尚开设有学院与企业、其他的社会组织之间合作的培训项目。由上可知，当前学院的培训面临着更多来自国内外、多层面的现实挑战，亟须给予必要的积极应对。

二是教育事业的发展提升教育干部所应具备的素质基础，激发出更为复杂多样的培训需求，并且对学院的培训具有更高的期待。当前，我国高等教育大众化正处于日益发展的关键阶段，某些发达的省市已经逐步达到或接近普及化的水平。从整体的角度来看，我国高等教育虽然尚存在发展的不均衡问题，但层次与规模之间的相关度获得较大程度的增长，高层次人才的数量日益增多，各级类教育机构之中教育干部的素质获得明显的增长，从而奠定当前教育机构中教育干部比较坚实的素质基础。从教育机构内部职能的特征来看，职能的分化日益明显，教育干部的岗位素质要求存在提高的趋势，因此激发出更为复杂和具体的培训需求。从学院在全国教育干部培训中的地位与功能来看，学院属于教育部的直属单位，学院的培训属于国家级别的教育干部培训，因此全国各级类的教育干部对学院的培训存在较高的期待。上述的方面对学院的培训而言确实是一种挑战。

三是教育干部培训事业的发展对学院的培训提出日益严峻的挑战，迫切需要不断地提升学院培训的质量与声誉，并且在激烈的竞争中占据应有的优势。在当前社会发展和终身学习的时期，教育干部培训事业获得较大规模和程度上的发展，各级教育行政部门和教育机构都日益注重对所管辖的教育干部进行必要的相关培训，比如存在海外研修、国内进修、区域和内部培训等形式，并逐步形成较大的教育干部培训市场，各种教育干部培训机构纷纷建立起来，特别是国内外著名的高校或其他的组织机构都开始涉足我国教育干部培训的业务，这对我们学院的培训形成比较严峻的挑战。针对国外高校或其他的教育机构，我国可以进行适当政府规制的办法引导发展，学院可以与相关的涉外机构比如外国专家局合作发展海外培训的业务。而面对国内的著名高校或组织机构（比如，北大和清华等著名高校已经建立起对教育领导进行知识性的培训基地，而学院的培训更倾力于教育领导力的开发与发展），我们就需要通过不断提升学院培训的质量与声誉等有效途径，在激烈的竞争中获取应有的优势。

由上可见，学院的培训面临多方面的机遇与挑战，需要我们全院上下都引起足够的重视，并且采取必要而有效的措施，抓住机遇和应对挑战，在复杂的社会氛围和政策环境中获取优势、发扬特色，深化学院培训模式的改革，从而有力地促进学院培训事业的发展。

二、坚持以培训教学为中心，增强核心竞争能力，推进学院培训的科学发展

学习理解科学发展观的根本目标是为了更好地贯彻落实中央的基本精神。当前中央在部署学习落实科学发展观中，强调在实际的工作中高度关注"回头看"的做法，点检工作中的优势、问题与不足，从过去的经验与教训中获取有益的启示与借鉴。2009年是新中国成立60周年，按照中华民族的传统干支纪年，正值甲子，中央已经举办各种庆祝性的活动，学院的相关部门亦开展各种有意义的活动，但关键还是各单位和部门要创造性地开展工作，就学院的教职工而言，就是要发扬创新的精神，努力做好本职岗位的工作。建院50余年来，学院的培训事业已经取得较大的成绩，这是有目共睹的事实。2009年上半年，学院的培训又取得重要的进展，稳步推进年初规划的各类培训项目，促动培训管理的科学化与信息化进程，在相关的创新项目与特色环节上均存在突破，这是值得充分肯定的新进展。但是，当前学院的培训工作机遇与挑战并存，这就需要我们认真贯彻落实中央有关科学发展观的部署，找准学院培训工作发展的战略方向，坚持以培训教学为中心，增强核心竞争能力，推进学院培训的科学发展。科学发展具有比较丰富的内涵，就当前学院的培训工作而言，可归纳为内涵发展、特色发展、协调发展和可持续发展等方面。

一是内涵发展。提到内涵发展，首先，需要面对有关培训理念方面的问题。过去我们比较关注的是学院培训的定位问题，比如，提到过"一个中心，四个平台"，提到过国家级、高水平和有特色，但这些难以替代对学院培训理念的探讨。确立学院培训理念是相当重要的,我们需要立足于学院的特色与优势,特别是学院偏重政策与能力培训的实际,坚持以培训教学为中心,努力增强我们学院的核心竞争能力。其次,教学体系、师资队伍和质量工程是"三位一体"的范畴。教学体系中的核心因素是教学模式和课程体系,当前教学模式中比较关注的是专题报告,这是应该坚持的方面,但还是需要继续丰富教学环节的设计,比如,关注演讲和讲座的课程,以及设置以学员为中心的教学环节,课程体系中迫切需要解决的重要问题是核心课程与院本课程。学院的师资队伍包括院外与院内的教师队伍,选定院外核心课程教师与养成院内院本课程教师,是当前教师队伍建设中的重点任务,院外核心课程教师应与兼职教授的聘任结合起来,院内院本课程教师应与相关专业研究的方向结合起来,即需要坚持以"双结合"为抓手,推动学院师资队伍的建设与发展。质量工程包括教学质量与服务质量两个方面,具有系统性的特征,需要有科学的培训设计、高水平的师资队伍,以及高质量的组织服务做保障。再次就是离不开科研发展和文化建设作为支撑。学院的科研应具有明确的发展方向,这是需要强调的方面,但也绝对不是能够一刀切的事情,需要兼顾学院培训与专业研究的实际,平衡院本研究取向与专业研究取向之间的关系,应该做到不偏颇,收到相互补益的效果。其实,院本与专业两种研究取向之间并不存在矛盾,而是呈现为相辅相成的关系——上述的两种取向对学院培训事业和院内教师专业的发展都有益处。文化建设的关键是学院培训文化的建设,学院的培训应确立与培训理念相适应的文化特色,并由此形成学院文化的软实力。

二是特色发展。学院的培训工作具有得天独厚的社会与政治优势，社会的优势表现为教育系统的庞大规模，政治的优势表现为教育干部培训的重要功能——上述的优势为学院的培训工作实现特色发展提供基本的前提。首先就是在干部教育培训中的教育类特色。这种教育类特色在学院培训工作中的项目设计、课程建设和师资队伍等诸多方面都有显著的表现。学院的培训工作面向全国教育系统及其机构，以教育干部为培训对象，重点围绕教育方针、教育政策、教育理论与实践，以及教育领导与管理中的相关问题，开展各种类型的教育干部培训项目。学院的培训课程坚持以教育课程为主，尤其体现为教育政策课程。学院的师资队伍亦符合学院培训的教育类特色，这是由院内教师以教育为主要的专业特色与以教育干部为培训对象的岗位性质所共同决定的，因为即使是以社会科学为专业的院内教师，亦难以回避学院培训对象的教育类特色。其次就是在教育干部培训中的国家级特色。学院直属教育部党组的领导，培训的业务受教育部人事司的指导，培训的经费由教育部直接下拨。学院的培训受到教育部及其各司局领导的关注与支持，比如设置有各级类教育部规划的班别，班别类型的范畴不断扩大，近年设置教育部规划的全国基础教育改革动态培训班，以及教育部各司局委托的培训班别。教育部办公厅每年下发学院年度招生工作的通知。由此可知，学院在教育干部培训中明显具有国家级的特色。再次就是在学院培训中的实用性特色。目前，很多著名的高校都竞相开拓教育干部培训的市场，比如北大和清华都开始从事教育干部培训的业务，确实这对我们学院培训事业的发展带来挑战与压力，但我们学院的培训具有自身的特色。高校主要从事知识性的培训，我们学院致力于政策与能力的培训，体现出实用性的特色，这是我们学院培训的优势，也是我们学院培训事业发展的战略方向。

三是协调发展。学院培训工作的科学发展必须强调协调发展，也就是需要具有系统的观点，即将学院的培训工作置于国际与国内两个市场、外部与内部两个范畴的基础上来考虑，运用系统的观点，建立相关运行机制，促使学院的培训工作呈现出协调发展的状态。学院培训工作的协调发展可划分为外部社会、教育系统和学院内部三方面的协调发展。首先，有关学院培训与外部社会的协调发展。学院培训事业的发展难以脱离开国内外社会的发展形势，必须面对来自国际和国内两方面的挑战与压力，比如必须参与国内外培训机构的市场竞争；必须助力于国内外的社会资源；必须审视国内外的社会形势做出战略性的发展决策。我们需要坚持以培训教学为中心，凝聚学院培训的核心竞争能力，并且努力地将挑战与压力转化为机遇和动力，促进学院培训与外部社会的协调发展。其次，有关学院培训与教育系统的协调发展。这需要考虑两个方面的因素，即来自教育部的教育干部培训规划和来自各级教育组织机构的教育干部培训需求。教育部是学院的上级主管部门，学院的领导人事与培训业务都接受教育部的行政领导。学院的培训必须与教育部有关教育干部培训规划保持高度的一致，这样才能有效地贯彻精神、传达政策；各级教育组织机构中的广大教育干部是我们学院培训的对象，他们的培训需求是我们开展培训教学和提升教育干部能力的基本前提。

学院的培训必须着眼于教育干部的培训需求，即学院的培训项目设置与教学模式设计都应依据教育干部的培训需求。再次，有关学院内部的协调发展。学院的内部存在"四大板块"：行政、教研、技术和后勤，"四大板块"都是学院培训的重要依靠力量。当前学院的内部要着重考虑教师队伍建设的问题，包括院内教师与兼职教授两支队伍的建设。兼职教授具有双重的性质，既存在外部社会的性质，亦存在学院内部的性质。正因这样，当前我们学院应该抓紧推进院本课程的建设，着力建立起高素质的院内教师队伍，这已经成为学院培训发展中的战略任务。学院内部的协调发展尚应包括院内教师的职责定位问题。学院承担的社会职能确实与高校存在一定程度上的差异，院内教师的职责定位亦应与高校教师存在区别，需要兼顾培训业务与专业研究，目前争论的焦点存在于科学研究的方面，前面已经讲过，学院的科研应该兼顾院本与专业两种类型的研究取向。上述的两种研究取向并不存在矛盾，我们需要通过适当的方式促使两种研究的取向产生聚合的作用，引导院内的科学研究为学院的培训服务。同时，学院内部的协调发展既需要抓住培训教学这个中心，增强核心竞争的能力，亦需关注其他的方面，因而需要我们具有系统的思维和战略的眼光。

四是可持续发展。这是学院的培训工作实现科学发展的重要内涵，也是学院培训的事业发展确立长效机制的思想基础，而增强核心竞争能力是实现可持续发展的必要和保障条件。首先，教育事业的发展为学院的培训实现可持续发展提供必要的社会条件。近年来，我国社会经济取得长足的进展，优先发展教育为我国教育事业的发展提供思想的支持，教育政策环境亦日益宽松。免费义务教育从边远的农村发展到城市，高等教育大众化日益提速，社会支持教育事业发展的力度大幅度地增强，教育系统不断地充实与完善。教育事业的发展为我们学院的培训提供较大的发展空间，这是学院的培训实现可持续发展的必要社会条件。其次，日益现代化的硬件设施为学院的培训实现可持续发展奠定坚实的物质基础。学院在1998年实现院址的南迁，从"借地培训"发展到拥有校长大厦、专家公寓、学员公寓、逸夫报告厅和体育馆等硬件设施及其相适应的现代化保障体系。学院南迁大兴以来，教育部日益重视和支持学院培训事业的发展，多次增拨经费加大学院的硬件设施建设，适时维修和改造现有的设施，学院亦借助社会的力量，不断地增加对学院硬件设施的投入，提升学院硬件设施的现代化水平，从物质的层面不断地增强学院的硬实力，奠定学院的培训实现可持续发展的物质基础。再次，日益完善的运行机制增强学院的培训实现可持续发展的软实力与优势。学院的培训确立模式化的运行机制，形成项目化的操作流程，培训部与教研部在学院的培训工作中各司其职，前者主要负责规划与设计，后者主要负责组织与执行，行政、科研、技术和后勤等部门建构起支撑与保障的体系，形成学院培训的完整运行机制，从而构成学院的培训实现可持续发展的软实力与优势。

可以说，内涵发展、特色发展、协调发展、可持续发展构成学院的培训实现科学发展的基本内涵。我们要对上述方面存在清醒的认识与深刻的理解，及时抓住转瞬即逝的难得机遇，勇于迎接面临的各种挑战。关键就是要坚持以培训教学为中心，不断地增强核心竞争的能力，在动态性的社会环境中掌握学院培训发展的主动权，努力地推进学院培训的科学发展。

三、创新机制、抓住重点，开创学院培训工作的新局面

推进学院培训的科学发展是我们学习、落实中央有关科学发展观的重要成果，可以作为学院培训发展的指导思想，并具体贯彻落实到我们学院培训工作的实践之中。我们学院的培训已经取得比较丰硕的成果，但尚存在问题与不足，我们不仅需要认清我们的成绩，而且需要明了我们的问题与不足，而不能担心和害怕指出问题与不足。当前我们学院事业的发展面临着难以际遇的发展机会，同时挑战也是巨大的，这就需要我们全体干部和教职员工团结协力、共商对策、创新机制、抓住重点，开创学院培训工作的新局面。当前，我们需要做到以下六个方面：

一要激发忧患意识，找准特色优势。古人有言：生于忧患，死于安乐。我们要认清学院培训面临的形势，清醒我们肩负的重任，要有忧患意识，取得成绩不能沾沾自喜，存在问题与不足亦不能自卑自怜，需要找准我们的特色优势。比如，当前我们学院的培训面临着高校开展的教育干部培训挑战与压力，存在生源竞争，软实力提升和培训文化建设的压力，教师队伍、核心课程和院本课程建设的任务，以及实现学院培训科学发展的机制建构等诸多方面的问题，我们对待这些方面的态度不应该表现出怨天尤人的态度，更不应该采取得过且过的态度，而要主动地查找问题、寻求对策，关键是要找准我们学院培训的特色优势，以长补短、变短为长，从而实现学院培训的科学发展。我们学院培训具有很多的特色优势，前面已经

多所涉及，比如高端和重点培训项目的设置，这是我们学院培训的政治优势，教育部领导及其司局的指导是重要的保障，现在我们学院设置有多种类型的教育部规划班别，而且尚在扩大范围，这是大家都很清楚的事情，我们还与外专局合作开发和设置海外培训项目，这都是我们学院培训的特色优势。另外，就是我们学院培训的教育类和实用性特色优势，这在前面已经谈到。我们需要看清现存的问题与不足，激发忧患意识，找准和发挥特色的优势，从而改进和推动我们学院的培训工作。

二要开发系统资源，加强培训调查。近年来，我国教育事业获得迅猛的发展，教育系统的规模日益庞大，体系结构日趋复杂，教育系统已经成为国家建设中的"阳光工程"，应该说教育系统的资源非常丰富。我们学院又是国家级的教育干部培训院校，所以说是占尽天时和地利的优势。前面已经多次谈到我们学院在教育系统中的地位与优势。其实，我们学院培训开发的空间与范畴尚存在拓展的地方，甚至可以超越教育系统，即从社会系统中挖掘更多的可利用资源，比如学院可以积极拓展与其他部委司局、企业事业单位，以及国际培训机构等合作业务，在政策容许的范围内充分地利用可利用的一切资源为学院培训的事业发展服务。但是，开发系统资源需要紧密地结合我们学院的培训工作，而不是只追求短期的经济利益。我们必须将经济利益与社会效益紧密地结合起来，必须以学院培训的开发与发展为中心，这是我们学院开发系统资源的基本底线。开发系统资源必须做好培训调查，这是应该注意到的方面。比如，需要调查教育系统中教育干部的培训需求；需要调查学员结业之后对学院培训成效的社会评价；需要在培训调查研究的基础上制订科学的培训规划与设计。加强培训调查与开发系统资源同等重要，这也是做好学院培训协调发展的重要方面，我们需要做好资源开发与培训调查的结合，不断地拓展学院培训发展的空间和范畴。

三要完善课程体系，积聚竞争能力。学院的培训需要重视核心课程、特色课程和院本课程的建设。首先谈谈核心课程的建设。核心课程的建设要与培训评估分析相结合，注重课程设置的必要度和学员评估的高数值，同时结合教授的社会声誉，并确立从教授学院培训课程的院外人员中拔擢兼职教授的制度，这里涉及核心课程和特色课程。其次就是谈谈特色课程的建设。特色课程可以不是学院培训的核心课程，但学院的培训却需要加强特色课程的开发，即具有学院培训特色的课程。特色课程可以是创新课程。比如，学院的培训可以结合教育政策的发展及时设置某些创新性的课程，长期坚持下来形成相应的课程建设机制，这些创新性的课程就可以成为学院培训的特色课程，这种课程建设的机制就是学院培训特色课程的形成机制。当然，某些系统性的课程亦可以成为学院培训长期持续开设的特色课程。再次就是着重谈谈院本课程的建设。院本课程建设的立足点就是对学院教师专业素质和授课效果的发展性判断，即学院教师的授课具有比较大的发展潜力，应该通过政策性的调整，激发院内教师从事科学研究和开发课程的信心与动力。院本课程的建设旨在更大程度上发挥院内教师授课资源的效用，最大限度地开发院内授课师资与课程资源，这符合学院教师队伍建设与院内课程建设中战略发展的基本趋向，亦符合学院培训事业的未来发展。培训部已经设计"院本课程取向调查表",用以收集和咨询专兼职院内教师的相关信息,并结合学院培训项目中学员培训需求与课程体系建设的实际,积极推动"院本课程建设指南"的研究,这是院本课程建设中的重要步骤,希望各位院内教师给予支持与配合。推进院本课程的建设,必须坚持系统的发展理念,需要统筹院内外的有利因素,有步骤和策略性地推进与实施。培训教学是学院培训工作的中心,而其核心应是课程的建设,我们需要通过完善课程体系的建设,积聚学院培训的核心竞争能力,从而形成学院培训中的竞争优势。

四要引导教师科研,增强职业观念。院内的专职教师需要承担教学、科研和带班"三项任务",目前的情形是带班为主要,科研和教学处于次要的地位,这种状况不应该持久地存在,这不符合学院培训的科学发展。院内专职教师的职业发展应该逐步从目前的状况过渡到教学、科研和带班并重,通过政策的调整引导学院教师做好培训科研,包括培训教材的建设和培训研究,并把专业研究与培训教学相结合,由此实现学院的专职教师承担教学、科研和带班三项职责的"一体化"发展。首先就是院内专职教师的教学职责。学院存在院内和院外两支师资队伍,以院外师资团队为主要力量的局面在短时期内难以改变,这是我们学院培训教学中存在的事实,亦是我们学院培训发展中长期存在的优势与困境。但这难以取代院内专职教师的教学职责,特色课程和院本课程的建设就是要最大限度地实现院内专职教师的教学职责目标。另外,实现院内专职教师的教学职责尚需建立动力的机制、鼓励创新的精神。比如,在2009年上半年学员的评估中，"教育行政管理案例教学导引"课程的教学效果获得相当高的数据值。应该说，院内的专职教师履行教学职责，尚存在较大的探索和创新空间。其次就是院内专职教师的科研职责。前面已经提到，院内专职教师的科研应该兼顾院本和专业的研究取向，鼓励进行两者之间相结合的研究，同时需要采取相应的政策和措施，引导教师开展培训科研，开发适合学院培训的教材和资料，开展培训理论和教育干部培训的规律等方面的研究，以及针对学院培训的实际，开展具有实际意义的工作研究。再次就是院内专职教师的带班职责。在当前学院培训的模式中，带班的职责是院内专职教师的主要职责，从长远和战略发展的角度来看，院内的专职教师参与学院培训的职责，逐步发展到以研究性活动为主，而不是事务性的带班任务。当然，这就需要对当前的某些做法进行必要的改革。比如，确立"以学员为本"的培训理念。培训教学设计应该注重参与培训过程的各类角色之间能够做到互动与交流，并且通过适当的规制要求，把这些活动确定为教学的课程，从而充分地发挥班级群体和学员个人在学院培训过程中的主体地位与关键作用。同时，通过建立研究性团队的渠道和方式，开发学员学习的成果，并形成以学员研究为主体的简报和简讯形成机制。学院培训的改革不是能够一蹴而就的，需要通过推进科学发展来实现，而且是一个渐进的过程。

五要强化内部协调，加强科学评估。强化内部协调是促使学院的培训实现科学发展的重要途径，主要包括两部分的内容：一是学院内部行政、教研、技术和后勤"四大板块"之间的协调，需要建立起比较顺畅、和谐的学院内部系统管理与运行机制。目前，学院内部"四大板块"之间的协调关系尚存在改善的空间，学院的内部系统尚存在完善的地方，比如怎样定位教研板块与学院培训之间的关系，如何提升院内教师的教研质量，这些都是亟须我们解决的问题；二是在以培训教学为中心的前提下，需要建立起培训部和各教研部之间的协调与合作关系，以及科研管理服务于教师专业与学院培训的发展机制。比如，如何定位班主任的工作职责问题，以及如何定位院内教师的专业发展与科研取向的问题。我们不能因为强调院内教师的专业发展，就否定服务于学院的培训；亦不能因为强调服务于学院的培训，就否定院内教师的专业发展。其实，上述的两个方面存在相辅相成的关系，而不是相互矛盾的取向。这在前面的内容当中已经提到过，这里就不再多谈。培训评估是提升与保障学院培训质量的重要举措，需要加强对学院培训的科学评估。学院培训评估分析是一项重要的工作环节，亦是我们落实学院培训质量工程的重要步骤。通过加强科学评估，不仅可以明晰我们已经取得的成绩，查找和指出存在的问题与不足，而且可以为学院培训的决策提供智力的支持，推进学院培训的科学发展。目前，培训部实施问卷、访谈和座谈三种类型的评估方式，收到较好的成效，以后需要进一步加强学院培训评估的设计与分析工作，从而提升学院培训评估的信度与效度，更好地为学院培训的开发与发展服务。

六要建立动力机制，鼓励模式创新。落实学院培训的质量工程，必须坚持以课程建设为主要环节，这是我们学院全体教职工的基本共识。但模式创新是学院的培训实现战略发展的重要选择，对学院培训事业的发展具有重要的战略意义。学院培训模式的创新并不是单一层面或模式的改革，而是具有系统性特征的发展过程，需要确立与其相适应的学院培训思维模式，建立起相配套运行的模式机制，比如院内教师教研模式的改革。院内的教师主要承担教学、科研和带班的工作职责，需要处理好"三项任务"之间的关系，目前我们的困境就是由于存在思维模式方面的问题，比较僵化地看待院内教师的"三项任务"，而没有从学院培训模式的整体和系统角度看待这个问题，包括鼓励、保障和引导院内教师的科研取向；又比如，院本课程的建设不能只看作孤立的提案，而是学院培训中相互关联的环节，需要进行课程设置的模式、院内教师授课的程序与酬金支付的模式等诸多方面的同步配套改革，甚至关涉学院培训项目组织管理模式的改革发展。结构化教学就是具有典型性的模式创新事例，但这只是个案，没有形成普遍的现象——这就需要我们解决动力机制的问题，需要鼓励、保障和引导学院的各部门创造性地开展工作，发挥教研部和相关部门在实现"三项任务"中的作用。比如，我们解决学院培训中的班主任工作职责问题，就需要建立相应的动力机制，制订政策性的配套措施，进一步探索班主任带好班的办法，保障和推动班主任做好组织管理的工作。其实，建立动力机制的问题应该贯穿于学院培训的各个环节，比如教学计划执行中创造性的问题；课程设置中科学性的问题；教师科研取向中服务于培训的问题。

学院"学科与课程建设发展中长期规划"的研讨

院领导召集开会，研讨制订学院"学科与课程建设发展中长期规划"事宜，其中谈到学院已经制订《2000—2005年学科建设规划》（俗称"绿皮书"），并且指出其较为粗糙，缺乏可操作性，正是基于上述的情况，需要再行制订中长期规划。制订时需要强调如下两点：一是借鉴以前的成果，吸纳部分有价值的思想成分；二是针对新形势、新任务和新资源发展的相关内涵，主要包括学科建设、专题课程设置和教材资料建设等方面的内容。

随后谈到规划的四点构成：一是导语部分，主要回答为什么需要制订规划。学院是干训单位，制订规划，就是要突显核心竞争的能力，同时在新的历史条件下面临新的形势与任务，需要制订出新的规划，并且可以把规划作为实现学院培训质量工程目标的重要载体。二是规划的制订需要吸收原有的长处，概括出学科的方向，或学科的重点领域，主要是围绕教育部党组的重点工作，突出重大的实践问题，结合干训的实际需要，打破传统的意识，以问题或领域为导向建立学科的概念。就学院而言，就是定向于教育领导与管理，并且形成课程体系。规划必须注重充分利用和发觉学院特有的学科资源，注重政策性，把握学科方向，明确学科的重点，也就是学院的重点学科方向或领域，以"学科重点（1）""学科重点（2）"等顺序排列，并且按照学院教研部的部门职责来确定。学院的学科具有自身的特色，不能使用高校学科的含义，即不能出现诸如教育管理学、比较教育学之类的学科，强调问题的取向，比如教育行政管理创新，以及相关体制、机制、评价和督导等方面的内容，每个部门有 2–3 个学科方向，其下是重点的领域。其中强调新设立的思政教研部职责，谈到主要是管理与领导的问题，以及其他思政课程开发的问题。三是由学科转向课程建设的问题。学院需要建设课程体系和重点课程，以及针对不同培训班的课程。学院的课程研究可以分为两大类别：课程板块的设计和共性课程的设计，其中强调核心课程的建设，需要依据学院干部培训的类型及实际需要，每门学科下设置 1–2 门核心课程，并且逐步形成相应课程的教材开发。四是搭建学科的平台，以及制定专项措施：通过开设课程和课题立项为院内的教师搭建平台；通过教学评价和科研评价，有针对性和操作性地鼓励院内教师开设课程。

随后是与会人员的热议。部门的领导首先发言，对学院的学科概念提出异议，指出学科与课程衔接的问题，不赞成使用学科的概念。其他的人员提出设置学术沙龙，以便院内的教师上讲台。随后主动发言：建议将规划的研究划分为两大专项：学院《培训教学发展纲要》和《院本课程建设指南》的研究，前者主要阐述一些原则性的东西，后者主要就院内的教师从事培训教学的相关课程进行必要的分析与探究。目前培训部正在推进院本课程的建设，邮发"院本课程取向调查表"，并且推进"院本课程建设指南"的研究，以寻求院内教师课程方向和培训课程建设之间的交集，通过长期坚持逐步形成院本课程体系，并且强调是渐进的过程，而不能一蹴而就。同时，强调学院课程体系建设的动态性，需要建立课程建设的动态机制。最后院领导总结，强调制订的规划是中观层面的文件，不要过分地陷于学科方向或领域的概念争议，高度赞同学院课程建设的动态性提法，并且强调可以进一步制订《培训和科研工作管理条例》，主要针对一些操作性强的东西。最后强调规划之后尚需存在附录，对多年来学院的课程进行历史性的回溯。

院长讲话代拟稿的谈话

提交代拟稿之后，院长再次谈话，强调主题要集中于科学发展观和学院整改方案。从内容的角度来讲，主要强调如下两点：一是学院培训工作的形势。需要从三大视角来看学院培训面临的形势：首先，站在学院看学院的培训工作。年初制订整改方案以来，学院的培训工作出现可喜的新现象、新情况和新亮点，在培训带班、授课和科研上都存在明显的体现，比如带班中的讲评，需要分析出几个方面；授课中上讲台的人数、评价如何、各教研部花的工夫如何；科研的成果怎样，多少文章发表，专著出版，评优的情况如何。上半年落实整改方案尚有多少事情未做，多少事情做得不好，需要继续努力。其次，跳出培训看培训工作。应该谈到国家和教育部对培训的要求；国家教育发展形势的要求，比如《纲要》的起草、中央和教育部对教育发展形势的判断。再次，跳出学院看学院的培训工作。要有忧患意识。现在高校、中央党校、国家行政学院、中组部等部门都启动教育干部的培训，特别是大学校长的培训，多少大学在做校长培训的业务，需要弄清楚。由此要求我们强调培训质量的问题，前提是要感受到压力，主要是生源的压力，特别高层次的生源；核心课程和教材的压力、师资（院内外教师队伍）的压力。当然亦要看到存在好的方面和优势，比如硬件、声誉（品牌）、专业机构和队伍。二是需要谈下一步的工作，即按照科学发展观和整改方案抓落实，中心就是要打造学院的核心竞争能力，强调质量发展、特色发展和内涵发展，应该强调忧患意识，不要满足于现实，需要围绕培训的质量提升和内涵发展，由此就要分析为什么要有忧患意识，比如教师的三项任务，发挥作用的空间仍还存在。要有分析，不仅要看到大的形势，还要自己与自己比较，内涵发展还要有什么，质量如何再提升。下半年要做的工作主要是在课程、带班、科研和制度建设上，还是要以落实整改方案为核心，比如稳定专兼职的教师队伍，搭建院内教师成长的平台，做到专兼结合。院内教师的水平可以从主持报告中看出来。讲话稿要写得有观点，具有概括性，以及存在一些实际的事例。

在院长谈话过程中，部门领导插入发言，强调如下几点：一是需要强调观念的转变，建立"以学员为本"的培训思想、"以教师为本"的办班思想，教师队伍建设需要围绕服务学员的根本。二是需要发挥教师在培训中的作用，即培训者的专业作用、研究者的学术作用、组织者的管理作用。三是需要强调制度性的支持，主要包括三点，即评选优秀学员和论文，考勤定期公布，由教师来做考勤；抓好培训研究和培训管理，两者相互联系；加强培训管理信息化建设，发挥引领的作用。四是清晰领会内涵发展，内涵的界定应该注重三点，即以培训项目为依托，特别是高端和重点的培训项目；做好专业培训设计与管理，以及增强资源整合的能力；强调学院的特色课程和科研成果，比如院内教师开设的一些课程，包括职教、教育财政、国际教育、均衡发展、校园安全等。最后院长特别强调，需要结合整改方案的落实，指出需要讲（写）实、要有实例。

院长讲话代拟稿的修订

院长再次约谈，提出仅要求准备讲话稿的提纲，而不必提供完整的代拟稿，并对讲话稿内容进行详细梳理，清楚厘定讲话稿的思路。于是整理院长谈话的记录，并且针对谈话的内容，对讲话稿内容进行必要的修正和充实，特别是查找中央相关精神的脉络，以及联络谈话中所关涉相关部门的统计数据，比如培训、科研、技术和后勤四大部门的统计结果，但除去培训部有关培训和授课的统计数据之外，其他的数据只能通过联系和沟通，由相关的部门提供。上述的数据如期提交，由此提高讲话稿的整理和充实速度。

院长讲话稿提纲的修改与上传

院长再约前往办公室，商谈讲话稿的事宜。准时到达后，倾听院长具体的修改意见。前次院长要求将讲话稿写成提纲的形式，这次主要是对前次的初稿提出修订的意见，而且存在内涵的变化，主要是将以前对各种统计数据的强调转换成对思想观点的强调，即更加关注一些新的概括和提法。在谈话的过程中，院长讲话较多，有时亦提出些问题，很清楚院长的大致思想脉络，逐渐地知晓需要论述的内容，当时即提出需要将前次甚至再前两次的相关内容进行综合，并且以前次讲话的纲要为基础进行修订。通过两次纸质校订的程序，基本上消除文字和语法方面的病误，于是通过邮箱提交院长的秘书，嘱托转交院长审阅并提出再次修订的意见。

—— 附：在 2009 年上半年学院培训教学总结会上的讲话提纲 ——

（总结稿）

前　言

学院每年例行召开培训教学总结会，这个做法很好，亦很有必要，有利于总结经验、进行相互之间的交流与学习，从而不断提升培训教学工作水平。2009 年是新中国成立 60 周年，又是学习实践科学发展观活动的重要年头。在大庆活动之后召开这次会议，远离北京，可以深切体会到"三老四严"、艰苦创业的"大庆精神"，对今后继续做好培训教学工作具有重要的意义。前面几位同志的发言讲得很好，从不同的侧面畅谈了从事学院培训教学工作的个人感受和体会，对大家都很有启发。总之，在学院领导班子和全体教职工的共同努力下，2009 年上半年学院培训教学工作获得了新的进展，推进了中心工作任务。依据大家的发言，以及 2009 年上半年学院培训教学的工作状况，我在这里谈几点意见：

一、学院培训教学工作面临的形势

可以说，2009 年上半年学院培训工作的总体形势还不错，出现一些创新的举措；教师队伍建设有新的进展；在培训办班的规模、质量和效益上都有明显的提高。主要体现在如下三点：第一，学院培训的发展势头良好。学院班子对培训教学工作很重视，进行过多次研究，强调它的中心地位，而且作为学院"学习实践科学发展观"

的核心内容，由此明确学院整改的方向、目标和任务。第二，培训教学改革不断深化和发展。学院培训和教研部门已经发动起来，出现新的举措、新的办法。比如，尝试开展小班化和案例教学模式的改革。第三，教师队伍建设获得进一步加强。落实学院培训的质量工程，关键是要进一步推进教师队伍的建设。衡量培训教学的质量要看我们教师队伍的整体素质和水平。上半年，我们在科研和带班上都有很好的表现。但我们尚不能太乐观，必须进一步认识当前我们培训工作面临的形势，毫不放松地继续推进学院的各项培训工作。我想从三个视角，对当前学院培训工作面临的形势做进一步的分析：

（一）站在学院来看学院培训工作的形势——既要看到新的进展和成绩，也要注意尚存的不足与压力

1. 增强自信心。概括言之，就是我们要坚定信心、再接再厉、知难而上。第一，历史积淀。我们具有比较深厚的历史积淀，存在50余年办学的优势，积累丰富的经验，培训的体系已经基本形成；拥有多年来形成的品牌项目优势，比如我们长期设置高校领导干部进修班、高校中青年干部培训班、地市县教育局长培训班；大学校长/书记海外培训班；教育部党组高度重视和支持，规划的班次正在逐步扩大；已经拥有较好的办学条件，而且培训的质量在不断提高。第二，当前形势。当前，我们培训工作面临较好的形势，主要表现在四个方面：培训的任务比较饱满；培训的班次具有品牌；办学的条件不断改善；培训的声誉逐步提升。第三，教师队伍。我们已经建立起专兼结合的教师队伍，以及具有较高层次的专职教师队伍，不仅热爱培训的事业，而且敬业的精神较强，层次较高，在学

院的培训中承担着带班、教学和科研"三肩挑"的职责，发挥较好、越来越重要的作用。具体表现在：带班和组织教学的满意率都在提高，保持较高的质量和水平；授课的水平逐步提高，正在推进院本课程的建设与教学模式的改革；科研的水平亦在提高，出现一些高质量的科研成果。同时，我们尚有一批学术水平高、授课效果好的院外兼职教师队伍——这是当前学院培训质量保障的关键所在，从一个侧面显示出学院培训的实力。第四，服务保障。我们的后勤服务和技术保障存在独特的优势。后勤服务工作的特色和水平在不断增强，不仅具有较好的硬件设施，而且已经建立起以学员为中心的特色，以及形成比较职业化和专职化的服务队伍。技术保障的层次和水平获得提高，电化教学和干训网的作用进一步发挥，远程培训事业稳步向前推进。

2. 尚存不足。我们需要清醒地认识尚存的不足。只有正视问题，才能解决问题，才能尽可能地减少不足。第一，品牌课程。学院培训的核心课程、特色课程和院本课程体系尚未形成；院本课程的影响还不够大，尚未形成品牌的课程。第二，培训教材。核心教材建设的力度还不够，我们尚不拥有适合学院培训需求、高质量的培训教材。第三，培训研究。我们对培训规律的探索尚存不足，总结分析得还不够。需要针对不同的培训对象，寻找到具有规律性的东西。

3. 特殊的压力。学院具有的特殊地位、作用和影响既是一种优势，也是一种压力。第一，教育部党组高度重视学院的培训和建设，同时对学院的培训工作寄以较高的希望；第二，学院必须高度重视教育部规划班的培训质量，必须高质量地完成教育部的各项培训任务；第三，各级类学校和教育干部对学院的培训具有较高的期待，需要不断提升学院培训的质量和声誉。

4. 小结。我们需要加强学习，深刻理解中央的精神，认清教育改革发展的新形势和新任务；切实将提高学院培训的质量作为中心工作；充分认识到学院肩负的责任与使命，不辜负教育部党组的希望；勇于担当社会的责任；努力增强自信心，消除尚存不足，变压力为动力。由此需要我们班子高度重视，全体教职工共同努力，特别是需要发挥教师的作用。我们要不断地总结好的成果、借鉴好的经验，建立起相互交流与反馈的机制，不断提高学院培训的质量和水平。

（二）跳出培训来看学院培训工作的形势——外部社会的形势与任务对学院的培训工作提出新的要求

1. 中央对干部队伍的建设提出新的要求，对干部素质和能力的要求越来越高。第一，干部特别是高校干部，要成为社会主义的政治家和教育家。1996年春，江泽民在与四所交通大学负责人座谈时指出，高校的党委书记、校长应该努力使自己成为社会主义的政治家和教育家。第二，需要不断地提高领导班子的领导水平和执政能力，提高干部科学执政、民主执政和依法执政的能力。胡锦涛在党的十七大上的报告（2007.10）中指出，"继续加强党的执政能力建设，着力建设高素质领导班子。党的执政能力建设关系党的建设和中国特色社会主义事业的全局，必须把提高领导水平和执政能力作为各级领导班子建设的核心内容抓紧抓好。要按照科学执政、民主执政、依法执政的要求，改进领导班子思想作风，提高领导干部执政本领，改善领导方式和执政方式，健全领导体制，完善地方党委领导班子配备改革后的工作机制，把各级领导班子建设成为坚定贯彻党的理论和路线方针政策、善于领导科学发展的坚强领导集体。以加强领导班子执政能力建设影响和带动全党，使党的全部工作始终符合时代要求和人民期待"。第三，高校干部需要努力地提高综合素质和办学治校的能力。李源潮在全国高校党建工作会议（2007.12）上的讲话中指出，"领导班子办学治校能力是党的执政能力在高校的具体体现。要按照党的十七大关于建设高素质领导班子的要求，开展高校领导干部办学治校能力专题培训，切实增强高校领导班子谋划发展和改革创新的能力，依法办学、科学管理和民主管理的能力，统筹协调人才培养、知识创新和社会服务的能力，加强和谐校园建设的能力"。

2. 教育改革发展的形势和任务对教育系统的干部队伍提出新的要求。教育部正在研究制订《国家中长期教育改革与发展规划纲要》，由此必将促进教育的发展；必将成为我国教育改革与发展的纲领性文件，为我国教育事业的发展确立战略发展的目标；必将对培训工作的任务和目标提出新的要求。《纲要》将要指出教育发展的战略目标，即"到2020年，基本实现教育现代化，建成学习型社会，进入教育强国之列"；强调"优先发展，育人为本，提高质量，促进公平，改革创新，惠民强国"的工作方针；并对高等教育、基础教育（义务教育和高中教育）、职业教育、继续教育等各阶段教育的发展目标作出明确的阐述：第一，高等教育：提高质量；优化结构；办出特色；加快建设一流大学和重点学科；第二，基础教育（义务教育和高中教育）：高水平、高质量地普及九年义务教育；推进义务教育的均衡发展；保障每个学生拥有公平接受教育的机会；切实减轻学生过重的课业负担；高中教育加快普及和提高质量；第三，职业教育：大力发展职业教育；增强职业教育的吸引力，鼓励行业和企业兴办职业教育；推进农村职业教育的大发展；第四，继续教育：要更加重视和加快发展继续教育，加速建成终身教育的体系。

3. 小结。我们要及时、准确和充分地认识中央的新要求，以及各级各类教育的新发展和新任务，在认识、举措和行动上都要适应这种新的形势。实际上来讲，这也是对教育系统的干部提出更高的要求，需要提高综合的素质、提升办学的效率。另外，学校本身的发展亦对教育干部的素质和能力提出新的要求。我们需要紧密结合形势的发展，主动和积极改善学院的培训工作，不断提升培训的成效。

（三）跳出学院来看学院的培训工作——从院外的培训来看学院培训工作的形势

1. 中央对干部教育培训提出新的要求。干部教育培训已经成为我们党开展组织工作的重要途径和干部养成的主导方式，中央加大对干部教育培训的投入力度，并创设相配套的宏观政策和制度环境，为干部成长创设比较良好的条件和氛围。2006 年 3 月，中共中央印发、试行《干部教育培训工作条例》，其中的第三条规定干部教育培训工作应遵循的基本原则：以人为本，按需施教；全员培训，保证质量；全面发展，注重能力；联系实际，学以致用；与时俱进，改革创新；2007 年 7 月，胡锦涛总书记在党的十七大报告中强调，要造就高素质的干部队伍，并对干部教育培训提出新的要求，做出新的部署。2008年7月，全国干部教育培训工作会议召开；2008年10月，全国党校工作会议召开；2009年5月，全国机关党建工作会议召开，这些会议的召开标志着全国干部教育培训工作进入新的发展阶段，也为我们开展学院的培训工作提供必要的社会条件和环境氛围。习近平在全国干部教育培训工作会议（2008.07）上的讲话中指出，"干部教育培训工作是干部队伍建设的先导性、基础性、战略性工程""在干部培训工作中，要以坚定理想信念、增强执政本领、提高领导科学发展能力为重点，把提高培训质量和效益摆在更加突出的位置，积极推进教育培训改革创新，坚持干什么学什么、缺什么补什么的原则，实施全覆盖、多手段、高质量的培训，促进学习型政党、学习型社会建设，使干部教育培训工作更好地为干部健康成长服务、为科学发展服务"。胡锦涛在全国党校工作会议（2008.10）上的讲话中指出："面对国际国内不断发展变化的形势，我们要紧紧抓住我国发展的重要战略机遇期，充分利用前所未有的发展机遇，有力应对前所未有的严峻挑战，不断开创事业发展新局面，必须不断培养造就一支政治上靠得住、工作上有本事、作风上过得硬、人民群众信得过、善于治国理政的干部队伍。各级各类党校在大规模培训领导干部、大幅度提高领导干部素质中担负着重要责任，一定要把党校工作放到党和国家工作大局中去认识、去把握、去部署、去推进，增强办好党校的责任感和使命感，结合实际创新路，加强培训求实效，扎扎实实推动党校工作和党校事业有新的发展和进步。"习近平在全国机关党建工作会议（2009.05）上的讲话中指出，"抓好深入学习实践科学发展观活动，是当前机关党的建设一项重大任务。参加第一批学习实践活动的中央和省级机关要继续抓好整改落实后续工作，巩固扩大学习实践活动成果。正在开展学习实践活动的市县机关，要按照党员干部受教育、科学发展上水平、人民群众得实惠的总要求，切实抓好学习实践活动各个阶段各个环节的工作，通过学习实践活动推动机关党的建设，以学习实践活动的成效来检验机关党的建设。"

2. 院外培训的发展给学院的培训工作带来较大的压力。可以说，挑战日益严峻，迫切需要我们不断提升学院培训工作的质量与声誉，并在激烈的竞争之中占据应有的优势。第一，压力的来源渠道：包括中央级培训机构、中央委托的部分大学、具有品牌效应的非培训机构（包括部分大学）。中央级培训机构对我们的压力。中央正在整合力量，加大对大学校长／书记培训的力度，中央党校、国家行政学院、浦东干部学院等干部教育培训机构亦在开展大学校长／书记的培训，培训的竞争日益激烈。中央委托的部分大学对我们的压力。中央委托部分著名的大学开展大学校长／书记的培训，主要是知识的培训，但与学院的培训存在任务交叉的地方。具有品牌效应的非培训机构（包括部分的大学）对我们的压力。比如，许多大学自主地进行对大学校长／书记和地方教育领导干部的培训。第二，压力的主要表现：包括招收高层次的生源、形成核心课程与教材的体系、聘请高素质的院外教师。一是招收高层次的生源：我们已经开展高校领导干部进修班、高校中青年干部培训班、地市县教育局长培训班、大学校长／书记海外培训班、省教育厅长研修班、主管教育的县长培训班，这些班别的培训对象都属于高层次的生源，但我们承受的竞争压力正日益增大；二是形成核心课程与教材的体系：我们需要以此来积聚核心的竞争力，形成竞争的优势，走特色发展之路，但当前核心课程和教材的体系尚未形成，这影响到我们培训事业的发展，以及参与外部竞争的能力；三是聘请高素质的院外教师：学院需要拥有稳定的院外教师队伍，但目前承受到的压力很大，表现为越来越难以邀请到高素质的院外教师，面临着较大聘请高素质院外师资的竞争压力。

3. 小结。第一，我们既要看到优势，充分增强自信，同时也要看到劣势与不足，保持清醒的头脑；第二，培训的竞争还是相当激烈的，要有压力，要有忧患意识，否则不进则退；第三，必须提高自己，打造学院的核心竞争力，保持竞争的优势，加强品牌的建设，努力提高学院的教师开展培训教学工作的能力。

二、今后一段时期学院培训教学工作的主要任务

具体地讲，就是要认真贯彻《整改落实方案》，必须一条一条地抓好落实的工作。主要抓好四个方面的工作：

1. 继续推进培训教学改革和科研工作，提升培训教学的质量。第一，探索培训教学改革的新思路：鼓励引入和推广案例教学、结构化教学、研讨式教学等方法；要不断总结经验，充分发挥培训教学团队的作用。第二，重视开发培训的课程：鼓励开设多样化的培训课程形式，比如选修课制、讲座制、学术沙龙；加强学院自主开发课程信息库的建设；确立学院自主开发培训课程的动态机制。第三，加强培训教材的建设：启动并推进新一轮学院培训教材库的建设；建立起学院培训教材建设的动态机制。第四，强化培训质量的管理：注重对专兼职教师参与培训工作的评估分析；优化院外的教师队伍。第五，重视培训科研的工作：科研工作是学院培训之中重要的基础性工作；围绕培训、领导力和教育改革发展中的重大问题；注重科研的质量，鼓励出精品、出人才；建立鼓励培训科研的相关措施，比如设立相关的学院课题，以及给予相关的科研成果以适当的奖励。

2. 规范和加强远程培训的工作。学院的远程培训发展迅速，规模不断扩大，亟须进行规范管理，从而不断提升远程培训工作的质量和水平。学院远程培训发展的方向：扩大规模，稳步推进；加强规范管理，提高培训质量。第一，抓好典型的试点，总结经验的推广；第二，远程培训要与面授培训相衔接；第三，专兼职教师要逐步融入远程培训，并建立良性的互动机制。

3. 加强教师队伍的建设，贯彻培养、大胆使用和提高的方针。第一，带班：鼓励教师带好班，提倡创新的精神，推进培训组织模式的改革；第二，授课：鼓励教师上讲台，而且要多上讲台，2009年上半年学院教师授课的人数和场次并不是很多，同时需要建立鼓励学院教师授课的发展机制和平台，推进院本课程的建设，鼓励讲出精品课，另外好的经验要及时总结，大家要学习；第三，科研：鼓励教师搞好科研，关键是要多出精品，我们需要采取必要的措施，不断提升学院教师的科研水平和成果质量；第四，培养：进一步为教师提供深造和学习的机会。比如，参与国内外的研修项目和教育部的中心工作，以及下到基层挂职锻炼。第五，提高：总结经验和体会，进行必要的拓展。建立院内外教师之间的交流与沟通机制，鼓励院外的教师发挥传帮带的作用。

4. 进一步提高为培训教学服务的保障能力与水平。第一，我们需要进一步完善为培训教学服务的技术保障能力。要继续建设具有现代科技水平的技术平台；提升技术保障的能力和服务的水平。比如，现在学院的视频系统很不通畅，需要进一步改善视频播放的效果；需要继续推进干训网的建设，不断提升学院远程培训的质量和水平。第二，我们需要继续提高为培训教学服务的生活保障能力。还有学员在学院生活保障的方面提出一些意见，比如提出在学员的住宿区增添洗衣房和洗衣机的建议，以及服务员运用普通话进行交流与沟通的问题。因此，我们要继续推进服务专业化和职业化的建设，进一步完善服务提供的机制，不断提升学院培训的生活保障能力和水平。

参会论文的修改与提交

由学院科研部门负责的教育管理研究会年会在齐齐哈尔召开，主题是"学习实践科学发展观"，于是提供一篇研究论文。

附：对高校行政领导学习实践科学发展观的分析及其现实培训意义
——运用集体研讨法对高校院系部处领导的相关探究

[摘要] 科学发展观是当前我国高校改革发展的根本指导思想。本文运用集体研讨法对部分高校院系部处领导做相关的研究，深入分析高校行政领导对科学发展观的认识现状，及其在理论、意识和

实践层面上的意义，以及对进一步做好相关培训工作的重要作用。

[关键词]高校、行政领导、科学发展观、院系部处、培训工作

无论从对高校的教职工进行思想政治教育，还是从对高校的学生开展思想道德教育，以及从高校思想政治建设波及社会的影响角度来看，学习实践科学发展观都是当前高校面临的头等重要课题。高校行政领导更应认识和理解科学发展观，在实际的工作中自觉地学习实践科学发展观。高校行政领导学习实践科学发展观不仅具有理论上的意义，而且还有助于在意识层面上确立全面协调可持续发展的战略观念，更重要的还在于在实践层面上的现实意义，即不仅可以促使高校行政领导切实贯彻落实科学发展观，而且还有助于进一步改进相关的培训工作。

一、高校行政领导对科学发展观产生的社会背景与历史条件有比较深刻的认识和把握

在集体研讨的过程中，高校院系部处领导就科学发展观作了相当深刻的阐述，无论是从历史发展的角度，还是现实需要的角度，都强调与时俱进地提出、发展和完善科学发展观的重要性，认为科学发展观是我们党对社会主义发展实践经验的科学总结，这表明高校院系部处领导对科学发展观的历史发展与思想核心具有非常深刻的认识，对科学发展观的理论与实践亦具有深刻的把握。

A（高校院党总支书记）：科学发展观是我们党几代领导人对社会主义发展观认识的不断深化，是对社会主义建设发展规律认识的不断深化。毛泽东在《论十大关系》中就着眼于调动一切的积极因素，提出系列关于社会主义建设要协调发展的理论观点，初步探索

符合国情的发展道路。1978年,党和国家工作的着重点转到社会主义建设上来,做出实行改革开放的重大决策。邓小平同志在新的历史条件下,提出较为完整的发展观,这是对我国现代化建设规律认识的飞跃。以江泽民同志为代表的党的第三代领导集体继续探索社会主义建设的发展规律,强调发展是党执政兴国的第一要务,坚持用发展的办法解决前进中的问题,明确提出在发展社会主义市场经济条件下正确处理现代化建设中的系列重大关系,由此丰富社会主义现代化建设的理论与实践。以胡锦涛同志为首的新的党中央,完整地提出科学发展观,进一步深化对社会主义现代化建设规律的认识。

从A阐述的观点可以看出,A对科学发展观的发展历程有非常明晰的认识和理解,对科学发展观的本质内涵亦有比较深层次的思考,并把科学发展观与社会主义实践、现代化建设规律紧密相连。A的观点主要从历史的角度,即从纵向的角度来思考科学发展观的相关问题。

B(高校组织部部长):提出科学发展观是新一届中央领导集体从新世纪新阶段的实际出发,适应现代化建设的需要,在充分肯定改革开放以来我国取得发展成就的基础上,努力把握发展的客观规律,吸取人类关于发展的有益成果,着眼于创新发展的观念,开拓发展的思路,破解发展的难题,获得重要的结论,有着深刻的国际和国内背景。从国际范围的角度来看,经济全球化、政治多极化和科学技术获得迅猛发展。国际态势和特点既为我国提供良好发展机遇,同时亦存在严峻的挑战。面对新的形势,选择何种发展道路、发展模式和发展战略来应对显得非常重要。从国内的角度来看，在多年经济快速增长的同时，亦积累不少的矛盾和问题，表现在出现就业的压力、贫困人群、城乡和区域差距、社会和生态环境等各方面的问题。提出科学发展观就是要解决这些日益突出的矛盾和问题。

C（高校中文系主任）：近年来，我国社会经济稳步发展，但亦出现涉及社会、人口和环境等方面极不协调的因素和挑战。主要存在于：一是涉及国家安全的能源和自然资源的超常规利用；二是人口高峰、劳动就业和老龄化的问题严重；三是生态环境整体恶化；四是目前实施的城镇化战略出现困扰；五是区域发展严重的不平衡；六是信息化安全与国家科技竞争力存在问题。面对21世纪新的挑战，我国的社会经济发展必须解决这些严重的问题，从而实现经济与社会全面协调可持续发展。在这样的背景下，学习实践科学发展观势在必行。

B、C与A分析科学发展观丰富内涵的角度存在很大的不同，B、C是从横向的角度来考察科学发展观的深刻内涵。B、C的观点主要涉及我国社会主义现代化建设和改革开放的背景、环境和条件，从国际和国内两方面阐述科学发展观就是全面协调可持续的发展观，这是解决目前我国社会和经济等各方面建设中出现问题和矛盾的根本指导思想。

二、高校行政领导对科学发展观的基本内涵与核心精神有比较深刻的理解和领悟

科学发展观是当前我国高校思想政治建设的根本指导思想，理解它的深刻内涵当然非常重要。在集体研讨的过程中，高校院系处级领导对科学发展观的内涵和地位，及其核心观点和成因进行深入的阐述，归结成如下表：

内涵	地位	核心观点	成因
以人为本	核心与灵魂	马克思主义认为，社会由人组成的，社会发展的目的也是为了人类的幸福；人是一切工作的出发点和归宿，人是目的而不是手段；强调对人权的尊重；政党、政府和社会的最高和最后的价值取向；实现人的全面发展，从人民群众的根本利益出发谋发展，切实保障人民群众的各项权益。	为发展而发展，很少谈人的需要；人口高峰、劳动就业和老龄化问题严重；农村环境建设差，农民看病难；农村子弟上学难，广大农民没有文化知识，一个民族没有文化，就没有凝聚力，一个国家政党不代表农民，就不能代表人民的利益。
全面协调可持续发展	方法论和价值观	社会经济不全面、局部和不科学发展；不同区域、人群、领域的全面、协调和可持续发展；注重质量、效率和资源利用率；促进社会主义物质文明、精神文明和政治文明的协调发展；坚持走生产发展、生活富裕和生态良好的发展道路，实现经济持续发展、政治健康稳定和社会全面进步。	注重经济建设，追求GDP发展，而忽视基础设施、生态工程、技术储备发展，生态环境整体恶化，资源耗费严重，以及科技能量难以适应社会建设的需要；涉及国家安全的能源和自然资源的超常规利用；出现贫富差距拉大和"三农"问题。
实现五个统筹	辩证法	正确处理好人与自然、群体、社会和环境的关系；实现城乡、区域、经济社会、人与自然、国内发展与对外开放的统筹发展；关系国家政权稳定，以及执政党与人民群众的关系。	改革开放以来，社会经济发展，而卫生、健康和环境等倒退；区域发展严重不平衡，东部、中部和西部发展定位不合理，实施城镇化战略出现困扰；信息化安全与国家科技竞争力存在问题。

三、高校行政领导对学习实践科学发展观有比较强烈的使命感和责任心

战略机遇期和全面建设小康社会是集体研讨中大家都经常谈到的问题。下面主要从三个方面来进行较为深入的分析：

（一）以科学发展观为指导，树立正确的政绩观

D（高校学生工作部部长）：树立正确的政绩观关键在于党性修养。要把实现人民群众的利益作为追求政绩的根本目的，要把实现经济社会的可持续发展作为创造政绩的重要内容，要把重实干、求实效、求实绩作为实现政绩的重要途径，要把党和人民的需求作为评价政绩的重要尺度。

D阐述观点基本立足点就是学习实践科学发展观，真正深刻领会其思想内核，坚持以人为本，把人民群众的根本利益作为工作的出发点和归宿，强调追求政绩、创造政绩、实现政绩和评价政绩的基本原则和标准，而其关键就是加强党性修养，以树立和坚持正确的政绩观。

E（高校学院常务副院长）：树立和坚持正确政绩观、价值观念、思想素质、道德品质很重要。实践证明，领导干部主观世界改造得好，树立和坚持正确的世界观、人生观和价值观，解决好权力观、地位观和利益观的问题，坚定理想信念，不断提高思想政治的水平，加强道德品质的修养，就能够领导好改造客观世界的工作。

D阐述的观点很大程度上是一些原则和标准，而E则是从党性修养的具体内涵上来谈的，党性修养的内涵主要包括世界观、人生观和价值观。从现实性的角度来讲，就是高校领导的权力观、地位

观和利益观。若要真正树立和坚持正确的政绩观，就必须加强主观世界的改造，坚定理想信念。

（二）增强爱岗敬业意识，践行科学发展观

F（高校组织部部长）：作为高校领导干部，突破专业的局限性很重要。越是高一层次的领导干部越要突破专业的局限性，不断增强前瞻、全局、宏观、协调、合作的能力与意识。一些个人专业、情感的因素要服从大局，以事业的全局为重。首先要解决为谁当干部的问题，更加明确为党和国家事业工作的意识；二是要思考如何当干部，领导干部更需要德才兼备，培养敬业、爱岗、勤奋、合作、团结、包容等道德品质；三是思考当怎样的干部，要正确处理德才的关系，认识到两者的统一是做出成绩的必要条件。

F主要是从作为高校行政领导角度来阐述的。作为高校行政领导，不仅要清楚个人本专业的知识，亦需要了解一些本专业以外的知识，尽量减少专业的局限性。这样，在具体落实相关的政策措施时，视野才能不仅仅停留在考虑本专业发展的水平上，才能以一种比较宏观的视野审视岗位行政领导的工作。学习实践科学发展观，还需要高校的领导自觉地把个人的事业与单位的事业、部门的事业与党和国家的事业，以及人民的事业结合起来，自觉地处理好提高思想政治素质与专业素养之间的关系，尽量做到辩证的统一。

G（高校宣传部、统战部部长）：不同层次的党员领导干部在工作中发挥的作用是不一样的，学校的中层正职应该具备以下的素质：一要讲政治，把自己的个性发展与社会、学校的发展结合起来；二要常学习，要养成学习的习惯；三善思考，要经常思考岗位的工作，要有分层管理的意识；四要慎行，决定之前要征求各方的意见；五要抓大事，重要的事情重点做；六要定制度，既要约束下属，亦要约束领导；七要善协调，加强各部门的密切配合和协调沟通；八要拓渠道，必要之时另辟蹊径，促进工作；九要揽人才，要有爱才之心、容才之量和用才之能。

G 与 F 阐述的出发点是基本一致的，但阐述观点的角度却存在明显的不同。F 主要是从作为高校的领导来讲如何处理各种关系的层面来考虑问题的，而 G 则是从作为高校中层的正职领导应该具备的素质层面来阐述的。应该说，相对来讲更为微观、具体一些。无论对 F，还是对 G 来讲，阐述的基本观点已经不再是观念层面的内容，而是具体落实到高校管理的实践中来考虑问题，即已经深化到如何学习实践科学发展观的问题，及其对高校行政领导素质的要求上来。

（三）认识矛盾和问题，推进高校全面、协调、可持续的发展

H（高校组织部副部长）：以科学发展观指导高等教育的改革发展，必须结合我国高等教育发展面临的问题和矛盾，形成高等教育的科学发展观，坚持教育部确定的巩固、深化、提高、发展的工作方针，全面、协调、可持续地发展高等教育。从外部的角度来看，就是要处理好教育发展与经济发展之间的关系。经济的发展是教育发展的基础，教育要为经济的发展服务，经济的发展必须依靠教育和科技的发展。从内部的角度来看，就是要正确处理不同类别和层次高校之间的关系，必须坚持"各类高校协调发展，不能把发展的任务全部压向普通高校"的原则。从资源配置的角度来看，就是要

正确处理规模、结构、质量和效益之间的关系，特别是数量和质量之间的关系。数量是质量的前提，质量是数量的基础。从参与主体的角度来看，就是要正确处理好政府与高校之间的关系。教育主管部门的职能主要体现在指导、监督和服务，高校作为办学的主体，主要的职能是培养和输送人才。政府应该尽量减少直接的行政干预，以使高校能有更多的自主权，以及面向社会按照市场的规律办学。

从 H 阐述的观点看，H 是从宏观战略的高度来考察我国高等教育的改革发展问题，主要涉及教育与经济、高校与高校、数量与质量、政府与高校等之间的关系问题，这些问题正是当前我国高校所面临迫切需要解决的问题。H 观点是提醒在学习实践科学发展观的过程中，要端正理解和分析这些关系问题的态度，在高等教育的实践中更要及时转变高校的发展观念，形成高等教育的科学发展观，即要推进高等教育的全面、协调、可持续发展。

I（高校学院院长）：推进高校全面、协调、可持续的发展，可以从如下方面入手：一是以实施校本管理为目标，加快内部管理体制的改革，关键是建立现代大学制度，打破外控式的管理体制，学校自主办学，成为市场运行体系中的竞争主体；二是树立教师为本、学生为中心的理念，把学校的发展建立在师生共同努力的基础上；三是注重统筹、协调发展，处理好学校发展中教学与科研的关系，专科、本科、研究生人才培养层次结构的关系，学校整体发展与院系发展的关系，以及眼前发展与长远发展的关系。

科学发展观是指导高校教育教学与管理改革发展的根本指导思想。I 阐述的观点主要涉及高校内部管理体制的问题。随着近年来我国高等教育的规模逐步扩大，高等教育管理体制的问题亦日益突出，进行高校内部管理体制的改革日益紧迫。但高校内部管理体制与高等教育管理体制紧密相关，加快内部管理体制的改革必须紧密地结合高等教育管理体制的改革发展。I谈到"打破外控式的管理体制"，从其本意的角度来看，就是要求在高等教育管理体制改革的过程中，要逐步增加高校在内部管理体制改革中的主体地位和自主权，即要求高校具有按照高等教育改革发展的基本规律、市场经济规律，以及高校教育教学和管理改革发展的实际，获得自主办学权。对于高校内部管理体制的改革，I主要谈及需要确立"以人为本"的理念，对高校来讲就是要确立"教师为本，学生中心"的办学理念，做到统筹兼顾，处理好高校教育教学和管理过程之中的各种关系问题，从而促使高校获取全面、协调、可持续的发展。

四、对高校行政领导学习实践科学发展观分析的现实培训意义

第一，科学发展观是高校行政领导做好高校改革发展工作的根本思想，亦是高校行政领导培训的重要内容。科学发展观是我国社会发展理论和政治智慧历史发展的产物，不仅是社会主义现代化建设和中华民族伟大复兴事业的根本指导思想，亦是当前我国制订各项方针政策和措施的根本指导思想，更是现阶段高校行政领导主持思想政治建设和开展行政领导工作的根本指导思想。马克思主义具有与时俱进的理论品质，科学发展观是马克思主义理论在中国实际的社会环境中的崭新运用和发展。高校是在社会的环境中存在、变革与发展，亦必须要适应社会组织所应具有的条件和性质。当前，我国高校的变革发展面临着巨大的机遇和挑战，高校系统的运行必

须按照科学发展观的要求，从而确保高校保持全面、协调、可持续的发展。高校行政领导学习实践科学发展观非常重要，这有利于确立战略的意识，以便从高等教育改革发展和高校组织发展的全局高度来考虑出现的各种问题。从战略的层面来看，知识经济和学习化社会来临，决定高校在未来社会的变革发展中处于社会中心的地位；我国的科学技术日益呈现出快速发展的趋势，特别是信息技术和生物技术正在加速发展，导致高校的行政管理处于急剧变革发展的过程之中；从现实性的角度来讲，高校的变革发展面临着前进中的诸多问题和困难，特别是在行政管理中存在诸多不规范或短视的思维和做法。因此，高校行政领导要学习实践科学发展观，切实转变思想观念，确立战略的意识，从而不断地推进高校全面、协调、可持续的发展——这亦是相关培训工作的重要内容。

第二，组织学习培训是高校行政领导学习实践科学发展观的重要方式，有助于实现高校全面、协调、可持续的发展。从上述的研究分析来看，高校行政领导对科学发展观的认识理解已经具有一定的基础，同时亦存在某些观念和制度惯性的束缚。因此，在高校行政领导的过程中，可能会受到各种因素，比如，个体或团体因素的影响，在实践的工作中难以保障高校全面、协调、可持续的发展，导致产生一些从个体或团体等局部的利益出发制订的政策措施和做法，影响到高校甚至社会的整体利益，造成不必要的不良社会影响。组织学习培训是高校行政领导学习实践科学发展观的重要手段和方式，可以促使高校行政领导在岗位职责工作中自觉地学习实践科学发展观，并运用到高校的改革发展之中；促使高校的行政领导能够从高校的变革发展和社会的整体利益出发，更多从战略的角度思考和解决学校管理实践中的问题和难点，探索高校全面、协调、可持续发展的途径和方法。从哲学的层面来看，社会系统甚至个体和团体都不是单一的存在，而是在社会系统运行中的存在，高校亦必须与社会系统保持联系与交流，受到社会系统变革发展的影响。高校若要获得更大程度的发展，就必须学习实践科学发展观，加强与其他社会组织的沟通与协作，制定与其他社会组织相协调的整合机制，从而保持全面、协调、可持续的发展。培训需求分析是进行培训设计的基础和重要组成部分，对高校行政领导学习实践科学发展观的培训需求分析非常具有必要性，这对确保培训设计的科学性和针对性，以及实现培训工作的目标具有重要的作用。

第三，注重实践运用是高校行政领导学习、实践科学发展观的基本取向，亦是改进相关培训的重要路径。高校行政领导学习、实践科学发展观的根本目标，就在于追求其实践运用的绩效。从上述的集体研讨分析来看，高校行政领导对科学发展观的基本内涵和特征等理论问题有比较深刻的把握和体会，同时亦在实践中努力地贯彻、执行这项关系我国社会各领域改革发展的根本指导思想，关键的问题是由于各种外在因素和主观世界的思维阻碍，对科学发展观的实践运用尚存在某些不确定性的方面。比如，传统观念的惯性对科学决策的负面影响、社会人际的关系网络对行政制度原则性的冲击，以及行政权力、政治权力和学术权力的配置不平衡。这些不确定性的方面在高校的管理决策及其政策执行中具有比较深刻的影响。实践运用时需要注意：一是改变思维模式，需要真正地促使高校行政领导转变思考问题的方式和方法，具有学习实践科学发展观的自觉性和针对性；二是高校行政领导统一思想意识，真正地从领导集体的层面学习实践科学发展观，形成集体的共识与合力；三是制订高校的发展战略、政策制度及其实施办法，切实地贯彻、执行、学习、实践科学发展观，为高校的全面、协调、可持续发展创造必要的环境氛围；四是宣传科学发展观，促使高校的教职工和学生认识、理解科学发展观，在工作和学习的实践中学习、实践科学发展观，在社会活动和日常生活的层面实际运用科学发展观；五是为高校行政领导学习实践科学发展观，提供必要的监督与支持，从而确保正确的发展方向。由上述的分析与探讨可知，对高校行政领导学习、实践科学发展观的分析，尚具有改善培训工作绩效上的意义。

学院课题研究的汇报

课题研究题目"交互文化性与教育近代化——中国教育传统及其现代性因素交互关系研究"，这是基础性和创新性的理论研究项目。"初始之雏，其形必丑"。从课题研究的题目角度来看，存在四个关键词：交互文化性、教育近代化、教育传统、现代性因素，而核心的词汇是教育近代化。课题实质上是近代教育转型发展中规律性问题的探究，分析由传统教育到近代教育转型发展中的规律性，即教育近代化的本质逻辑问题，主要是从文化与教育的关系问题入手。首先，需要解析近代与近代化之间的区别。在历史学的研究中，通常把 1840 年的鸦片战争作为古代与近代的划分界限、近代的起始点，从而将清代分为两个不同的发展时代，而将近代（鸦片战争）之前称为前近代时期。但近代化是过程性的概念，体现出历史发展的延续性特征。课题研究将近代化的起始点延伸到明清之际，这是符合马克思历史唯物主义的基本观点。马克思主义关于人类社会的发展阶段存在这样的论述：人类社会历经原始社会、奴隶社会、封建社会、资本主义社会和社会主义社会的发展过程，以及最终会发展到共产主义社会。前三种社会形态统合为古代，而进入资本主义社会之后，人类社会进入近代化的发展过程。十五六世纪意大利出现最初的资本主义萌芽，历经文艺复兴、宗教改革、工业革命和资产阶级革命等重大的历史性变化，西方的近代化取得较大程度上的发展。而在同一历史发展时期，即明清之际中国南方市镇开始出现手工业的作坊，标志出现最初的资本主义萌芽。但由于历经较长时期的封建专制制度和思想束缚，资本主义萌芽发展得较缓，并且存在曲折的过程。

课题研究的主要目标是要解决如下两个问题：教育近代化中的基本规律，即本质逻辑是什么的问题；教育近代化中为什么存在这样的基本规律。其中包含三方面的含义：一是由封闭到开放、由被动到主动的对外开放思维发展逻辑模式；二是西学输入及其本土化的逻辑过程，包括三方面的内涵：从理论的层面而言，历经"中西会通""西学中源""中体西用""弥合中西"和"开放主义"等理论发展的阶段，"中体西用"又存在"中主西辅""中本西末"和"中道西器"等不同的提法，主要是运用传统教育哲学范畴的概念来处理"中学"与"西学"之间的关系问题；从实践的层面而言，历经以"西学东渐"为主、以"采西学"为主、以"倡西学"为主的阶段发展过程；从学习"西学"内容的层面来看，历经学习西方器物技能、制度文化和思想行为的发展过程；三是教育近代化中传统及其现代性因素交互作用的逻辑关系，即分析导致出现教育近代化中上述基本规律的机制性问题，包含教育传统内部现代性因素的形成与发展、教育传统外部现代性因素的输入与变化、教育传统内外部现代性因素的互动机制、教育传统及其现代性因素的交互理解。上述的内容已经涵盖课题研究的主体部分。随后，简要介绍课题研究的相关细节，包括理论基础、研究思路、研究方法、研究价值等内容，由此顺利进入后续程序内容的讲解，最终汇报全部内容。

推进学院"学科和课程建设发展中长期规划"的研讨

大庆培训教学总结会顺利进行，就赴日访学做了说明，随团参访王进喜纪念馆等，最后由大庆经齐齐哈尔返回北京。随即学院开始新的学期工作，召开全院大会，主管副院长提出继续推进学院学科和课程建设发展中长期规划的工作任务。部门领导组织研讨的会议，初稿材料较详细，但尚存在一定的问题：首先，规划的目标尚未明确，发展性和动态性特征表现得不明显；其次，规划的呈现方式尚不清晰，现实与长远计划之间的关系尚未处理到位。部门领导的意思是继续推进，集中在目标、体系和措施等方面，参与人都要思考上述相关的问题，具备条件之后，再做深入和完善的工作。随后，相关人员分别再次提交材料，包括文字的说明，基本上形成规划制订的基本框架，并且对相关的学科和课程提出较好的划分。建议增加宏观管理和领导科学方面的内容，构建宏观（理论）、中观（教育）、微观（学校）层次，附带干部培训相关的理论与经验介绍。

选编《培训学习文选》

院长递来《学习活页文选》是由中央宣传部主管、党建杂志社编辑发行、学习出版社出版的文选资料。部门领导交代工作的任务，于是着手选编《培训学习文选》，随后提出文选编辑的二十四字箴言：增强通识修养，积聚思维智慧，提升领导才能，养成意志品质。前往学院图书室查找文选的资料，主要参考《党政论坛》和《中国改革》杂志，但觉得不很够，尚需增加资料的来源渠道，以便扩大文选选编的参阅范围。首先，提交初步的目录，包括栏目的设置和文稿的选择。栏目主要设有特稿聚焦、决策参考、学者论道、星光璀璨、名家读书、域外视点等，计划形成动态性和发展性风格，每期依据选编文稿的特点来确定栏目的名称。文稿的选择主要关注内容和作者的身份——这亦符合学院培训对象的特点，其中内容方面更关注前沿性和新颖性特征。部门领导阅完栏目的设置，建议增加教育部和学院领导的讲话等，于是增设特稿聚焦栏目，以示重视上述方面的内容。同时，征询和搜求院长的相关材料，查找教育部长的秋季开班讲话稿，以供编排参考。

学院科研的小型调研会

院办主任召集部分青年教师，调研学院的科研问题，主要包括三项内容：学院科研的内容、特色和方向；学院科研如何促进中心工作；对学院科研工作的建议。主要谈了三个问题：边界问题、聚焦问题、平台问题。其中讲道，科学研究是没有边界的，但学院科研特别是科研经费的投入可以存在一定的边界；学院科研的内容、特色和方向可以从学院名称的分析入手，以关照教育为核心圆，以国家、行政、学院三个概念为周边圆。国家的层面主要涉及宏观方针、政策和制度等方面；行政的层面主要涉及行政系统和学校系统等方面；学院的层面主要涉及培训和人才培养等方面。学院科研工作需要找到"核心圆"与三个"周边圆"之间的交集；建议以培训研究为重要平台，打造学院科研和院本课程的特色，关键要着力于学院科研与培训计划、课程安排之间的协调。从科研运作的方式而言，可以是团队的攻关，亦可以是个别的研究，即没有固定的模式，不应存在谁优谁劣的选择性问题。另外强调，学院科研特色的形成需要放开视野，并且列举建国之前的清华国学研究院，以及王国维、梁启超、陈寅恪、赵元任等著名导师的历史事例，阐明学院科研需要放眼于长远，而不应过于局限在某个领域或专业，甚至研究的方向。

学院"学科和课程中长期建设发展规划"专家咨询会纪要

学院召开"学科和课程中长期建设发展规划"专家咨询会，与会的包括教育部人事司、全国教育科学规划办、北京著名大学教育学院和研究生院的领导，以及高校中青年干部培训班的学员代表。

1. 需要了解目前学院制订规划的主要目的是什么，出台规划的背景是什么。规划仅仅结合到学院发展的文件，但并没有涉及中央和教育部的文件，站位不是很高，这是需要指出的问题。具体地来讲，规划只是针对学院的学科和课程建设，面向院内的教师，解决的是学院自身发展的问题。从上述方面来讲，这样的处理可以理解，但学院的规划不能脱离内部与外部环境的结合，外部的环境可能会成为制订规划的基本前提，比如教育部的相关文件和精神。教育部党组早就把学院定位为"一个中心，四个平台"，学院的规划亦应与上述的定位相吻合。同时，需要注意处理好如下关系：一是院内与院外的关系。学院的课程需要涉及学院培训的需求，需要涉及领导的讲话、最新的中央精神、教育部的指示，以及教育部司局长的讲话，当然不可缺少著名教授、专家和典型学校领导的授课。上述的相关课程应该是主要的部分，而院内的教师只能处于辅助的地位。学院的培训课程设计需要根据学员的需求和兴奋点来处理，由此就给规划的制订提出一个难题，即如何处理专兼结合的问题。二是当前与长远的关系。学院的规划需要考虑中央的精神和教育部的规划，而且都具有导向性的特征。三是学院培训与国民教育体系中学科课程之间的关系，由此就要解决学院学科和课程的规划方向、主干学科和核心课程，以及划分院内的教师作为主要或辅助的地位与作用等诸多问题。四是学科课程与模式方法的关系。学院的学科课程建设应该注重多种的模式、方法，比如案例式、研讨式和体验式等。学院的学科课程如何设置，以及它们之间到底存在何种关系等问题，确实需要考虑。从培训时限的角度来看，学院培训的发展方向肯定会压缩学科课程的时限，采取菜单式的教学方式，体现个性化和突出教育的特色。而在未来 10 年左右的时期，培养具有政治家和教育家素质的教育领导，以及义务教育公平和均衡发展等问题，肯定依然会作为学院培训的核心课程。学院的学科和课程建设需要加强培训需求的调研，以及增强对案例教学和研究的关注，并且需对参训的学员提出携带案例的要求，比如学校应对突发事件时的危机处理案例。另外，学院的规划尚要适应教育部《规划纲要》和学院《发展规划》中的相关规定，以及突显长远性、前瞻性和个性化特征。

2. 学院的培训需要突出以事育人，针对核心的问题，作用会较大。就学科和课程的方面而言，最好是形成"课程—育人—学科"的框架。主要体现为九大类别：通识课程、公共管理、教育理论与教育史、教育政策、教育管理、教育技术、教育评价、案例教学、培训理论。从中长期建设角度而言，规划主要存在两个问题：一是阶段性没有显现。学院应立足于广聚人才，并且由此达到在国内具有影响、创造国内一流的业绩和水平；二是形成学院特色的产品，主要体现为队伍的建设，学院的培训课程应该显现院内教师的地位。同时，学院应该注重教材的建设，管理信息数据库的建设，科研的项目、著作和专业的论文、管理软件的建设，进修人员数据库的建设。上述的方面应该坚持三大原则：不求完整、突出重点、卓有特色，需要关注与国外的比较研究。另外，学院的事业发展应该关注主干学科、精品教材和核心课程，但科研不应仅仅强调团体性研究，而反对个人搞研究，其实团体和个别的科研都是发展科研的重要取向与路径。

3. 目前学院的干部培训主要优势是什么，培训还要做什么，是问题导向还是理想导向，上述方面的问题都要具有全面、系统和综合的考虑。学院的培训工作已经历经这么多年，主要做了哪些事情。规划没有突出学院的特色，太全面、太系统，反而感到特色不够。因此，需要删繁就简，要有逻辑的框架。改进的主要方面：一是需要注重解决我们党的政治任务，提升受训者的政治素质。二是需要体现出清晰的逻辑关系，比如教育系统干部培训的现状与特点现在迫切需要解决的各项问题；教育干部培训中最基本的东西；课程和教材的建设需要解决的理论与实践问题，包括理论的释读和感性经验的提升。三是需要关注政府、学校和社会之间的关系，包括政府对教育的评估、对教育各部门权力和功能的限定，当然尚需考虑国际社会的影响作用。四是需要注重对教育领导和管理诸多问题的探究。规划需要进行必要的精简，关注框架的建构，突出学院培训的核心内容。可以设定为"主干学科和核心课程的中长期规划"，这样就可以消除太全面、太笼统和太宽泛的问题，促使院内的教师明确现实的任务和发展的方向。案例的教学和研究可以作为院内教师教学科研的重要方向。在从事案例教学和研究的方面，院内的教师确实存在很大的优势，可以充分地利用学院的资源和学员的资源，当然并不排斥其他教学和研究的意思。培训的根基是学科，而学科的建设离不开课程。同时，课程的建设又不可能离开教师。规划主要是强化院内教师的教学职能。在学院的培训中，有的学科是相对具有发展潜力的学科，比如领导力和管理的学科，当然管理可以看成是服务。上述相关的学科和课程就是院内教师教学研究的重要发展方向。规划需要从整体上进行必要的调整，而不是进行局部的修改，需要做到突出重点和核心，关键是要建立利于学科和课程形成的机制。

4. 需要解决学科和课程在学院培训中的地位与作用是什么的问题。需要理解规划的学科、课程与学院未来发展目标之间存在的关系，不仅需要体现为学院的培训机构性质，而且需要突出体现为学院的科研和政策咨询功能。规划涉及的学科和课程建设存在落实顺序的问题，即应该由课程的建设发展到学科的建设，而不是相反。因此，学院应该更为注重科学研究，从而在培训、教学和咨询等诸多的方面更好地发挥作用。由上述的认识和理解出发，提出如下建议：一是学院可以报请教育部，主动请求强化学院的政策咨询功能；二是在现有的行政部门之外，设置若干研究室、研究小组、科室等机构，建设教学科研团队，撰述调研报告和政策建议，而且不应低水平；三是加强培训课程的研究。课程的建设并不注重数量的多少，而要讲求"舍得"，关键是需要设定课程的模块，确定基础的模块和变动的模块，挑选精品的课程，建设精品的教材，并且以实践作为价值的取向；四是采取措施建设好院内的教师队伍，比如申请研究生培养的授权，强化院内的教师在学院培训中的地位与作用；五是注重学院的科研建设，保障科研经费的投入按照比例增长。

5. 规划的制订需要注意如下几方面的问题：一是学院培训的定位问题。学院工作的重心在于组织和管理的方面，或者说培训建设的方面，都与学院的培训存在密切的关系。二是学院培训的特色问题。对学院的培训做出准确的定位，目的是要形成学院培训的特色，而最突出的表现就是需要解决学科建设的问题。基于上述两点，提出如下建议：其一，在寻求特色的上面，建议规划的板块做出必要的调整，内容和形式上主要突出通识课程、教育理念和案例教学等的方面，当然尚需注重其他的培训形式，比如讲授，需要容许各种培训的形式和手段都参与进来。其二，采取措施加强院内外的教师队伍建设，应该体现专职和兼职的主次与功能。比如，在理论与政策层面上，需要发挥兼职教师的作用，坚持专兼结合、以兼为主的方针；在实践层面上，则需要发挥院内教师的作用，坚持专兼结合、以专为主的方针。当然，需要加强专兼职教师的备课与评价环节，因为教师的课前准备差异较大，造成的程度和效果亦会存在较大的差异。兼职教师要兼得踏实，同时可以采取院内外教师共同备课的方式。其三，注意处理规划中涉及的培训对象和内容之间的关系问题。在学院的规划中，培训的内容明显太多，整体上涵盖所有的内容，但依然需要依据培训对象的不同，选择合适的培训内容。上述的方面如何处理，需要给予注意。

同时，需要注意建设中不断发展的学科，比如教育政策，可以选择部分学科作为重要的学科，由此满足学院培训事业不断发展的实际需求。另外，学院的规划需要关注某些方面的建设问题，即学科群的建设、设岗的优化、科研的支撑、学术的交流、基本条件的保障，比如图书资料和数据库的建设。最后，学院在规划学科和课程时，需要考虑教学和科研的团队建设。学科与课程并立，表现为一个比较松散而另一个却比较具体，因此，既要解决队伍建设的规划问题，同时尚需解决课程建设的规划问题，即解决要干什么以及具体干什么的问题。从上述角度来看，学院的规划应该遵循如下路径：科研立项——出科研成果——课程的出现——队伍建设——学科的形成，而并非相反。

6. 制订学院的规划，首先需要解决的问题，就是对以前的工作进行必要的总结。学院在以前肯定积累了很多成功的经验，亦会存在不足。上述经验和不足需要进行认真、细致的归纳与总结，随后就要解决衔接的问题，而且尚需归纳出学院办学的特色。规划需要提出整体性的目标，解决为什么需要推进规划的问题，提出具体的措施——针对学院工作的实际需要，提出各项具体的目标与任务；可以实施项目管理，通过立项的办法来实现运作，具体的内容通过项目书来进行，同时规划中不应该出现具体的数字，比如提供每位教师的补助额度。

高校中青年干部培训班（第32期）教学总结会纪要

学院举办第32期高校中青年干部培训班，结束之后教学工作小组召开会议，专门研讨组织与管理中存在的问题。部门领导嘱咐与会并记录，由此形成《会议纪要》。

—— **附：第32期高校中青年干部培训班教学总结会纪要** ——

为了总结培训工作的经验，查找办班过程中存在的问题，提高今后培训的质量和水平，学院第32期高校中青年干部培训班教学工作小组召开教学工作总结会议。在交流研讨过程中，与会的办班教师从不同的层面和视角深入交流参与培训班获取的成功经验，研讨亟须改进的方面。从总体的角度而言，学员对培训班比较认可，但亦提出中肯、富有建设性的意见和建议。现将会议的内容摘要辑录如下：

1. 课程设置的密度分布问题。培训班课程的密度呈现出前期紧、中期松、后期紧的设置格局，这样的密度设计存在一定的问题，比如前期紧，造成学员难以在短时间内相互熟悉，以及难以有较多的时间交流沟通；后期紧，造成学员难以有更多的时间撰述结业论文，同时由于后期的事情较多，难以保证学员听课的效率；中期松，造成学员之间的应酬增多，从而导致浪费一些培训的时间。

2. 专题报告的课程设置和讲授内容问题。学院的教学计划具有科学性和针对性，但具体的课程设置上存在某些问题，比如课程内容的范围较宽泛，虽然利于讲课的教授很好地选择和把握授课的内容，但授课者之间并未做到很好的沟通，从而造成授课的内容存在较大重复的现象，因此授课前就应把学员的信息介绍给教员，并且阐明授课的侧重点，让授课者在课前就有预备，而不是无的放矢。另外，课程设置的模式尚有改进的必要，比如可以设置大报告之外的小报告，划分出小板块，提供学员自由选择，比如设置人事、教学和科研等小报告，这样针对性就会更强。最后，培训课程的调整较频繁，这是需要认真解决的问题。

3. 教员报告之后的互动环节和主持人的角色问题。教员授课之后，互动环节的设置很有必要，但具体操作的层面尚需改进，比如应该提前组织学员预备，以便课堂上提出一些深思熟虑的问题，或者做好心理的准备，并且形成常态性的师生对话机制，由此避免互动环节中出现冷场的情形。一般而言，教员报告之后，主持人需要做好结语。但如何做好结语，也是一个问题。当然，每个人都有自己的特色，但到底做不做点评，存在报告人和主持人的身份问题，建议以后不做点评，仅仅做些介绍，宣布一些事务性的工作部署。

4. 课程讲授的评估环节问题。对教员讲授的课程进行严格的评估分析，具有相当的必要性，但如何操作需要讨论。目前是进行阶段性的评估，但存在一些问题，比如时限的跨度过长，比如有的学员已经忘记某位教员的授课情况，难以给出客观性的评价。建议将课程讲授的评估改为课后即评的方式，另外应该开通网络评估系统，采取多种评估结合的方式，从而提高评估的有效性与科学性。

5. 案例教学课程设置及教学中的相关问题。案例教学符合学院培训的特色，但实施过程中存在诸多的问题，比如教室的布置、设施的配备、学员人数的限定等，当然尚存在课程设置的问题。建议加大对案例教学实施的投入，建设利于案例教学的设施和环境，并且增加案例教学的课程，比如可以尝试每个单元都开设案例教学的课程。

6. 分班研讨的内容设置和具体执行问题。目前的分班研讨内容过于宽泛，以致影响分班研讨的实际成效，建议今后可以研究设置主题相对集中、聚焦较好的研讨题目。在执行的过程中，存在是班主任还是班长主持的问题，但普遍的看法是根据班主任的实际情形和组织特色，采取由班主任和班长协调的方式。另外就是分班研讨的组织形式问题。目前除了常态性的综合研讨之外，主要存在按照学校类型和岗位工作的分班形式。上述两种类型的分班研讨在组织上尚存问题，主要表现为研讨不能深入，只是单纯地介绍，包括介绍自己和本校的做法。

7. 外出考察的内容安排和相互交流问题。外出考察环节作用较大，但是以综合性还是以专题性为内容特色，或是采取其他折中的方案，需要进行认真的考虑。考察结束之后，需要加大相互交流的力度，涉及分班、分线、大班之间的学员交流。当然，尚存在考察时段的安排等问题，建议依据班额的大小，确定提前或靠后安排。

8. 强化学员管理和纪律约束的相关问题。目前学员的管理较松散，这是长期存在问题的延续。学院的学员存在身份特殊的问题，但这不能成为放松学员管理的理由。加强考勤的管理很重要，需要制定教学规范手册，及时分发学员，并且要将考勤的结果与结业证的发放结合起来。目前的考勤管理较松散，导致学员不重视考勤，有时考勤又难以反映学员出席的真实情形，而且会起诸多的反作用，甚至不如不发布考勤的通报。另外，需要采取措施，治理学员太多的应酬和醉酒等问题。

9. 学员论文的撰述和评选问题。学院应该重视和加强学员在院期间的科研工作，建议每个月安排一项研究性的项目，引导学员开展科研活动。培训班试行学员论文评选的环节，评定之后学员反响较大，主要是评选的过程性问题。有的学员质疑评出的论文，建议今后不再设置论文评选的环节。若尚需设置，尽量让学员参与评选的过程，由此不仅可以减轻班主任的工作量，而且尚能保证评选的公正性，从而让学员心悦诚服。

10. 学院简讯发放的时效性问题。学院简讯的审批程序有点复杂，教师撰述、班主任审阅、院领导审批、培训部印制与发放，这个过程历经较长的时间，而当学员拿到简讯时，已经不具有时效性，因为培训的课程已经进入另外的主题，学员的兴奋点已经转移至其他的方面。另外，最后一次简报的撰述问题——是否尚需撰述这个简报，需要给予考虑，因为此时学员已经离院。

11. 培训业务组织的现代化建设问题。学院当前的培训组织尚相当原始，应该逐步加大现代化建设的力度，比如建立网络报名和评估的系统；饭卡、房卡和考勤三卡合并；建设现代化的图书馆设施，以及规范学员相关的信函格式。另外，需要调整学员信息表格中的分类项目，比如增设学员文体特长等方面信息的项目，由此可以利于班委更便捷地开展相关的组织工作。

12. 直接服务学员的设施配置问题。总体上来讲，学院的硬件设施和服务员素质都很好，但学员对直接服务于学员的设施配备尚存某些意见，比如尚未配备学员学习使用的电脑和打印机；餐厅缺少可坐20余人的会餐大圆桌，由此给分班的围坐交流带来诸多的不便。

修订全国地市教育局长培训班教学计划的建议

为了进一步完善2010年度全国地市教育局长培训班的教学计划，经过审慎地分析与研究，提出修订的相关建议：第一，修订的基础。基于 2009 年度第 26 期地市教育局长培训班教学计划的设计框架与核心精神。第二，修订的原则。坚持以开阔视野、拓展思维、关照城乡、落实政策、提升能力为基本原则。第三，修订的运作。在维持原有教学计划运作模式的基础上，从全局与重点结合的角度，再度考虑 2010 年度全国地市教育局长培训班教学计划中的专题课程环节，予以系统和科学的修订。第四，修订的内容。其一，扩展专题内容的范畴，特别是增加部分的专题：中国义务教育财政的相关制度与政策解析；中国义务教育均衡与公平的机制建构；中等教育考试制度的国际比较；多元智能理论与美国艺术教育等内容的介绍；民办基础教育的政策空间与社会效益问题；行政领导者与学校参与人：对教育局长工作的行动研究。上述增加的专题课程需要提前 1—2 个月特邀相关的专家，做到与专家提前沟通，并且审定相关专题课程的确切名称，方便专家提前做好授课的相关预备，从而提升培训教学的质量与成效。其二，重整既有的专题课程，特别是教育理念部分的内容：素质教育理念与教育科学发展，包括理论和政策、课程等实践改革与创新的问题；教育规制与教育督导等诸事业监管的相关问题，包括依法治教、制度建设和政策配套等的相关问题，涉及探讨教育督导制度的改革与创新问题；学校危机管理的相关问题，包括学校稳定、学生安全和公共卫生等方面的问题；教育领导力与基层教育行政的相关问题，包括对领导力和行政管理理论以及基层教育领导和行政实践等方面问题的解析。建议将上述重整的专题课程作为重点加以关注和建设，邀请卓有成就的专家学者担任主讲。上述的方面需要学院的相关人员集体研讨确定。其三，注重院本课程与师资队伍的建设，特别是关注和增强研讨、小班和选修等教学环节，并且作为院本课程建设的发展空间和行动方向，其中需要发挥学院教授和教学专家的示范作用，鼓励部分青年教师开设相关的教学课程，力求渐进形成院本课程的教学体系。其四，增强学院"培训简讯"的研究性特色，并且组织学员及时撰述"学习简报"，形成学院培训信息发布的双轨模式。

全国教育系统干部培训"十二五"规划座谈会纪要

为了更好地落实教育部人事司委托起草全国教育系统干部培训"十二五"规划的工作任务，学院特别邀请第 35 期高校中青年干部培训班、第 2 期教育部直属高校中青年校级领导干部专题研修班的部分学员代表，在专家公寓二层会议室座谈研讨，主要畅谈规划草案修订的意见与建议。学员代表高度评价规划起草的必要性，整体上对规划草案秉持肯定的态度，但在科学性、针对性、可操作性以及其他具体的内容方面，尚提出一些宝贵的修订意见与建议：

1. 综合统筹利用各种培训资源。除了现有教育系统内部的培训资源之外，尚应借助全国性的其他培训资源，比如已经具备干部培训资格的高校基地资源。

2. 增强境外和国际化的发展力度。面对国际和国内的大形势，需要大力提升干部教育培训的质量，而推进境外和国际化是重要的发展举措。通过境外和海外的培训学习，利于拓展领导干部的视野，开阔干部培训模式的改革发展思路。

3. 拓展专题性的国家级培训项目。现有国家级培训中没有专题性的分类研修项目，其实这种类型的培训更利于领导干部进行专门性业务的交流沟通，可以相互吸取经验与做法，从而提升实践工作的能力素质。

4. 利用信息技术开展远程干部培训。应该将远程教育纳入干部培训体系，利用远程信息技术开办培训班，干部可以自主地选班自学，阅读专题报告，推荐参考图书，定期到学院进行短期和系统地交流讨论，并且要求提交研究报告，由此保证干部培训的效果，完成规划培训的任务。

5. 提升干部处理复杂性问题的能力素质。无论是高素质的目标要求、课程设计的科学性标准，还是思想、作风和能力等不同类型的干部培训，其目标都应着力于提升干部处理复杂性问题的能力素质。

6. 建构干部培训的分层管理体系。高校干部的培训需要划分直属与非直属，教育部及国家教育行政学院应该倾力于直属高校的干部培训，而非直属的可以由地方教育厅负责办理，但上级部门可以提供必要的资源支持，并且形成相互协作的体制机制。

7. 加强干部培训质量的管理与监控。质量建设是当前干部培训管理中的重要内容，必须对干部培训的质量进行必要的监督，从而更好地完成培训工作的任务，提升培训的质量与水平，从而达成既定的培训规划目标。

8. 强化教育、管理和领导规律重要性的认识。实践工作需要遵循事物发展的基本规律，教育、管理和领导工作同样具有其自身的规律，干部培训必须增强规律重要性的认识，促使培训的干部学习与掌握相关的规律，并且自觉地按照规律办事。

9. 采取更加灵活的干部培训方式。干部培训存在严重的工学矛盾，脱产培训难以达成五年内累积培训三个月的目标，必须采取更加灵活的干部培训方式，包括在职远程和半脱产等，但具体落实的措施可以灵活地掌握与控制。

10. 要求学员自主和合作进行课题研究。研究性的经历亦是培训学习的过程，而且效果特别明显，因此可以要求学员完成研究性的作业，强化相互之间的主题性交流沟通，由此提升干部培训的质量与水平。

11. 增强对中西部地区倾斜的政策力度。中西部地区的干部参加培训学习的难度较大，同时更加需要接受国家级干部培训及其资源的支持，因此在参加培训干部人数和远程培训资源等分配的方面，需要提供更多的扶助与倾斜。

卷 II

清源学事丛稿

社会学意义上来讲，人是一切社会关系的总和。个体的人总是生活或活动在一定社会人群中的，而一定的社会人群组成某种社会组织，即人总与某种社会组织相联系。从当前社会发展对个体人素质的要求来看，需要个体人在社会组织的生活或活动中不断地学习与提高，乃至实现终身的教育与学习，从而提升综合能力素质。

一、社会组织理论研究综述

20世纪90年代以来，由于经济全球化发展和信息科学技术进步，社会组织的环境出现剧烈的变化和重组，社会组织的变革发展呈现多样化和加速化的趋势，需要不断通过学习和创新，提升社会组织的活力与竞争能力，以及高度关注社会组织的创新发展。在国外，学习性组织、组织学习、组织变革、组织培训研究已经成为社会组织管理研究中的重要领域，无论是企业管理研究、政府管理研究还是教育管理研究，都在广泛和深入地进行，由此逐步形成独具特色、富有内涵的社会组织理论研究体系，即产生理论化程度相当高的经验总结与组织学说。

（一）社会组织系统研究

社会组织并非与社会环境隔离的封闭组织，而与社会环境不断地进行资源的输入与产出。社会组织需要在社会环境中寻求合适的资源，并且与社会环境相互影响作用，由此维持社会组织的生存与发展。理查德·L.达夫特认为，社会组织由人及其相互之间的关系所构成，当人们之间相互作用以完成目标实现的基本活动时，社会组织就已经存在[①]。社会组织与社会环境的资源交换在开放系统中进行，若要了解整个社会组织，就必须将其看成系统，社会资源在社会组织和社会环境之间进行输入与产出，体现出社会组织对社会环境的依赖，同时表明社会组织和社会环境以及社会组织之间的依存与协同，社会组织需要在社会大系统中不断地适应、调整与变革，由此维持社会组织与社会环境、社会组织之间的系统平衡。同时强调，系统地关注社会组织的内部动态和持续所进行的活动，若要了解社会组织，就需要考察和描述社会组织设计的具体特征变量，由此提出描述社会组织设计的情境变量和结构变量：前者反映整个社会组织的特征，包括规模、技术、环境和目标等，描述影响和决定结构变量的社会组织背景；后者则提供描述社会组织的内部特征标尺，由此为测量和比较社会组织奠定基础。

---

① ［美］理查德·L.达夫特. 王凤彬，张秀萍译. 组织理论与设计. 北京：清华大学出版社，2003：14.

　　组织行为学是社会组织理论的重要研究领域，主要是研究个体人和群体在社会组织中的行为知识并且加以应用的学科，致力于寻找个体人更有效的行为方式。约翰·W.纽斯特罗姆、基斯·戴维斯认为，社会组织的性质受到一系列社会组织动力因素的影响，其结果和趋势可以分为人、结构、技术和组织运行环境等方面^①，社会组织行为在工作系统中对提高绩效具有重要的作用。组织行为系统是社会组织进行交流、沟通与运作，以及实现社会组织目标的基本方式，需要自觉地适应社会组织的环境，并且不断地随着社会组织的环境变化而产生相应的变革发展。约翰·W.纽斯特罗姆、基斯·戴维斯认为，社会组织中存在一些关于人和组织的关键变量，影响社会组织目标实现的结果，比如绩效、员工满意程度、个人成长发展等，组织行为系统的根本目的就是鉴别和帮助控制上述的变量。社会组织建立和维系的系统性质存在不同，实现的结果亦会存在差异，主要由不同社会组织的行为模型所导致，比如独裁模型、看护模型、支持模型、社团模型等，由此构成社会组织中主导管理层的思想，并且影响社会组织管理行为的信念系统。管理者对社会组织行为模型的选择由多种因素所决定，比如管理者的主导哲学、理想、使命、目标和环境等，社会组织的行为模型是社会组织在特定时期的选择，随着目标调整、发展状况和社会环境的变化，都会导致社会组织对行为模型选择的改变，同时社会组织的行为模型皆非仅仅适合某个

---

① ［美］约翰·W.纽斯特罗姆，基斯·戴维斯. 陈兴珠，罗继译. 组织理论. 北京：经济科学出版社，2000：4-5.

社会组织，其他的社会组织亦可采取这种行为模型。

W. 理查德·斯格特通过三大视角研究社会组织系统，即将社会组织划分为作为理性系统的组织、作为自然系统的组织、作为开放系统的组织。从理性系统的视角来看，社会组织是为了完成特定的目标而设计的工具，理性是为了最有效地达成预定的目标，而以某种方式组织起来的系列行为逻辑，核心的要素是目标的具体化和形式化，主要的流派包括泰勒的科学管理理论、法约尔及其他人的行政管理理论、韦伯的科层制理论、西蒙的管理行为理论等。从自然系统的视角来看，社会组织是并且首先是集合体，核心的要素是目标的复杂性和非正式的结构，而且多倾向于功能的分析，主要的流派包括马约的人际关系学派、巴德纳的协作体系概念、塞尔兹尼克的制度学派、帕森斯的 AGIL 模型等。从开放系统的视角来看，社会组织是系统理论探索的更高阶段，并且将社会组织的理论模型提升到控制系统、开放系统、松散系统、等级系统等层次，主要的流派包括系统设计、权变理论、维克组织模型等。20 世纪 60 年代前后，社会组织研究出现综合上述三种视角的模型，比如依佐尼的结构主义模型、骆奇和劳伦斯的权变模型、汤普森的层次模型。[①]

（二）学习型组织研究

学习型组织理论具有丰富的内涵，包括对组织适应性、组织柔性、组织环境等方面的研究，倾向于实证的研究，是西方学术研究

---

① [美]W. 理查德·斯格特. 黄洋，李霞，申薇，席侃译. 组织理论. 北京：华夏出版社，2002：29–99.

中的重要领域。社会技术系统学派认为，学习型组织的观念集中地体现在社会组织中的个体参与集体尤其是开发新的工作方式、进行职业规划、协调家庭和工作生活安排等方面。组织战略学派认为，有效的战略需要持续不断地开发新的思维、模式和实践，关注的重点由计划转移到实施，以及组织学习过程中计划与实施的相互作用，即探讨理解和描述社会组织的决策过程。系统动力学派结合组织适应性和人类潜在系统的思想观点，认为组织学习的速度有可能变成竞争优势的唯一持续源泉，通过建立和形成学习型组织，人们不断扩展自己的能力来创造自己真正期望的结果，培养新的扩展的思维模式，达到共同的愿景，人们在一起研究如何持续学习。

组织文化学派认为，组织学习需要具有永久学习系统功能的学习文化，当代社会组织尤其成熟的社会组织需要建立和维持组织的文化，并且通过反馈形成组织的领导。克里斯·阿吉里斯认为，学习型组织描述组织学习的类型和方案，指导社会组织形成系列的结构、流程和环境，从而促进创造性的组织学习，具体包括扁平和分权的社会组织结构；信息系统为社会组织的绩效提供快速和公开的反馈；揭露和批评潜在的社会组织行动理论以及系统规划的实证调查机制；社会组织绩效衡量；促进组织学习的激励系统；利于衡量全面质量、持续学习、优秀、开放和跨边界的意识形态[①]。理查德·L.达夫特深刻地阐述追求高效率绩效目标的学习型组织设计模式转变，即从纵向型

---

① ［美］克里斯·阿吉里斯. 张莉，李萍译. 组织学习. 北京：中国人民大学出版社，2004：8.

的结构向横向型的结构转变、从执行常规的职务向承担经充分授权的角色转变、从正式控制的系统向信息高度共享的系统转变、从竞争性的战略向合作性的战略转变、从僵硬型的文化向适应型的文化转变。

（三）组织学习研究

20世纪70年代，克里斯·阿吉里斯、舍恩首次提出组织学习的概念，引起社会组织管理研究的关注热潮，1990年美国麻省理工学院成立组织学习研究中心，推动组织学习理论研究的发展，克里斯·阿吉里斯认为，组织学习的文献可以划分为实践导向的学习型组织文献、怀疑性的组织学习文献。组织学习理论是相对于学习型组织理论发展起来的、全新的但又相互补充、相辅相成的组织理论。

克里斯·阿吉里斯的《组织学习》主要探讨组织学习和组织防卫、组织学习障碍和有效性、组织开发和人力资源行为、行动知识及受到的阻碍等内容，强调组织学习是所有社会组织都应培养的技能。在知识经济的时代，社会组织的环境发生深刻的变化。作为社会系统的重要组成部分，社会组织必须在不断变革发展的复杂社会环境中适应和生存，由此就要不断地学习，借以适应社会组织环境发生的深刻变化，积极地保持社会组织的变革发展与竞争优势，主动地促进社会组织持续的变革发展。同时，强调组织学习是不断纠正社会组织的错误，并且影响其内外部环境变化的重要手段、途经和过程，能够有效地减少社会组织的习惯性防卫，不断地发挥其创造力和激情，以及加强整体和成员之间的沟通协调，从而保持社会组织的持续竞争能力。组织学习越有效，就越能促进社会组织的持续变革与创新发展，并且及时发现其中的创新障碍，寻找影响其变革发展不匹配和错误产生的原因，主张运用行动的知识来纠正错误，以及减少组织学习的障碍。

组织防卫是一种政策、实践和行动，阻止参与者面对的阻碍或威胁，同时使得参与者无法发现阻碍或威胁产生的原因。组织防卫意味着反学习和过分的保护[1]；运用作业成本法的理论和方法，对成本进行经济的分析，强调创造性或严密的推理在有效实施过程中的重要地位；评价人力资源的作用，特别是经验学习、组织发展和变革活动，由此减少组织学习的障碍；指导严密的实证研究无意识地强化组织防卫或实践者的防卫性推理，以及团队间或团队的组织防卫阻碍并且影响研究人员及其研究对象，由此加大组织学习的障碍[2]。社会科学不仅需要尽可能准确、全面和经济地解释现实，而且需要创造符合实际的知识以供自由的选择，由此打破自我推动、反学习和过分保护的流程[3]。

克里斯·阿吉里斯提出单环学习和双环学习的概念，认为社会组织的本身并不会学习，是个体的行为作为社会组织的代表，产生组织学习的行为，社会组织都需要单环学习和双环学习。社会组织会创造条件，显著地影响个体界定问题的风格、解决方案的设计，以及解决问题的行动，同时个体亦会给相对独立于社会组织要求的

---

① [美]克里斯·阿吉里斯. 张莉，李萍译. 组织学习. 北京：中国人民大学出版社，2004：序言 5.

② 同上：序言 6.

③ 同上：序言 7.

学习环境带来偏见与限制。学习的发生存在于两种情况：当社会组织取得预期的成果时，在行动设计与行动结果之间存在一个匹配；当发现并纠正预期的结果与实际的结果之间不匹配时，不匹配就会转变为匹配。当产生匹配或改变行动来纠正不匹配时，就会发生单环学习；当纠正不匹配时，首先需要检查和改变控制变量，然后行动改变，就会发生双环学习，即当个体采取行动之前，首先需要满足控制变量——通过观察作为社会组织代表的个体的行动所推断出驱动行动的变量。[①]

（四）组织能力研究

作为社会的基本单元，社会组织应该具有核心竞争能力、潜能、评价观和行动取向，而核心竞争力和潜能是促使社会组织变得更有效的基本特征：核心竞争力促使社会组织集合独有的技术知识与操作技能，能够对诸多的产品和服务产生影响，从而对其市场竞争的优势产生深刻的影响；潜能描述社会组织可以用于达成目标的其他内容。能力是人力资源管理研究中的重要概念，亦是领导科学研究中的重要概念。能力是用以达成工作目标、可以测量的工作习惯与个人技能的书面表述，领导艺术、创造力和表达技能都应当成能力的范畴。单项能力的有机结合构成能力的模型，但大多是基于特定的社会组织而建立起来，并不具有通用性的特征，可以用语言、图标来描述。社会组织的领导不仅需要将视野置于社会组织的结构之

---

① [美]克里斯·阿吉里斯. 张莉，李萍译. 组织学习. 北京：中国人民大学出版社，2004：88-89.

中，而且更应将视野扩展到客户，能力的模型都应关注外部客户的需要，具备为客户提供业务服务的能力。保罗·格林依据能力的水平因素和种类因素构建能力图，阐明能力因素与 KSAs 模型（知识 Knowledge、操作技能 Skill、才能 Ability 及其他的个性特征 Others）之间存在的相互关系。[①]

（五）组织变革研究

组织变革理论是社会组织理论中的重要组成部分，主要探索社会组织变革发展的规律、过程和有效性等方面。社会组织需要应付社会环境的变化，以及组织内部因素导致的挑战，建立具有高效管理的组织结构和运行机制，致力于实现社会组织发展的根本目标。鲍博·汉姆林、简·凯普、肯·阿西认为，社会组织可以分为营利性组织、公共事业部门组织、非营利性组织、志愿组织等类型，社会组织运行的主要媒介或环境所属类别在两条主轴（经济交换和动机）交汇时，社会组织就会改变其基本的特性，并且处在上述的两条轴线上决定其共同利益的体系与决策。

组织变革理论提出各种社会组织变革的模型，胡西提出展望（Envisioning）、调动（Activating）、支持（Supporting）、实施（Implementation）、保障（Ensuring）、总结（Recognizing）——"EASIER"六阶段模型。W. 沃纳·伯克提出社会组织变革的管理模式，包括变革的部分和变革的基本方面：变革的部分为计划变革（讨论社会组

---

① ［美］保罗·格林. 欧阳袖译. 基于能力的人力资源管理. 北京：高等教育出版社，2004：5-6.

织进行变革的缘由、对前景进行表述、将现实的状况转变为设想状况的方式、转变效率的障碍）、管理人员变革（讨论在社会组织的内部传达变革信息的方式、时机和程度，以及转变时的人员心理问题）、管理组织变革（讨论系统和长期变革尝试的构思和结构问题）、评估变革尝试（讨论对变革尝试效力的总结）等部分；变革的基本方面分为个人对变革的回应（讨论抵触变革的本质、普遍性和功效）、变革的一般本质（讨论本质性和特征性模式变革是发展性的还是革命性的）等部分。鲍博·汉姆林、简·凯普、肯·阿西总结布洛克、巴藤和戈斯、伯恩斯和斯图亚特等社会组织变革的模式论述，提取而形成社会组织计划变革管理的一般模式。[①]

二、社会组织培训研究综述

作为现代社会实现终身教育与学习的重要途径，社会组织培训是学校教育之后继续教育的重要组织形式。社会组织培训研究是当前社会科学研究中的重要课题。培训需求分析是社会组织培训研究实施的起点，亦是其中的关键步骤，需要给予特别的关注。当然，不同性质的社会组织培训具有不同的培训需求，包括个体培训需求、组织培训需求，以及其他的特定培训需求。

（一）组织培训研究

组织培训是建设学习型组织、开展组织学习、实现社会组织变

---

① ［英］鲍博·汉姆林，简·凯普，肯·阿西. 周凯，杨勇译. 组织的变革与发展. 南京：江苏人民出版社，2004：10-11.

革发展的重要方式与途径。爱尔文·戈尔茨坦、凯文·伏特的《组织中的培训》从需求评估和学习环境、效果评价、培训方法等角度，运用系统的观点对相关的社会组织理论和培训问题展开深入探究，其中既把培训作为重要的社会组织系统来看待，同时又看成社会组织系统中的重要子系统，注意社会组织运动中相关因素的变革发展对培训产生的重要影响作用，强调社会组织培训及其战略的目标、环境、结构及其运行，以及其他社会组织外部因素的适应关系，系统介绍社会组织培训的需求评估和学习过程，包括在竞争和不断发展变化的环境中社会组织培训面临的关键问题、相互作用的重要环节、需求评估的过程以及学习的环境等。

爱尔文·戈尔斯坦、凯文·伏特深入探讨培训迁移理论，强调培训必须与社会组织的战略相适应，需要与人力资源等方面的行动相适应，以及同整个社会政治、文化和具体行业的外部制约条件相适应[1]。上述观点契合高校领导干部培训的社会与行业环境。爱尔文·戈尔斯坦、凯文·伏特在探讨社会组织分析时，强调确定社会组织培训气氛的重要性，提出培训迁移的相关观点——参与培训的人面临的一个问题：他们需要在一个环境中学习而在另一个环境中应用学习到的知识。这意味着社会组织分析的另一个层面是检查可能影响到新学习到技能迁移的受训者的社会组织气氛[2]。组织支持对社会组织的绩效具有显著的作用，组织气氛在培训迁移中具有重要

---

① [美] 爱尔文·戈尔斯坦，凯文·伏特. 常玉轩译. 组织中的培训. 北京：清华大学出版社，2002：译者前言.

② 同上，2002：61.

的作用，培训迁移的气氛是社会组织强有力的工具，社会组织应该促进培训迁移。培训迁移的组织气氛是表明受训者迁移学习程度的指标[①]，需要解决两个问题：希望学习者采取什么行为以及在什么情境下使用新获得的知识、技能和能力；希望获得的 KSAs 能够保持多长的时间，什么因素能够提高知识和技能在工作中的发展[②]。同时提出迁移提升的因素：迁移过程中必须存在一个系统，其中包括社会组织的培训者、受训者和管理者；培训前必须清楚受训者和管理者的期望；必须确定迁移的障碍并提供方法解决相关的问题；必须与管理者一同工作，并且为受训者习得的行为在工作环境中提供实行的机会；需要建立持续学习的气氛，以便让员工感到持续学习和发展的重要性[③]。

行为培训是社会组织培训研究的另一视角。苏珊娜·斯基芬顿、帕里·宙斯从行为理论出发，系统阐述行为培训的科学方法对个人和社会组织所带来可观、持续的学习动力与行为改善。行为培训可以定义为促进个人和团队的职场表现、学习能力和发展，同时反过来促进社会组织发展的科学与艺术融合[④]。在当前全球化与一体化发展的社会背景中，持续地学习和成长已经成为成功社会组织的一般

---

① ［美］爱尔文·戈尔斯坦，凯文·伏特. 常玉轩译. 组织中的培训. 北京：清华大学出版社，2002：65.

② 同上，2002：174–176.

③ 同上，2002：187.

④ ［美］苏珊娜·斯基芬顿，帕里·宙斯. 严峰译. 行为培训. 北京：华夏出版社，2004：序言 2.

文化模式，职业的发展逐步倾向于终身的学习，社会组织的变革发展面临崭新的挑战，职业的行为逐步成为进行终身学习和持续发展的重要形式，成为激活社会组织活力和改善社会组织环境的重要手段和途径。行为理论从行为的角度对个人发展与组织改善进行原理、模型和策略型的深入探究。

行为培训划分为社会组织培训、商务培训和生活或人格培训等三大领域，社会组织培训包括领导力培训、绩效培训、技能培训和团队培训等，强调培训对领导力和社会组织发展的重要性。行为培训理论重视学习型组织的建设，但把学习型组织看成个人在重视和尽力促进学习文化中个人学习的处所[①]，即通过行为培训的活动，把个人获得的信息系统传达组织，同时组织把作为社会组织整体共享的信息影响和作用于个人，从而实现相互的作用和循环的发展。行为培训理论强调，培训的根本目的在于改善整个的社会组织，授训者需要接受全程的培训，若组织的支持缺乏，往往就会导致受训者缺乏学习的精力和动力，因此组织支持的程度会对全程培训的绩效产生深刻的影响作用。行为培训需要在组织文化的背景中了解受训社会组织的结构、运作程序和行为，以及认清组织文化对学习和发展的作用。组织系统会对培训和行为的改善产生影响。行为培训的模型将社会组织看作社会文化系统，在混乱和日益增加的复杂性中

---

① ［美］苏珊娜·斯基芬顿，帕里·宙斯. 严峰译. 行为培训. 北京：华夏出版社，2004：108.

自行运作①。

行为培训理论强调个人与社会组织之间心灵契约的重要性，认为个人与社会组织的需要会产生不完全一致，需要通过心灵的契约来实现行为的改善，从而达成个人与社会组织培训尽可能长效的目标。同时认为，领导培训的内容包括领导角色的转换、对新职位的适应、训练管理的能力和战略的眼光、补充专业的知识、克服孤独感、形成积极的人际关系等方面，导致领导失职的原因主要存在于不能与同事和下属建立良好的合作关系；不能准确地定位自己并承担责任；缺乏远见卓识和政治智慧等。团队领导尚需具有自知之明、管理自己的能力，以及正确评价自己的价值和能力。只有明确知晓自己行为的动机、方式、可能产生的影响以及别人的评价，才能有效调整自己或坚持己见。从上述的角度来看，领导培训的总体目标是要营造民主协作的工作氛围，培养员工、同事对领导的责任感，加强领导对社会组织和他人的责任感，以及自我教育的能力，从而提高领导的管理能力，帮助领导创造不断发展的组织文化。②

简·格林、安东尼·M.格兰特谈道，社会组织只能通过学习的个人来学习：一个组织不仅仅是一群个人，它是一个关联、忠诚和关系的网络。技术的进步，尤其是互联网和移动通信技术的进步，使得这个网络的相互作用愈来愈复杂；一个组织是一个动态的系统，它是一个不断发展变化的人和关系的群体，新的模式不断出现，形态也在

---

① ［美］苏珊娜·斯基芬顿，帕里·宙斯. 严峰译. 行为培训. 北京：华夏出版社，2004：132.

② 同上，2004：221-226.

变化。因此，应该实施以解决问题为导向的培训，同时提出"培训连续流"的概念，认为培训存在三种类型：技能培训、绩效培训和发展培训，并且具体介绍组织培训对话的 GROW 模型，即目标（goal）、现实（reality）、可选方案（options）和总结（wrap-up）。[①]

（二）培训需求研究

作为社会大系统中重要的子系统，组织系统在社会发展的进程中起到重要的作用，特别是进入工业社会以来，由两人以上组成一定群体的工作日益增多，需要完成分工的程序，个体间的工作联系明显增强，更加需要形成一定的组织来完成社会的总体目标，由社会组织以子系统目标的形式加以分化执行。20 世纪 90 年代以来，随着世界经济全球化和一体化趋势的加速发展、信息技术的飞速进步，信息化的数字生存空间逐步获取扩展。在高速发展的信息化社会，社会组织需要适应上述的发展变化趋势，由此加速建立社会组织的变革发展机制。而社会组织变革发展的核心因素是人力资源的开发，因此培训就成为社会组织适应环境和实现核心价值的重要途径。社会组织对组织培训存在不同的理解与表述，比如训练、发展、开发和继续教育等，基本目的就是通过社会组织培训的程序，给予培训对象以特定内容的培养和训练，以使组织的潜能获取有效的呈现和发挥，从而提高核心竞争力，以及实现价值观。组织培训倾向于通过社会组织外加某些知识和技能的需求，由此适应组织发展的需要。因此，组织培训的主观

---

① ［英］简·格林，［澳］安东尼·M.格兰特. 史晓峰译. 以解决问题为导向的培训. 北京：经济管理出版社，2004：3.

性显而易见，是有目的的活动。组织变革发展的根本目的在于提升工作的绩效，组织培训是为了实现工作的绩效而对人力资源进行必要干预的措施和手段，是人力资源管理的方式。因此，组织培训的有效性提高相当重要。在组织培训过程中，社会组织会受到各种因素的干扰，既存在客观的原因，也存在主观的原因。组织培训往往存在有效与无效的分别，需要尽量避免无效的培训，因为其与培训的根本目的相背离。若要提升培训的有效性，就需深入地探究组织培训的过程，有效地管理组织培训的系统。

培训需求分析是组织培训过程中重要的步骤和阶段，是判断组织培训是否必要的重要过程。第一步就是选择培训需求分析的合适工具，以及收集培训需求的信息。培训需求信息的收集方法存在多种，比如观察法、管理层调查法、访谈法、关键事件法、集体（小组）讨论法、测试法、资料档案收集法、以前项目评估法、业绩考核法、顾问委员会研讨法、态度调查法、趋势研究法等。上述的方法可以在培训需求分析的过程中实际地选择运用，通过多种的分析方式获取综合剖析的结果，就会保持相对的客观与真实，当然信度和效度与受训者、管理者的参与程度、培训的时间安排和成本，以及量化指标的衡量程度等多种影响因素存在紧密的关联。目前的培训需求分析主要采用访谈法、问卷调查法、集体（小组）研讨法、关键事件法和业绩考核法等方法。依据培训需求分析的实际需要，可以选择多种的组合方式，由此可以保证分析的精确度，促使培训需求分析更加适合社会组织培训的需要，从而实现确立的基本任务。

II / 教育（学校）组织管理的理论与实践研究述评

　　国内学者对社会组织管理的研究主要借鉴西方理论与实践研究的成果，而且大多存在于社会企业或商业的组织管理领域，特别是其中人力资源的组织管理领域。随着理论借鉴和实践探究的逐步深入，开始从社会经济部门向其他的社会部门迁移。20世纪八九十年代以来，逐步地延伸到教育（学校）的组织管理领域。社会由组织的单元所构成，教育（学校）是社会组织的重要组成部分。教育（学校）组织成为完成教育教学任务的重要组织管理形式，具有重要的研究价值。因此，教育（学校）管理逐步地运用社会组织理论而展开深入的分析与探究，由此产生一批相关的研究成果。从社会组织的视角分析和探究教育（学校）管理的理论与实践问题，是教育（学校）管理研究中重要的方法与途径。

一、组织管理的相关概念及其基本内涵

社会组织中存在正式组织和非正式组织。正式组织是针对特定的目标与任务所建立具有专业性分工协作、规范性层次制度、授权性权力结构，以及物质性能力补偿的结构系统；非正式组织是通过自发形成、具有一定行为规范制约，以及相互协调依存的结构系统，主要强调精神性心理补偿，成员的构成常常具有不稳定的特性。①

社会系统理论强调社会协作系统的功能，认为无论是正式组织还是非正式组织，都存在于一定的组织系统之中，而其自身正是自组织的系统。上述解释社会组织运作模式的出发点，就是将社会组织作为封闭的系统来看待和设计。巴纳德提出正规组织的定义，由此开始认识开放系统组织。巴纳德认为，社会组织是两个人或者两个人以上的人群的，有意识地调整过的各种活动或力量的系统，必须具备三要素：共同目标、相互沟通、协作意向，并且在一定的环境中维持社会组织的有效性与效率②。

组织开放系统具有一定的层级和类别，比如内部组织系统与外部组织系统、人造组织系统与社会组织系统等。内部组织系统主要强调社会组织内部的市场环境，其作用体现在对市场失灵的弥补③，即组织系统内部因素的相互开放；外部组织系统是将社会组织作为

---

① 程正方. 现代管理心理学. 北京：北京师范大学出版社，1991：280–281.

② [日]饭野春树. 王利平等译. 巴纳德组织理论研究. 北京：三联书店，2004：122.

③ [日]今井贤一，伊丹敬之，小池和男. 金洪云译. 内部组织的经济学. 北京：三联书店，2004：5.

整体与社会市场的环境进行物质和能量的交换，但从经济学的交易成本角度来看，若出现交易的成本过高，就会产生市场失灵的现象[①]。内部组织系统与外部组织系统相互补充，当产生市场失灵的现象时，内部组织系统就会对社会组织的运行产生影响，以至于通过内部组织的机制对市场配置资源的功能进行调整，起到补救市场失灵的作用。同时，组织是把我们的愿望转化为社会实现的机制，但这种转化机制依赖于组织中的个体[②]。社会组织都是为实现特定的组织目标而人为建构的运行结构体系，因此社会组织是人造的系统[③]。巴纳德认为，社会组织就是一个协作的系统，是由许多个人组成的，但个人只有在一定相互作用的社会关系之下，同其他人协作才能发挥作用[④]。整体的社会可以被看成巨型的组织系统，而其他的社会组织都成为巨型组织系统的子系统，是各种社会因素互动作用的系统，与社会组织的环境进行信息、物质和能量的交换。

二、教育（学校）组织管理的范式特征与基本规律

教育（学校）管理是组织理论研究中的重要领域，但具有其特殊性。教育（学校）组织是依据一定的教育目标而建立起来的，通

---

① ［日］今井贤一，伊丹敬之，小池和男．金洪云译．内部组织的经济学．北京：三联书店，2004：6．

② Greenfield, T.B., Ribbins, P.(1993). Greenfield on Educational Administration. Landon: Routledge. P17.

③ 黄崴．教育管理学．广州：广东高等教育出版社，2003：182．

④ 封新建，肖云．世界管理学名著速读手册．北京：企业管理出版社，2001：43—44．

过设计特定的教育机构、甄别合适的组织成员、加强职权和制度的建设、形成特定的文化氛围等措施，形成不同的职能分类与结构体系。目前的教育（学校）组织管理研究主要通过介绍西方教育（学校）组织的理论与实践研究成果，以及对教育（学校）组织进行深入地考察与思考，分析其组织管理所存在特殊性与一般性的特征，从而揭示其组织管理的范式特征与基本规律。

1. 性质特征。教育（学校）组织是社会组织中的一部分。艾兹奥尼按照支配手段的差异，将社会组织划分为强制性组织、功利性组织、规范性组织。从支配教育（学校）组织的手段而言，教育（学校）组织是受社会的委托、按照一定目的和计划，进行教育活动的组织，而非强制性的组织，但并不等同于其不具有强制性的特征，义务阶段的教育就具有强制性的特征。对教师而言，教师依靠教育（学校）组织存在的经济关系，获取物质或精神的回报，由此教育（学校）是功利性的组织；对学生而言，教育（学校）组织通过各种竞赛、奖学金等刺激的手段，激发学生学习的热情，由此其具有功利性的特征，但却非功利性的组织。对师生而言，教育（学校）组织都是规范性的组织，通过精神监督的手段，实现组织管理的目标。在教学的过程中，教师需要注重言传身教、传授知识；学生需要砥砺德行、获取智能[1]。由上可见，从不同的角度来看，教育（学校）组织具有不同性质的特征。

结构主义强调组织效率的重要性，即教育（学校）组织从社会

---

[1]　鲁洁. 教育社会学. 北京：人民教育出版社，1990：357-365.

的环境中不断获得资源的支持，加强内部机构和体制的改革创新，由此满足社会日益增长的教育需求；人本主义强调其利用人力资源的重要性，即特定的教育（学校）组织通过改变角色的影响及其与其他社会组织，包括其他教育（学校）组织的合作模式等，实现根本性的组织变革发展，由此利于学生积极参与组织的活动；政治学强调教育（学校）组织系统的内部资源配置和不同利益群体之间的权力关系，比如影响教育公平因素的分析[①]。从社会开放系统的角度来考察教育（学校）的组织管理，教育（学校）组织系统与外部世界之间不断地进行信息、物质和能量的输入、转换和输出，由此促使远离静止的平衡状态，保障组织系统的适应与平衡，从而自主地达成从无序到有序的非线性动态平衡[②]，进而推进组织的变革发展，因此教育（学校）的组织管理是复杂性科学[③]的组成部分。

---

① 范国睿. 学校管理的理论与实务. 上海：华东师范大学出版社，2003：77–78.

② 范国睿. 学校管理的理论与实务. 上海：华东师范大学出版社，2003：186–188.

③ 复杂性科学产生于 20 世纪六七十年代，是在非线性科学等理论基础上出现的，包括耗散结构理论、协同论、突变论、超循环论等试图说明某一些更一般的、涉及自然界和社会现象的普遍规律，界于秩序与混沌边缘，研究范围广泛，研究领域尚不清楚，往往带有哲理性和思辨性，因复杂性科学研究多采用定量的分析，一些概念和方法也与非线性科学相同，因此也有研究者把它仍归结为非线性研究，学术观点存在争论。参见 [美] 米歇尔·沃尔德罗普. 陈玲译. 复杂：诞生于秩序与混沌边缘的科学. 北京：三联书店，1997；彭新武. 复杂性思维与社会发展. 北京：中国人民大学出版社，2003.

学习型组织[①]是教育（学校）组织的必然选择。教育（学校）组织的基本使命是教书育人，组织的成员拥有共同的愿景，制订其组织的理念和发展目标，以及持续发展的组织学习机制。在学习化社会的背景下，终身学习的观念不断地增强，全员学习、全程学习、团队学习的理念深入人心，学会教学和学会学习的紧密结合已经成为教育（学校）组织变革发展的重要思路。但教育（学校）组织成为学习型组织，并非自然而然的事情，必然存在某些困难与问题，比如有的教育（学校）组织尚不具备产生新型心智模式和开展团队学习的基本条件；尚难以实现从死记硬背到理解知识的系统思考；尚不具备有效学习的组织文化背景；尚存在其行政系统的科层化特征，由此造成个性发展与团队建设的矛盾等，上述的困难与问题都会影响其向学习型组织发展的进程[②]。但从另一角度来看，教育（学校）组织与其他的社会组织相比，更加充分地体现出学习型组织的性质特征。教育（学校）组织的基本任务是教与学，实现教与学的过程正是走向学习型组织的过程，关键需要构建和加强学习型组织的修炼，创设其组织发展的社会环境与条件，以及实现其组织确立的根本目标。

[①] 学习型组织是 20 世纪 90 年代以来组织理论研究的新成果和新模式，佛睿思特（Forrester, J.W.）、沃尔纳（Woolner, P.）和瑞定（Redding, P.）等都对学习型组织研究作出了贡献，而彼得·圣吉（Senge, P.M.）是学习型组织研究的集大成者，在其著作《第五项修炼——学习型组织的艺术与实务》（郭进隆译. 杨硕英校注. 上海：三联书店，1998）中提出自我超越、改善心智模式、建立共同愿景、团队学习和系统思考等五项修炼。

[②] 范国睿. 学校管理的理论与实务. 上海：华东师范大学出版社：2003：86–90.

2．功能结构。教育（学校）组织管理的功能关注其功效及其实现的作为，而结构与功能存在紧密的联系，其结构主要体现为教育（学校）组织的基本架构与框架，以及各相关要素的相互关系模式。由于对其功能的认识存在一定的差异，必然就会导致出现不同的建构模式。其结构的模式都不是完美的，都存在一定考察研究的视角，同时存在各自的优点和缺陷，需要在其实践的过程中具体地分析与运用。

3．职责权威。教育（学校）组织管理是赋予其岗位工作的职责权威。职责是通过一定结构体系的岗位设置安排，并且进行任务和功能的分工，由此确定工作任务的范围，而权指的是权力，威指的是威信。权力是政治上的强制力量，以及职责范围内的支配力量[①]。韦伯认为，权力是社会关系中的行动者在其位置上不受阻碍地实现自己的意志的可能性[②]，可以划分为合理—合法型的权力、传统型的权力、特殊威信的权力等类型[③]。皮博德认为，权力的基础存在差异，权力的性质就会不同：由职务获得的权力是正式的职权，而由专业能力和技术获得的权力是功能的权力。弗兰奇和雷文根据权力的关系，将权力划分为奖赏权、法定权、感召权、专长权和强制权等。厄兹奥尼将权力划分为报酬权、规范权和强制权。明兹伯格根据控

① 中国社会科学院语言研究所词典编辑室. 现代汉语词典. 北京：商务印书馆，1979：938.

② Weber, M.（1947）The Theory of Social and Economic Organization. Translated by Henderson, A.M, Parsons. New York：The Free Press. P152.

③ ［法］克罗戴特·法拉耶. 组织社会学. 安延译. 北京：社会科学文献出版社，2000：5-7.

制组织的要素情况，将社会组织中的权力划分为职权系统、观念系统、专家系统和政治系统①。

威信是一种非正式的权力，指的是威望和信誉，在并未拥有某种职权的情况下，亦可能对他人或团体产生某种影响力，这种取决于专门知识和才能，以及思想品德和行业特点的影响力，是权力的又一要素，即威信，威信与人相联系，而不与职位相关②。巴纳德提出权威的接受理论，其权威的定义是正式组织中信息交流（命令）的性质，它被组织的成员或贡献者接受，并且用以控制自己贡献的行动，包括主观上承认信息交流的权威性；存在地位的权威和领导的权威，即职权与威信，但最终由作为下级的个人来决定，即只有下级愿意接受，才能承认存在这种权威③。教育（学校）组织管理的职责、权威同样具有两种不同的权威来源，但两者相互关联：一是来源于合法的渠道且受法律的保护，即通常指的职权，比如奖赏权、强制权、人事权、财产权、组织权、管理权和发展权等；二是来源于影响力，比如专长权、感召力等，即威信，但大多数与领导人相联系，后者是前者的必要和必须补充，直接地制约前者效用的发挥④。

在组织管理中，权力主要是指职位的权力，即职权——特定的职位所具有合法的权限，管理者运用合法的权限，制定组织的目标，

---

① 黄崴. 教育管理学. 广州：广东高等教育出版社，2003：209.

② 安文铸. 现代教育管理学引论. 北京：北京师范大学出版社，1995：219–220.

③ ［美］丹尼尔·A.雷恩. 管理思想的演变. 孙耀君译. 北京：中国社会科学出版社，2000：352–353.

④ 黄崴. 教育管理学. 广州：广东高等教育出版社，2003：210–211.

设计组织的结构，聘用合适的人员，监督成员的行为，由此实现组织的目标[①]。布劳和斯科特将职权划分为正式与非正式的两种：正式的职权是指社会组织拥有的法定职权，要求下级服从上级的指示；非正式的职权是从合法的职权中衍生出来的，主要的根源于个人的行为和个体的特征，虽然没有正式的头衔，但具有影响力与支持度[②]。

4. 设计模式。教育（学校）组织是社会组织中的组成部分，社会组织不仅是一种社会的实体，而且同外部的社会环境保持紧密的联系，具有明确的组织目标、精心设计的组织结构，以及有意识的活动系统[③]。理查德·L. 达夫特划分组织导论、组织目标与结构设计、开放系统设计要素、内部设计要素、动态过程管理等部分，系统地阐述如何进行组织理论的设计，特别组织设计的过程中需要关注的系统内外部因素，指出从前的社会组织设计主要在科学管理、行政管理原则、霍桑实验和权变理论等组织理论的指导下，但当今的社会已经发生深刻的发展变化，出现全球竞争、多样性和伦理等问题，知识与信息变成社会组织的最重要资本，并且运用"范式"的概念，即人们共同感知、认识和理解世界的基本思维方式，指出当今的社会组织正在经历从机械式系统向自然生物系统的范式转变[④]。张新平运用组织理论与设计的基本理念和思路，深刻地阐述教育（学校）

---

① 黄崴. 教育管理学. 广州：广东高等教育出版社，2003：201.

② 同上，2003：203.

③ [美] 理查德·L. 达夫特. 组织理论与设计. 王凤彬、张秀萍译. 译者前言. 北京：清华大学出版社，2003：5.

④ 同上，2003：25–28.

组织的范式，系统地讨论结构功能主义的范式、组织现象学的范式和组织批判理论的范式[①]。

为了完成社会组织设计的任务，需要制订社会组织设计的步骤，教育（学校）组织的设计同样需要执行相关的步骤：一是进行职务的设计与分析，确定职务的类别和数量，划分职务的责任和素质要求；二是划分部门，按照工作内容的性质和职务之间存在的相互关系，将各职务组合成部门；三是形成结构，调整、平衡各部门和职务的工作量，形成组织的结构模式[②]。范国睿细致地介绍教育（学校）组织结构的设计步骤：确定组织目标、确定工作内容、选择组织结构、配备组织成员、厘定职责权限、形成组织系统[③]。教育（学校）组织具有自身的显著特征，影响其组织设计模式的因素存在于多方面，既有社会性的因素亦有技术性的因素。按照黄崴教育（学校）组织建设的观点，社会性的因素主要存在于组织类别、领导者特点、组织环境等，其类别存在不同，设计就会出现差异。按照功能的划分，存在行政组织和学校组织。教育行政组织又可以划分为中央教育行政组织、地方教育行政组织。按照不同的划分标准，学校组织可以划分为不同的类型，比如按照教育经费投入主体的标准，可以划分为完全公立学校、完全私立学校、公办民助学校、民办公助学校、公办民校等类型；按

---

① 张新平在博士后研究项目《教育组织范式论》对西方教育组织理论进行了具有独特视角地、创造性地诠释. 参见张新平. 教育组织范式论. 南京：江苏教育出版社，2001.

② 周三多，陈传明，鲁明泓. 管理学—原理与方法. 上海：复旦大学出版社，1999：279.

③ 范国睿. 学校管理的理论与实务. 上海：华东师范大学出版社，2003：274.

照学校层次的标准，可以划分为高等学校、中等学校、初等学校、幼儿园等类型。[①] 领导者的观念、作风、能力、性格、体力等特点同样会对设计的模式产生影响，比如具有观念新、作风民主、能力强等特点的领导者，多会采用扁平式的组织结构，并且辅之以委员会型的组织模式等，另一种会采用直线—职能制的组织结构，便于集中领导、统一指挥、严密分工，从而提高组织管理的效率[②]。

组织的环境包括政治环境、经济环境、文化环境、政策法规环境等，不同社会环境中的教育（学校）组织会采用不同组织设计模式，比如分权制国家设计的组织结构都会相当分散，而集权制国家设计的组织结构则都会相当集中[③]。技术性的因素包括专业的分工和管理的跨度。教育（学校）组织中存在需要各种专业知识的工作，专业需求的广泛性与知识能力的有限性之间就会产生矛盾，因而组织设计时需要充分地考虑专业分工的技术性因素，即按照不同的专业分工所要求掌握专业知识和专长的人员，致力于达成分工负责和互补的效果，由此提升在复杂多变社会环境中的适应能力。管理的跨度是指组织的结构层次和管辖范围，分为管理跨度小而层次多的高耸型组织结构，以及管理跨度大而层次少的扁平型组织结构[④]。

5. 决策运行。决策源于 20 世纪 30 年代的管理学文献。20 世纪 60 年代，西蒙提出"管理就是决策"的管理学命题，指出决策是

---

① 黄崴. 教育管理学. 广州：广东高等教育出版社，2003：212.

② 安文铸. 现代教育管理学引论. 北京：北京师范大学出版社，1995：217.

③ 黄崴. 教育管理学. 广州：广东高等教育出版社，2003：213–214.

④ 范国睿. 学校管理的理论与实务. 上海：华东师范大学出版社，2003：260–264.

对行动目标与手段的探索、判断、评价，直至最后选择的全过程[1]，决策的过程包括情报、设计、选择、审查活动等四阶段，并且具有不同的时间比例分配；决策的种类包括程序化的决策和非程序化的决策：程序化的决策是经常性和反复性的决策活动，而非程序化的决策是非反复出现的决策活动，但表现出新颖、结构不稳定和崭新的重要特征；按照性质的标准尚可以划分为确定型的决策、风险型的决策、非确定型的决策；提出目标—手段的决策分析法，并且对集权与分权的组织结构问题展开讨论[2]，同时提出决策者素质的要求：不是靠强迫命令而是靠以身作则来树立权威；具有全局的观念；依赖和培养下级；主动地承担责任，敢于担当风险；具有广博的知识和丰富的经验；具有敏锐的预测能力和机智的判断能力[3]。拉德福特将决策划分为完全规范化的决策、部分规范化的决策、非规范化的决策：完全规范化的决策是指决策过程的每个环节都需要规范的程序，包括决策的模型、数量参数的名称和数目、选择方案的标准等；非规范化的决策是指完全无法按照既定的操作方法来处理的一次性决策，决策的每一环节都需要按照决策主体的想法来办；部分规范化的决策则介于上述两类之间，决策过程的部分环节可以规范[4]。穆

① 孟繁华. 教育管理决策新论——教育组织决策机制的系统分析. 北京：教育科学出版社，2002：6.

② 封新建，肖云. 世界管理学名著速读手册. 北京：企业管理出版社，2001：142-149.

③ 李兴山. 中外管理理论研究. 北京：中共中央党校出版社，1998：236—238.

④ 陈文申. 公共组织的人事决策——转型期中国大学任改革的政策选择. 郑州：河南人民出版社，2002：36-37.

迪在决策过程分析时提出"决策环"的概念，如图1[①]：

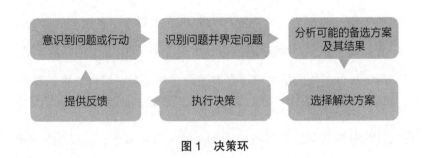

图1 决策环

若要保障组织决策的有效运行，除了要求领导者具有良好的素质之外，尚需考虑如下因素：加强组织成员的培训；明确而合理的授权；切实可行的计划和目标；良好的信息沟通；必要的现场管理[②]。完善决策的运行，需要关注如下要素：决策的方案——对决策问题提出的一组可行性方案；决策的标准——对决策问题设定的一组标准或准则；预期的结果——针对每个可行性的方案，从准备的角度来预测其可能出现的现象和结果；偏好的结构——决策主体对可能结果之间的偏好选择；信息——影响上述四要素的重要条件，包括信息的收集、加工和输出构成决策活动的基本特征等[③]。决策分析的模型为组织决策研究提供必要的分析框架，重要的决策模型存

---

① 陈文申. 公共组织的人事决策——转型期中国大学任改革的政策选择. 郑州：河南人民出版社，2002：38.

② 黄崴. 教育管理学. 广州：广东高等教育出版社，2003：221–223.

③ 陈文申. 公共组织的人事决策——转型期中国大学任改革的政策选择. 郑州：河南人民出版社，2002：35–36.

在理性分析的模型、组织分析的模型、政策分析的模型等 ①。

从大学（高校）组织管理的角度来看，国外主要确立如下决策分析的模型：伯顿·克拉克的权力分析方法侧重于各国高等教育系统一般组织上的共同和独到特征，尤其是权力和集团利益的所在；各国高等教育结构的历史演进；有关教育的实践对运行结构的影响；结构制约改革以及时代需求导致结构改变的趋势和方式。科恩、马奇的政治分析方法提出"有组织的无政府"的模型，以及伯恩·鲍姆提出适合高等教育机构的"系统模型"，承认利益多元化的制度结构所形成制约和平衡的机制；管理主义的分析模型——以威廉·考利、约翰·科森等为代表，重视保护教育（学校）组织管理功能的完善和现代化 ②。国外教育（学校）的组织管理具体表现在校本管理运动的兴起与发展。校本管理是指教育（学校）组织决策权威的分散化——提供从区域行政中心到个别教育（学校）组织通过分权控制改善管理的一种方法 ③。孟繁华深入地分析美国校本管理的典型模式，划分如下类型：代德县模式——由教师协会驱动、校务委员会提建议和校长做决策；芝加哥模式——地方教育理事会由校长及其他的成员所组成，负责组织和管理教育（学校）组织，校长之外的所有理事会成员由选举产生，理事会有权任免校长和作决策；洛杉

---

① 陈文申. 公共组织的人事决策——转型期中国大学任改革的政策选择. 郑州：河南人民出版社，2002：39.

② 同上，2002：42-47.

③ 孟繁华. 教育管理决策新论——教育组织决策机制的系统分析. 北京：教育科学出版社，2002：32.

矶模式——教师协会与教育委员会磋商谈判，根据有关的协定推行校本管理改革，具体是成立地方教育（学校）理事会，由校长、教师或社区的代表，以及地方教师协会的领导成员等组成，校长和地方教师协会的领导联合执行理事会的日常事务，地方教育（学校）理事会掌握教育（学校）组织的决策权，但无权解聘校长或教师[①]。

三、教育（学校）组织管理的研究方法及其实践运用

20 世纪 90 年代之前，国内的社会科学研究多数以定性的规范研究为主要的特色，按照基本的理论构架，设置研究的内容和步骤。这种预设性或前设性的方式难以达到理论研究的深度和广度，往往不自觉地产生一定程度的偏好，而定量研究仅仅在一定的范围内使用，或由具有定量研究基础的人员使用，且难免会产生因为数据的缺失或不准确而产生研究结果的差谬。从国外社会科学研究方法角度来看，更多地体现为研究现实性的周围事物，把科学视为一种探索的方法，或者说学习和理解周围事物的方法[②]，强调社会科学中的一些辩证关系，比如个案式与通则式的解释模式、归纳与演绎的理论、定量与定性的资料、理论与应用的研究等，往往会利用一些变量的语言。

20 世纪 90 年代之后，西方社会科学的研究方法开始大量传入，国内社会科学研究方法呈现出西学东渐的发展趋势，由此，西方主

---

① 孟繁华. 教育管理决策新论——教育组织决策机制的系统分析. 北京：教育科学出版社，2002：33–36.

② ［美］艾尔·巴比. 邱泽奇译. 社会研究方法基础. 北京：华夏出版社，2002：7.

流研究方法（比如实证研究、质的研究、案例研究、实验研究等）逐步地成为国内社会科学研究的方法选择，同时出现大量国外社会科学研究方法的翻译著作，比如艾尔·巴比著的《社会研究方法基础》、小劳伦斯·E.列恩著的《公共管理案例教学指南》、尤瓦娜·林肯和伊冈·古巴合著的《自然主义研究——21世纪社会科学研究范式》、苏珊·韦尔奇和约翰·科默合著的《公共管理中的量化方法：技术与应用》等，以及出现探讨与借鉴西方社会科学研究方法的专著，比如陈向明著的《质的研究方法与社会科学研究》、袁方主编的《社会科学研究方法》、孙建军等合作编著的《定量分析方法》等。定量研究、质的研究和案例研究等方法逐步地运用于国内教育（学校）组织管理的研究领域，且往往与规范的研究相融合，出现研究方法上的中西合璧，由此促进国内社会科学研究的新进展。教育（学校）组织管理研究中亦出现以西方研究方法为主要特点的学术著作，比如闵维方主编的《高等教育运行机制研究》、丁小浩著的《中国高校规模效益的实证研究》、曾满超主编的《教育政策的经济分析》、袁振国著的《论中国教育政策的转变：对我国重点中学平等与效益的个案研究》等，由此标志国内教育（学校）组织管理的理论与实践研究呈现出崭新的发展局面。

Ⅲ / 高校领导干部培训需求及其影响因素研究设计

作为高等教育实施的特定场所，高校是特殊的社会组织，肩负培养人才、科学研究和社会服务等职能。在落实科教兴国和可持续发展战略中，高校组织承担艰巨的历史使命与社会责任。在高等教育飞速扩张的历史阶段、高等教育改革发展的关键时期，随着高校合并改制、后勤社会化、招生规模扩大等举措的实施，高校组织出现深刻的变革发展，比如出现诸多万人大学，高等教育大众化深入发展，各种层级学历的授予人数逐年递增。上述的事实充分地表明，高校组织管理面临崭新机遇与严峻挑战。作为核心的阶层，领导干部在高校变革发展中起到重要的作用，其能力素质直接关系到高校组织管理路径及其有效程度。因此，加强领导干部培训已经成为高校实现变革目标和获取持续发展的重要动力。

一、研究的背景

现代社会日益成为终身学习的学习型社会，社会的个体不可能仅仅通过一定时段的正规学校教育，就能实现社会的完全适应，即必须终身不断地增加知识与能力的储备，更新适应社会、工作和人生的态度。培训学习是社会组织实现人力资源保值和增值的重要手段，以及社会的个体实现价值提升的最佳途径，由此不仅利于社会组织的变革发展，适应社会发展的时代要求，而且利于形成稳定性和竞争力，促进在复杂多变的社会环境中获取崭新的发展。高校汇集大量学术的精英和成长中的学生——上述特殊的群体决定高校组织管理所存在的特殊性、困难性与复杂性。随着知识社会、学习型社会和全球化社会的深入发展，高校面临深刻组织变革的历史使命与发展趋势，由此就会对高校领导干部提出更高的能力素质要求。随着现代社会的复杂性发展、高等教育的改革深化，要求高校领导干部深化知识技术和能力素质结构的调整与适应，不断地在知识、能力和态度（KSAs）等方面获取大幅度地提升，由此更加迫切地要求高校领导干部接受各种形式和内容的长短期培训，从而更好地适应不断变革发展的当代社会和高校实践需要。

为了适应社会政治和文化教育的发展形势，1955年中央政府建立教育系统领导干部培训的机构设置——中央教育行政学院，即附属教育部的国家（高级）教育行政学院。学院历经几十余年的改革发展，已经具备从事教育系统领导干部培训的硬件条件，同时建设具备较高学历层次和知识背景的中青年骨干教师队伍，学院的培训事业获取长足的进展。从学院培训的功能特征角度来看，学院既具备教育部党校的性质，从事教育系统领导干部政治思想的组织培训职能，同时作为教育部主管从事教育系统领导干部的岗位知识、管理技能与领导艺术培训的组织培训机构设置，具备高校组织的社会职能。但正是存在上述的两种职能，学院尚存在诸如学术科研重视不足的现实状况——同样集中地体现在对领导干部培训、高教行政与高校管理，以及思想政治教育等理论与实践领域，亟须加强队伍的建设、转变科研的方法、提升科研的实力。从高校领导干部培训的背景角度来讲，为了适应区域需要和专业差异的现实状况，某些著名的高校附设由教育部主管的教育系统领导干部培训中心，国家设置中央党校及其国家行政学院，以及井冈山、延安和浦东等领导干部培训学院，甚至其他的部委附设行政培训中心、著名的高校举办领导干部培训论坛项目。

随着对外开放的深入和政治经济的发展，特别是高等教育事业的迅猛发展，迫切地需要高校领导干部的世界眼光，能够从对国内外高教发展现状与趋势解析的深广度上，做好高校组织变革发展的战略规划，由此提升高等教育的办学效率和高校组织管理绩效，并且开始出现高校领导干部境外培训的崭新形式。从社会系统的层面来讲，领导干部是高校组织变革发展的战略规划者和政策制定者，必须具备洞察社会系统的发展变化以及协调社会系统中各种关系的能力素质，因而需要高校领导干部不断地加强培训学习，从而适应社会系统发展变化的崭新形势。从高校组织系统的层面来讲，高校面临重大的组织结构调整和变革发展，由此对领导干部的能力素质提出较高的要求。高校领导干部必须不断地把握内外部的影响因素，及时调整组织变革发展的目标，以及改善组织的行为，在发展变化的社会系统环境以及日益复杂的高校组织环境中，完成管理与领导的任务，以及实现组织行为的目标，提升组织管理的绩效，从而促使高校组织实现可持续的变革发展目标。从领导干部的层面来讲，培训学习已经成为高校领导干部能力素质提升的重要途径。高校领导干部在学校接受的都是有限的专业性教育，知识技能、能力素质与现实需求尚存较大的差距，亟须进行充实与提升。从领导干部培训的层面来讲，高校领导干部的培训学习存在自身的特色：高校领导干部已经具备较高层次的能力素质基础，培训目的在于接受社会系统提供的政治观点，确立社会系统需要的主流价值观，明晰政治经济、军事科技、商贸外交、文化教育等各领域的综合信息与发展形势，从而利于从社会系统战略规划的层面来解决高校系统内外部关系及其存在的重点问题，同时推进高校组织管理的能力素质建设，解决组织管理和领导艺术相对欠缺的问题。

高校领导干部具备一定层次的专业能力素质水平，而且经历高校组织管理的实践锻炼，相对缺乏的是高校组织管理和行政领导的理论知识，以及在高校组织管理实践过程中解决问题所应掌握的管理技能与领导艺术。高校领导干部通过培训学习，可以增强从整体与自身的变革发展形势来把握方向的能力，以及做出适合形势和工作任务的发展方向选择，提升分析和解决问题的综合能力素质，从而促进高校组织管理与行政领导的工作。高校领导干部需要处理好各种实践的事务与关系，需要的能力素质是多方面的，比如人际交往和组织协调等方面。上述的能力素质需要通过实践锻炼和培训学习来解决，其中培训学习是一种重要的方式，可以更好地推进高校领导干部之间的交流助益。高校领导干部需要具备综合的能力素质基础，那么培训学习的重点应该放在哪里？若要回答上述的问题，就要了解高校领导干部综合能力素质的基础情况与具体培训需求，即高校领导干部在社会实践过程中需要获取哪些知识储备和能力素质的提升，以及弄清高校领导干部培训需求的基本原因，特别是影响培训需求的内外部影响因素，即探讨高校领导干部培训需求及其影响因素的变量关系及其规律，由此改善高校领导干部培训的设计，提高培训工作的绩效，以及培训效果的迁移水平，从而推进高校组织可持续变革发展目标的实现。

现代社会要求高校组织顺应时代发展的要求，抓住面临的发展环境与崭新机遇，成为促进社会进步发展的动力机关、科学研究和服务社会的基地，以及高素质人才培养的有益"酵母"：教学科研和社会服务等社会职能是高校组织长盛不衰的重要因素，其稳定性的基础在于相对远离意识形态与政治动态的纷扰，类似宗教性的特征使得其能长期存在与发展，同时现代知识社会与高校组织变革发展存在紧密的依存关系，现代知识技术的增长不能脱离高校组织所要实现的社会职能，而高校组织的变革发展不可脱离知识技术社会提供的环境氛围，必须建立在现代知识技术的坚实基础上，并且与时俱进地促进其自身社会职能的实现。高校组织的结构日显复杂——由原始言传身教的机构发展成为具有现代化大型实验设备、信息网络系统等硬件设施的机构，特别是知识技术分化日益严重、知识技术综合不断加强，以及高校规模不断扩展，上述的变革发展因素不断地提升对高校领导干部能力素质的时代要求。

现代社会日益成为社会因素网络的系统，促使高校组织需要不断地适应知识社会、信息社会和学习化社会的要求，致力于建设学习型的组织。高校领导干部培训是现代社会改革发展以及知识分化、综合和创新的根本要求，同时是高等教育和高校组织变革发展以及学习手段和方式变革的根本要求。在现代变革发展的社会环境中，开展高校领导干部培训日显重要，需要深入地分析高校领导干部的培训需求，精心和细致地设计培训的全过程，加强培训成果的整理和开发，从而不断地提升高校领导干部培训的质量与水平。但如何对高校领导干部进行有效的培训，以及如何促使培训的内容实现有效转移，提升培训效果的实际运用程度——若要解决上述的问题，首要的环节就是需要分析高校变革发展的战略目标、工作任务、领导素质要求、工作绩效等，深入地探究高校领导干部的培训需求，包括组织培训需求和个体培训需求。作为人才、信息和知识汇集的场所与空间，高校组织要求其领导干部必须具有统筹知识技术素质而形成智慧的超常能力，不仅需要具备广博的知识技术和组织管理的能力，更需要具备超常的智慧，具备战略发展的思维以及付诸实践的执行能力。因此，高校领导干部必须做到与时俱进、加强培训学习、不断地积累知识，以及提升适应现代社会中各种因素调衡的知识素质与技术能力，具备推进高校组织统筹、规划、预测、执行、评估和变革的智慧，由此就对高校领导干部提出组织和个体培训的需求。

高校领导干部在组织变革发展进程中发挥重要的作用：现实的作用在于实现高校变革发展的既定组织目标（主要指近期和中期目标），以及高校组织的社会职能；历史的作用则在于实现高校变革发展的理想组织目标（主要指长期目标），以及高校组织的社会作用与历史影响。高校领导干部培训是促进组织变革发展和综合能力素质提升的重要方式，若要提升培训的质量和效益，就需要评估高校领导干部的培训需求，进行科学的培训设计。培训需求分析是高校领导干部培训的重要步骤，同时是关键性的环节。高校领导干部培训日益需要关注组织和个体培训需求，主要是需要针对培训需求来有效地组织管理培训的项目。在高校领导干部培训设计过程中，组织培训需求的掌握是设计的重要环节，由此利于更好地做好高校领导干部培训的设计与管理工作，改进培训的方法和技术，提升培训的工作绩效。但在分析培训需求的过程中，需要考虑多种影响高校领导干部培训需求的因素，以及深入地分析高校组织的变革发展，以及高校领导干部的综合能力素质提升等重点问题。高校领导干部培训需求及其影响因素的研究在高校变革发展进程中的作用不容低估：利于创新与发展高校组织；利于理解高等教育和高校变革发展过程中的某些关键性问题；利于了解高校领导干部迫切需要掌握和学习的重点、热点与难点；利于做好高校领导干部培训的中长期规划与教学设计，以及具体的组织管理等工作，从而提升培训的效益；利于提升高校领导干部的综合知识技术与能力素质，改进组织管理的思维方式（领导的手段和方法），提升领导的艺术和效果；利于实现领导和社会职能，升华高校组织变革发展的理想目标。高校领导干部培训的设计需要顺应高校组织变革发展规律，不断地探索创新发展的理念，力求将前沿的理论与最新的实践成果确定为培训的内容，通过富有创新的手段和形式，开发高校变革发展的理念、思维和智慧，从而创新高校组织的变革发展，不断地提升高校组织管理的质量与水平，从而促使高等教育和高校组织实现可持续与健康的发展。

二、相关概念与研究论点

第一，考察需要涉及的基本概念与核心概念：高校组织和领导干部培训为基本概念，主要是界定研究的基本视角和主要对象；培训需求和影响因素是核心概念，即需要解决变量之间的关系及其规律性问题。

基本概念：高校组织和领导干部培训。高校组织是热点的研究领域，主要源于两种基本背景：一是高等教育大众化发展的社会背景，高校组织面临深刻的调整与变革，出现高校后勤社会化、高校扩招、高校收费、高校合并，以及多校区系统等政策的转型发展。面对上述高等教育发展的崭新形势，单纯地探究高校组织的局部领域，已经难以驾驭上述多层面、快速发展变化的局面，而将高校的整体作为分析研究的单位，利于分析相关领域理论与实践的热点和难点问题。二是受到国外引入组织理论的影响——组织理论在国外已经形成成熟的理论体系或系统，广泛地运用于政府、企业和学校等组织管理的实践研究，高校组织管理研究已经形成一定规模并产生具有理论深度的科研成果。在全球化发展的时代，中国的高校需要在日益全球化的管理实践和科学研究中吸收营养，借鉴西方高校组织管理的理论与实践研究成果。国内高校组织管理的研究文献相当丰富，但针对高校领导干部培训特别是从组织视角来分析的研究文献尚显不足。

国内重视培训学习的主要集中在三类人群：一是企业的人群，主要是企业骨干技能型培训、企业领导素质型培训和企业发展战略培训等，存在长时、短时学位与证书相结合的形式，并且以企业化运作模式为大多数；二是社会低层的人群，比如下岗工人技能培训、职前人员培训和职后人员培训等，由此获得谋生的技能；三是领导干部培训（包括企业领导干部和高校领导干部等），主要是强化政治的观点，提升领导和管理的技能等，往往存在专门培训机构的设置，甚至形成培训的系统（组织的系统），构建专门性和行业性的培训组织体系，比如党校培训的系统和教育培训的系统等。领导干部培训的研究文献相当多，国外的研究亦很深入，既有理论的研究亦有实践的探索，但能够适合国情的并非很多，集中在技能型培训和领导管理艺术培训等方面，而中国领导干部培训存在一个显著的特点，即重视政治观点、政策制度和形势任务等方面的培训，其中存在深层的体制性原因，而且现有上述领导干部培训的研究文献相对较多，而其他培训的文献却较少。从领导干部培训的研究现状角度来看，尚存在理论探索不足的问题，诸多的文献都是实践性的，甚至难以称得上是严肃的科学研究，而只能视为实践性的总结材料——上述的方面是国内领导干部培训的研究现状。

核心概念：培训需求和影响因素。培训需求是培训的核心内容和重要步骤，是人力资源开发研究中的重要概念。培训需求研究包括培训需求评价、培训需求调查、培训需求分析、培训需求整合等基本内容，但大多数存在于企业培训的领域，而且培训市场化的程度较高，培训研究成果的普及程度较低，特别是领导力培训研究，集中在企业领导干部，突出地体现人力资源培训的现状，造成培训需求研究的技术、方法和成果难以有效地普及、推广与运用。

除了企业领导干部培训需求研究之外，再就是行业培训需求研究。实际上来讲，中国社会的行业特色非常明显，国家的各部委都设置培训中心（或院校），针对行业的特点开展培训。在开展培训项目的过程中，自觉或不自觉地开展培训需求研究，但行业类型研究中的大多集中在培训实践的表层，主要是资料汇总或培训总结的探索，并且难以达到从人力资源开发和培训需求分析的高度来探讨关键性的问题。

在高校领导干部培训需求研究中，同样严重地存在上述的倾向，相关培训的设计仅仅徘徊在实践的层面，而且政策性的倾向严重（并非政策性的研究内容不重要），对培训需求分析难以达到战略规划和组织改善的高度，培训的迁移率相对很低，主要成为高教政策宣传和政治信仰的宣告，难以起到实际的成效——当然培训的效率就很低，需要进行更加深刻的思考，从而深入地探究高校领导干部的培训需求。

从范围的角度来讲，培训需求可以划分为内在的培训需求和外在的培训需求：内在的培训需求主要指组织或领导者（受训者）自身的内部因素导致产生的培训需求；外在的培训需求则指组织或领导者（受训者）的外部因素导致产生的培训需求，而导致产生外在培训需求和影响内部培训需求的内外部因素就是培训需求的影响因素，包括政治经济和文化教育等发展的状况，以及其他高校组织及其系统内外的导致培训需求产生或发生变化的各种相关因素。

当前在高校组织管理和高教系统管理的研究中，通常会分析基本的社会背景因素，从高校组织和高教系统的外部探求其管理的规律性内容，即探析高校组织和高教系统管理的外部影响因素，但高校领导干部培训需求的影响因素探析主要停留在实践的层面，总结培训绩效及其课程设置时经常提到，比如社会形势、政治经济专题、党性修养环节、文教军事科技等，以及人生观、价值观和世界观的提升，加深某方面内容的认识和理解程度等，而少有从理论、战略规划、领导艺术等层面，深入地探究上述诸多内外部的影响因素。从实证研究的角度来看，培训需求是研究的主要问题（因变量），影响因素是引起因变量产生变化的变量（自变量），影响因素的变化会导致培训需求产生相应的变化。从上述的方面来看，影响因素的研究就显得非常重要。培训需求研究必须探析培训需求的影响因素。

第二，重点考察培训需求及其影响因素的相互关系，揭示两者之间存在的规律性。培训需求的影响因素可以划分为外部的影响因素和内部的影响因素，以及常规性的影响因素和偶发性的影响因素。外部的影响因素是指高校领导干部个体或高校组织系统的外部，比如政治经济发展背景、文化教育及军事科技、国外高校组织系统等影响因素，外部的影响因素会导致产生外部的培训需求，但外部的影响因素作用于组织或个体亦会导致产生内部的培训需求。内部的影响因素包括两部分：针对高校领导干部个体而言的个性特征、人生历程、教育背景、岗位经历等影响因素；针对高校本身而言的组织目标、组织绩效、组织机制等影响因素，但相对于高校领导干部个体而言又是外部的影响因素。内部影响因素的作用是自觉的，而外部影响因素的作用是自发的，其发展变化是内外力量作用的结果。培训的影响因素按照产生作用的频数划分，尚可划分为常规性的影响因素和偶发性的影响因素。常规性的影响因素是指高校的环境变化、战略目标、组织绩效等所导致产生培训需求的影响因素，环境变化包括社会环境、组织发展、职业发展、资源配置、政策制度等；战略目标包括发展理念、发展目标、经营战略等；组织绩效包括行为改善、效率评价、培训迁移、运行成本等。偶发性的影响因素是指由特殊性的事件所决定的，一般是即时性出现的影响因素。目前培训需求影响因素的探究尚较凌乱，没有充分地系统化和条理化，集中于分析产生培训需求的背景。目前尚需进一步地分析高校领导干部培训需求的影响因素，需要进行系统的整合，形成综合或模型的设计与分析的框架，从而利于更好地认识与理解高校领导干部培训需求的影响因素。

培训需求的内部影响因素——探析组织和领导干部（受训者）本身内生培训需求的影响因素，比如组织行业、组织结构运行，以及领导个性气质特征、领导能力素质状况、领导工作态度等因素，导致产生的内在培训需求，上述的影响因素可以称为内部影响因素。但目前内部的影响因素与外部的影响因素之间的界限尚未确定，没有进行必要的分化与界定，分析的过程尚显笼统，研究的工具偏向于理论分析的规范研究范式，较少采用实证研究等其他的范式，而且内部的影响因素分析主要是从组织或领导（受训者）的角度，分析内部环境的变化，系统性、实证性地分析内外部影响因素的较少。高校变革发展内部影响因素的实证研究主要集中在某一方面，尚较深入与细致，但针对高校领导干部培训需求的内部影响因素分析却较少，而且尚未建立一定的划分标准和类别分类，较少进行系统和全面的分析。

培训需求的外部影响因素——探析组织和领导（受训者）本身以外的因素导致培训需求或促使培训需求产生改变，目前主要探究培训需求的基本社会背景、组织之间的相互影响，以及其他的政策、制度和体制等方面，而且单纯地研究培训需求外部影响因素的并不多见，主要将上述的影响置于高教系统管理或高校组织管理视角来探讨高校变革发展或相关理论与实践问题，主要从经济关系视角来探讨高校组织管理中的外部影响因素问题。除了经济关系之外，尚应考虑其他的关系因素对内外部的培训需求产生的影响作用。虽然上述的方面在某些研究中亦有涉猎，但并没有明确地提出上述的论题，综合性的较少，而且大多从某个角度来论述，定量关系问题的研究就更少，需要进一步地加强上述方面的定量研究，从而可以更加清楚地阐明上述影响因素和培训需求之间的相互影响与对应关系。

培训需求的常规性影响因素——常规性的影响因素表现为长时效性，具体地表现在高校组织及其领导干部本身具有的内在本质特征，以及社会环境系统、社会制度体制、组织结构运行等具有综合性和特色性的影响因素。在高校领导干部培训的研究中，大多以背景分析、个性特征分析、高校组织分析等形式出现，分析高校领导干部、高校组织系统和社会大系统的基本特征及其规律性的影响因素，比如职业发展、绩效考核、行为评估等高校领导干部状况，战略发展、资源占有与配置等高校组织状况，以及政治经济、文教军事科技等社会系统环境状况。从国内研究现状的角度来看，上述的研究方面尚处于描述性分析的阶段，特别是针对高校领导干部培训需求的影响因素分析中，针对性的研究并不多，掌握的统计分析数据同样有限，分析的深度和理论的程度尚待提升。但由于常规性的影响因素比较具有持久性和恒常性，因此研究时相对较好把握。

　　培训需求的偶发性影响因素——偶发性影响因素的作用方式正好与常规性影响因素的相反，时效性上表现为短时段的特征，集中地体现在偶然发生的事件，但从组织系统或社会大系统的角度来讲，偶发性的事件会对具体的组织系统或高校领导干部的个体产生一定的影响，有时作用尚很大，甚至产生革命性的作用——其中涉及"质的飞跃"哲学命题，但若要实现飞跃，就必须达到一定的影响程度。偶发性影响因素的外在表现很多，比如组织领导的增加、领导岗位的调整、服务对象的反应，以及工作的效率、管理的成本、教育的质量等变化因素，具体地表现为微观操作性层面的影响因素，以及表现在组织具体的运作过程和管理过程之中，因此偶发性影响因素的分析相对来讲较复杂，而且影响因素的个性化特征相对较强，现以案例（个案）研究较多，比如对某高校教学质量影响因素的分析评估，而且针对高校领导干部培训需求的影响因素分析的亦少，即便有一些亦是个案式的探究。由于实证研究方法的引入和扩展，偶发性影响因素分析出现崭新的气象，产生具有实证特色的研究成果，但依然少见分析高校领导干部培训需求的研究成果。

第三，培训需求及其影响因素研究。目前培训需求及其影响因素的研究集中在现任岗位职责素质的指向、组织发展改善的指向、组织之间或与社会系统关系协调的指向等方面。从培训需求与影响因素变量研究的角度，往往相互融汇补益，即培训需求研究时将影响因素纳入其中，而影响因素研究时亦要论及培训需求，上述变量关系的划分并非明显，研究的方式亦多以规范性的实践研究为主要。

首先，在现实的条件与背景下，以面向实践工作的知识、技能和态度提升的培训及其设计研究集中地体现为现任岗位职责素质指向的培训需求分析。上述类别涉及的研究范畴较狭窄，对高校领导干部培训来讲，主要探讨现任岗位的职责要求及其标准设置、高校领导干部的岗位能力素质要求、现任岗位工作的内外部关系处理过程中的技能技巧，以及完成现任岗位职责和提升工作绩效所应具备的各种态度。虽然研究过程中有时会涉及现任岗位以外的环境、组织，以及其他的岗位工作（者）对现任岗位工作的影响，但更多的则是从现任岗位的职责工作出发，探讨培训需求及其影响因素的问题——从宏观、中观和微观的角度来划分，应该属于微观层面的研究视角。上述类型的研究成果相对较多，而且对现任岗位工作实践研究的范围（面）相当广，主要由于社会工作的岗位存在复杂性。随着现代社会的发展，新的工作岗位日益增多，因而对上述培训需求及其影响因素分析的成果亦会日益增多，对高校组织而言同样是这样。随着管理体制的改革、外延式和内涵式的发展，高校的规模日益扩大、校区日渐增多、提供的岗位数量日益增多，以及岗位职责更加细致，因此高校领导干部的工作岗位及人员数量变得更加庞大。面对上述日益变化的高校变革发展态势，加强对现任岗位培训需求及其影响因素的分析就显得很重要——这种变革发展是必然发生的。但研究的过程尚存一些问题，比如存在就事论事的现象、理论升华不足的问题、研究导向的偏颇，以及研究过程的简单化和单一化倾向。上述问题的存在造成目前这类研究的成果多停留在经验总结或实践工作的层面，难以做到科学化和精细化，理论化的发展更难做到。因此，上述类别的研究需要防止一些倾向和问题，需要做得更为深入，以致逐步地实现实践与理论的集合和共通，从而实现研究的结果对理论和实践的拓展都产生促进的作用。

其次，在组织的内部探求自组织运行的规律，主要涉及组织的制度、规章、决定等内部运行规律的探究，培训需求及其影响因素的分析集中在管理体制、管理方式，以及组织内部关系问题的处置，体现为中观的层面。目前上述的研究出现一些理论研究的成果或原理，比如自组织理论、组织愿景、组织文化、组织学习等。正由于上述类别的研究处于中观的层面，但经常涉足微观与宏观层面的分析，研究的结果重在实践的运用，由此对微观层面的研究提供理论和实践的指导，产生一定程度和范围的影响作用。细致地划分上述研究的类别，可以划分为体制的研究、制度的研究、管理模式的研究等。可以从上述的角度出发，探求高校领导干部培训需求及其影响因素的问题，比如从体制的角度来看，高校内部的管理体制对组织运行的发展会产生制约与影响，对高校领导干部驾驭组织运行和发展提出能力素质的更高要求。内部管理体制的改革会对高校领导干部提出不同岗位的职责任务，同时需要高校领导干部具备掌控发展变化的能力素质。为了适应上述的发展变化，高校领导干部就会提出培训的需求。从制度的角度来看，同样会存在上述的发展变化，无论高校领导干部是制度的制定者还是制度的执行者，其本身都要承担驾驭制度落实和执行的任务，需要具备针对制度的规定提出具体的措施、进行理论的解释、提高执行力等能力素质的基本要求，由此高校领导干部就会提出上述方面的培训需求。从管理模式的角度来看，不同管理模式的采取很普遍，任何的模式不可能适应于任何的组织，但一种模式却可以适应一个或多个组织的管理，同样不同组织环境中的高校领导干部亦不能固定地采取某种模式，由此就会对高校领导干部提出更高的要求，于是产生上述的培训需求。目前中观（组织）层面的研究成为热点，研究的成果亦较多，但如何做到理论与实践的紧密结合，依然做得不够。无论是理论的研究还是实践的研究，若两者相互脱离，亦难以深入分析高校领导干部的培训需求及其影响因素，但如何做到紧密的结合，尚需进行努力地探索。目前研究过程中亦有探索，比如案例研究和行动研究等——探索理论与实践的结合。

再次，运用系统理论的基本观点，将高校组织视为社会大系统的子系统，在社会大系统中探讨高校的行为改善与组织发展，从社会大系统的视角探讨高校领导干部的培训需求及其影响因素。上述宏观视角的研究是将高校作为组织的单位和分析的单元，探讨高校组织与其他的社会组织之间的关系及其相互影响、高校组织在社会大系统中所处的地位，以及为了寻求高校组织变革发展或行为改善所应采取的措施。高校领导干部，就是需要具有全局的眼光、战略的思维，以及统筹规划的能力素质。上述角度的研究多集中于高校组织变革发展的战略规划之中。作为高校领导干部，无论是校级的领导干部还是院处级的领导干部，都会面临高校组织战略规划的问题，需要探讨战略规划的制订，以及处理好出现的各种关系和矛盾。上述研究的成果亦有不少，但存在理论的缺陷，较多地集中在体制、政策、制度和组织的层面，探求高校组织与社会大系统之间以及各种社会组织之间的关系、矛盾与问题，而战略规划的理论建构尚属薄弱，战略研究与战术研究的划分不甚清晰，核心的问题尚未具有突破。在高校领导干部培训需求及其影响因素研究中，上述的问题亦突出地存在，表现为研究成果的深度和广度存在问题，理论性和战略性研究的支撑力度不大，尚需借鉴国外战略研究的理论，实现战略研究的突破，以及加强战略规划的宏观研究。

第四，探究先前的培训需求及其影响因素研究对培训的设计产生何种促进的作用，应该提出何种建设性的意见。一是以前培训设计的基本依据及其思路研究分析。目前就高校领导干部的培训设计来看，主要采取的是经验的模式，上述研究的成果亦多为培训经验的总结：传统经验的模式——历史形成并且继承下来的基本设计范式；模块设计的模式——将知识的范围划分为几类模块（比如按照知识点或培训的重点划分）。上述的两类模式目前在高校领导干部培训的实践中广泛地运用，而无论传统经验的模式还是模块设计的模式，都是以知识点或培训的重点为中心，规划和设计培训的课程，而缺乏对培训需求的深刻认识，特别是没有深入调查培训需求的信息——在培训的实践中存在上述的问题，同样在培训的研究中亦存在上述的问题。目前对高校领导干部的培训需求研究相当有限，而且大多处在规范性研究的范畴，实证性的研究很少，需要进一步加强实证的调研，从而提高上述研究的科学性程度，特别是培训需求及其影响因素的相关性和规律性探究。

二是以前培训设计的视野偏窄，过分地关注现实的政策与制度，并未提升到战略规划和设计的高度。从人力资源的角度来看，培训是人力资源开发的重要组成部分，应该更多地关注现实，但社会进步的速度日益迅猛，日益提升能力素质的要求，高校领导干部必须适应社会快速发展的趋势，从关注现实到重视发展，由此就会要求培训设计不仅着眼于现实的政策与制度，更应重视人力资源的开发，关注战略思维的训练，培养战略的眼光和规划的素质，但目前培训设计的实践尚未给予上述方面重点的关注，培训设计的研究亦尚未从理论和实践的角度做出必要的回答。作为培训设计研究的核心部分，培训需求及其影响因素的研究亦非很透彻，特别是并未找到为培训的设计提供理论支撑和实践支持的着力点。从上述核心概念的相关性和规律性探究中，寻求培训设计及其研究的着力点非常重要，由此就会需要进行理论性、实证性和实践性的探究，开阔研究的视野，以及推进人力资源开发的探究。

三是需要摆脱现实政策与制度层面的培训设计误区，加强培训设计的前瞻性研究。目前培训设计及其研究的大多集中于政策、制度的宣告以及理论的分析，加强政治观点的灌输，上述方面的内容亦有必要设置，但必须依据对高校领导干部培训及其影响因素的深入研究结果。上述方面应该成为培训设计的依据与标准（准绳），而且高校领导干部培训的根本目的不仅是要做好政策制度的贯彻执行，以及高校组织管理的实践工作，更重要的是服务于人力资源的开发，从而为今后几年甚至几十年的岗位领导工作服务，因此加强培训需求及其影响因素的前瞻性研究，培养高校领导干部的战略性和规划性能力素质以及较强的执行能力，就会日显重要。同时高校领导干部作为个体而言，尚具个别的培训需求，因而需要探究个别培训需求和组织培训需求的相互关系及其影响因素，但目前上述方面的研究亦很少见。从组织的视角研究高校领导干部的个别培训需求及其影响因素，利于在设计中体现个体培训需求以及组织培训需求及其制约性，从而能够更加深化培训需求及其影响因素的相关性和规律性研究。

四是实践研究中总结性和综述性事实阐述的文献较多，而实证调研性的文献较少，需要推进培训研究的方法转型。目前，科学研究方法的自研究尚有较多探索性的文献，但培训研究中实证调研性的文献不多，而且现存调研性的文献大多数都是描述性事实的呈现，并未进行深入的实证分析。目前国内外的科学研究方法存在某些现实的差距，虽然近些年来有所改善，西方某些的科学研究方法（比如实证研究方法和质的研究方法等）已经运用于科学研究的过程，但熟练掌握和正确运用上述分析工具或研究技术的人员相对较少，而且与国外的研究成果相比，科研的层次尚存较大的差距。传统规范性的研究方法依然处在目前教育科学研究方法使用频数最大的地位，实证研究方法、质的研究方法等大多数由一些著名院校和科研院聘用的出国留学人员，以及师出其门的教学科研人员运用，普及的任务相当艰巨。目前在培训需求及其影响因素的研究中，上述类别的文献相当匮乏，造成目前的培训设计大多建立在经验性和学科性的层面，迫切需要推进培训研究的方法转型。实证研究重视调研数据的统计分析，但若没有掌握数理统计的知识基础和数据分析的基本工具，同样难以真正地了解和分析研究的问题，甚至难以弄清相关文献阐述的基本内容。因此，尚需关注和重视实证研究方法，促使研究人员掌握数理统计的知识与实证分析的工具。

三、研究设计与方法工具

培训需求分析之后，就要确定研究的目标和核心的问题，选择相关的研究方法，提出研究的设计思路，形成研究的框架结构，最终撰成研究的报告。综上所述，针对高校领导干部培训研究的现状，以及研究培训设计的需要，确定以高校领导干部培训需求及其影响因素为核心研究的问题，探求培训需求与影响因素的相互关系及其规律性，由此就必须选择合适的研究方法，进行综合性的研究设计。在上述相关问题的探究中，培训需求是主要的研究问题，属于"两变量"中的因变量；影响因素为影响因变量"培训需求"的变量，属于"两变量"中的自变量。通过对因变量"培训需求"和自变量"影响因素"的定量关系及其规律性的探究，揭示高校领导干部培训设计过程中应该关注和涉及的关键研究问题，从而为促进高校领导干部培训事业发展提供重要的参考。

第一，确定研究的目标，揭示高校领导干部培训需求及其影响因素的变量关系及其互动规律。对高校领导干部来讲，由于个体的经历（人生的、教育的和工作的）存在不同，所处的社会大系统和高校组织的环境条件亦存在差异，同时其他的影响因素大量地存在，因而高校领导干部就会存在不同的培训需求，既有个体的培训需求，亦有组织的培训需求。高校领导干部的状况（比如能力素质、个性气质、工作岗位等）、高校组织的环境（比如体制、制度、气候等）、社会大系统（比如政治经济、军事科技、商贸外交、文化教育等）等相互影响作用，促使高校领导干部产生迥然不同的培训需求。

高校领导干部培训设计的核心是掌握培训的需求——这个关键性的问题，它是科学组织培训过程和实现培训工作绩效的根本指导思想。影响的因素是多方面、分层次和类别的。在影响因素分析的过程中，类别和层次的划分有益于研究的深化，可以通过建立某种模块的形式来深入地探析，同时对各种模块进行因素的分析，采取演绎法深化研究变量，从而深入地揭示自变量表达的根本内涵。影响因素之间并非绝对的独立，而是相互依存和作用，任何类别和层次的影响因素都会与其他类别和层次的影响因素相互影响作用，从而构成社会因素的网络系统。培训需求产生的原因是多种影响因素之间相互作用的共同结局，对高校组织及其领导干部来讲存在一种择优的过程，任何单一的影响因素都可能会使高校领导干部产生个体的培训需求，但是否就会作为组织的培训需求，尚需要由培训设计者以及社会系统或高校组织依据综合的信息做出判断。高校领导干部的个体培训需求若要成为组织培训设计考虑的因素，需要上升到高校组织或社会大系统的层面。从组织的角度来讲，高校领导干部培训在很大程度上不能简单地认定为个体的培训，而且是一种高校组织的培训。因此，探究高校领导干部培训需求及其影响因素的变量关系及其互动规律，主要是从组织的视野来考察的，虽然其外在的表现是个体性的，但却通过其内部的规律性互动，已经作为高校组织的代表出现，实质上是代表高校组织的，即本质上是高校组织培训需求及其影响因素的变量关系及其互动规律。

第二，确定核心的问题与选择研究的方法。高校领导干部培训需求及其影响因素之间存在什么样的变量关系与互动规律，是需要解决的关键性和根本性问题，采取的措施是在研究方法选择上运用实证、定量的研究方法。实证研究的重要特点就是将培训需求及其影响因素的核心概念进行定量化的处理。可以采取如下具体的方法：案例研究的方法——主要借鉴培训档案的文献，进行定量化的处理，由此揭示变量关系及其互动规律；问卷调查的方法——制作调查问卷，抽样调查受训的领导干部，通过实证的分析，揭示存在的定量关系及其互动规律；参与集体的研讨和借鉴简报的资料——通过分析培训反映与研讨的结果，借助质的研究工具和简报档案研究的综合运用，从培训者、培训内容等方面进行深入的探析。在分析研究的过程中，可以与案例研究的方法相结合，探究某些高校领导干部及其对培训过程、培训内容等方面的反映，深化核心概念的理解，由此揭示培训需求及其影响因素之间的变量（内在）关系及其互动规律。在案例研究的过程中，主要运用组织的理论，具体地分析高校组织，比如战略分析、组织分析、任务分析、人员分析，尚需从社会大系统、高校组织、高校领导干部个体等层面和角度，深入分析培训需求及其影响因素，其中需要特别重视多种研究方法的综合运用，但主要服务于实证的研究，核心是解决存在的定量关系及其互动规律。

问卷调查可以采用两种方式：综合调查——主要调查高校领导干部、高校组织、高校领导干部的工作状态、高校领导干部培训等方面的相关信息；问题调查——主要调研高校领导工作、高校领导知识、高校领导技能、高校领导态度等方面的相关信息，更倾向于高校领导干部的"KSAs"分析。在培训需求及其影响因素的变量关系和互动规律研究的过程中，需要涉及一些相关的关系分析：一是需要分析高校个体培训需求的条件及其规律，处理好特殊与一般的关系及其互动规律。二是案例揭示的问题是否能够代表一般性的问题解释，其代表性的程度怎样，需要进行深入的分析，由此理性地升华培训需求及其影响因素的变量关系及其互动规律的研究结果，由此达成解决一般问题的目标。三是需要处理好问题与方法的关系。集体研讨的方法介于质的研究和文献档案研究的分析工具之间，再加上研究的过程中尚需与案例研究相结合，更加增添理论研究和实践分析的难度。从培训内容的角度来讲，分析高校领导干部对培训内容设计的反映本身，亦是一种个案式的研究方法，如何处理好个案分析与核心问题存在的联结与关系，是在探讨培训需求及其影响因素的变量关系及其互动规律中需要解决和关注的问题。综上所述，研究的方法以实证的研究为主要，而以其他的研究方法（比如案例、档案文献、集体研讨等）为辅助，且其他的研究方法为实证研究服务，目的是通过定量分析培训需求及其影响因素，揭示上述核心概念之间的变量关系及其互动规律。

第三，收集与整理研究的材料。写作的本身应该是创新的过程，但思考和撰述之前必须充分地占有材料。研究的材料可以划分为理论的材料和实践的材料。理论的材料主要依靠文献的方法来获取。组织理论是高校领导干部培训需求及其影响因素研究的核心理论——庞杂的理论体系或系统，建立起不同的组织分析模式。这种建立在不同分析路径或研究视角的组织分析模型，可以多侧面和多角度地提供问题分析的框架，以及探究高校组织及其领导干部培训的理论支点，但正如其他的事物相同，理论的体系过于庞杂，往往就会难分头绪，因此需要精细地选择组织理论的材料，即需要依据核心的问题做出选择，比如组织系统理论、学习型组织理论、组织学习理论、组织变革理论等。选择与运用某种组织理论，并非仅仅在表达上仿行西方组织理论的概念，更重要的是需要明确组织分析模型的实质，选择益于研究的理论突破点，并且与实践紧密地联系，深入地分析、细致地探讨，其中需要特别地关注组织培训理论，比如培训需求理论、培训设计理论、培训迁移理论等。

通过深入地分析具体的组织培训理论，可以寻求高校领导干部培训需求及其影响因素分析的理论支撑，从而为探究高校领导干部培训需求及其影响因素之间的变量关系及其互动规律，提供切实的理论分析工具，从而增强研究的深度与分析的广度。目前国内外在组织理论或组织培训理论研究的方面，大多涉及企业管理或行政管理，而于高校管理的角度而言，上述的理论尚需历经"本土化"和"本领域化"的过程，由此更加对实践的材料提出必然的要求。实践的材料对研究的必要是上述理论的"本土化"和"本领域化"所导致的结果，同时是核心问题分析的必然要求。高校领导干部培训需求及其影响因素的研究实质上是面向实践的研究，目标的指向是对培训的设计提供理论和实践上的指导与借鉴。因此，需要坚持理论与实践结合的原则，从实践的问题和材料出发是必然的选择。在对待实践材料的态度上，则需要基于实践的研究定位，即要在充分占有实践性材料的基础上，进行实践联系理论的探究。

实践性材料的收集和整理基于高校领导干部培训班、进修班、研讨班：第一，问卷调查来自高校领导干部，具体抽样的选择范围较宽泛，各级（比如教育部及其他部委直属及其共建、地方政府主管、民办等）高校，高校各级（校级和处级）领导干部，各科（综合类、多科类、单科类等）高校，各类（理工类、文科类、师范类、农林医类、国防类）高校，即考虑层次结构、区域结构、科类结构、形式结构的高校组织特征，从调查高校领导干部的管理岗位类别来讲，同样涉及人事、财务、学生、教学、科研、后勤、党务等组织管理类型。第二，参与培训办班、筛选和汇总高校领导干部的集体研讨材料，借鉴质的研究和文献档案研究的分析工具，对高校领导干部按照原始分组、类型分组、岗位分组等方式的专题研讨材料，进行综合性的分析与探究。第三，通过实际参与高校领导干部培训的活动，体验高校领导干部培训设计及其运作过程，以及通过不同途径了解培训结果迁移的情况，从而针对研究的需要，尽可能地搜集和整理相关实践材料。

在"十一五"时期，教育系统领导干部培训工作获取诸多的实际成效，教育系统领导干部培训的质量与水平明显地提升，产生较大的社会影响。教育系统领导干部培训项目实施中积累诸多具有宣传、推广价值的典型经验，值得给予深刻、多重反思。当然，在反省教育系统领导干部培训工作经验的同时，亦应认识到其间所遭遇诸多的困难与问题，必须给予深刻和系统的总结与分析，由此对今后做好教育系统领导干部的培训工作规划、设计及其实施，具有重要的现实价值与启示意义。

一、教育系统领导干部培训的主要经验

第一，全面落实中央精神和战略部署，开创领导干部培训工作的新局面。在"十一五"时期，中共中央、教育部制订《干部教育培训工作条例》《全国教育系统干部培训"十一五"规划》等文件，

地方制订相关的规划细则和实施意见，特别强调以科学发展观为指导，全面落实大规模地培训教育系统领导干部、大幅度地提升教育系统领导干部能力素质的战略部署，有效地推进教育系统领导干部的培训工作。安徽省认真落实中共中央、教育部和省委关于领导干部教育培训相关政策精神，扎实做好教育系统领导干部的培训工作：约束与激励的机制进一步健全，教育系统领导干部的各项培训制度逐步完善；师资队伍进一步优化，质量保障体系初步形成；教育系统领导干部的培训教育基础和保障能力建设进一步加强，培训教育的质量与效益全面提升；布局合理、分级培训、统筹协调、保障有力的领导干部培训教育格局基本形成，通过参与和实施领导干部的各类培训教育项目，教育系统领导干部的思想政治和业务素质明显提高，适应和促进教育改革发展的能力素质显著增强；陕西省在《关于认真做好大规模培训干部工作的意见》精神的引领下，面对新的形势和要求，坚持以邓小平理论和"三个代表"重要思想为指导，深入地贯彻落实科学发展观，以改革创新为动力，全面总结教育系统领导干部的培训教育工作经验，贯彻落实《陕西省教育系统干部培训"十一五"规划》，坚持全面规划、整体推进，有步骤地实施，教育系统领导干部的培训规划获得较好落实，从而为推进区域教育事业的科学、持续发展，提供强有力的思想保证、人才保障与智力支撑。

第二，采取分类、分岗和分层的组织形式，致力于领导干部培训的全员覆盖。随着中国社会和教育事业的迅猛发展，领导干部的培训需求日益突显，从而导致存在参训需求的学员范围和规模呈现出不断扩展的趋势，教育系统领导干部的培训机构承担更多的社会压力。在"十一五"时期，各地政府和教育系统机构积极探索扩展领导干部培训工作的新路径，领导干部培训的组织形式出现崭新的变化，发展出分类、分岗和分层等组织形式，致力于教育系统领导干部培训的全员覆盖。上海市为建设高素质、专业化的教育行政干部队伍，适应向国际化城市的发展需要，以及不断提高国家公务员的履职和管理能力，组织实施不同类型教育系统的领导干部培训，划分为初任培训、任职培训、知识更新培训、实用能力培训等；北京市教育系统领导干部培训兼顾中小幼和职成教的学校领导干部、教育行政干部、培训机构培训者等三类，分类开展各种项目的培训，将中小幼、职成教的领导干部纳入培训教育的视野，培训教育的对象基本达到全员覆盖，分别对三类领导干部分岗培训，并且在国家所规定任职资格培训、提高培训、高级研修的格局下，着眼于教育家培养工程，遵循教育系统领导干部的成长规律，分后备、履新、发展期、成熟期、著名校长等"五层次"开展培训，从而针对不同层次领导干部的需要，为不同阶段教育系统领导干部的发展，提供及时有效的助力与支持。

第三，构建与优化领导干部的培训教学模式，保障领导干部培训教育的质量与水平。领导干部的培训教学模式是教育系统领导干部培训工作中的复杂系统工程。教育部中学校长培训中心通过不断探索创新，逐步形成富有特色的教育系统领导干部培训教学体系，即在原有专题讲座、经验分享、实践反思、现场教学和问题研讨的基础上，开发出案例教学、对话交流、情景模拟、方案设计、跟进服务等教学方式，从而逐步形成"十环节"领导干部的培训教学模式，建构较完整的领导干部培训教学体系；辽宁省各区域教育系统领导干部的培训机构在培训模式、培训内容、教育考察等方面进行有益的探索，由此丰富领导干部培训教学模式的内涵；沈阳市坚持以知名的高等师范院校为依托，利用高校优质的培训教育资源，并且将教育系统的领导干部培训扩展到省外和国外，实行短期受训和长期进修以及境内和境外培训相结合，充分地体现出开放性、国际性、超前性的发展特征；丹东市采取"授课与论坛交融""以论促训"的培训教学方式；辽阳市确立"专家引领—面对面—岗位自学—实践考察—总结提高"的"五段式"培训教学模式；朝阳市采用"以自学为主，重点讲授，联系实际研讨，应用理论指导实践"的综合培训教学模式；锦州市构建"讲授互动—参观考察—集体教育会诊"的探究性培训教学模式。上述模式的创新发展对保障和提升教育系统领导干部培训教育的质量与水平，都具有支撑与推进的作用。

第四，拓展领导干部培训课程建设的视阈，强化领导干部培训课程管理的分类组合与指导。领导干部培训课程建设是教育系统领导干部培训的核心工作，其中囊括专题报告、分组研讨、大会交流、课题研究等，但更多地关注专题报告的环节。随着教育系统领导干部培训教学模式和方法的更新发展，领导干部培训课程日趋呈现出多元化发展的局面，并且更多地采取分类组合和指导的方式。福建省将领导干部培训课程作为改革的切入点，在横向的方面将校长班的课程模块化，在纵向的方面将校长班的课程系列化，在分层次建设的方面加大对重点课程的支持力度，努力创建有影响的精品课程，而且加强"闽派"教育的特色研究，并且以领导干部培训来助推地域特色教育家的成长。为了加强教育系统领导干部培训的思辨性特色，在精心梳理数十校长专题的基础上，将领导干部培训课程划分为基础、核心、拓展等三大类，并且采取不同的方式来组织领导干部的培训教学。其中，基础课程以自主和网络的学习为主，以照顾不同起点学员的个别差异；核心课程采取专题辅导、小组研讨、参观考察等相结合，并且促使理论与实践相印证，从而深化关键的主题；拓展领导干部培训课程为迷你型小讲座，以求抛砖引玉，并且由此增加教学的信息量，从而提升教育系统领导干部培训教学的质量与水平。

第五，利用当地丰富的领导干部培训资源，打造领导干部培训教育的地域特色。在"十一五"时期，各地教育系统就近利用当地的培训教育资源，积极打造领导干部培训教育的地域特色。比如，基于当地名师名校开展领导干部培训，以及在当地培训教育资源的基础上，建构更加科学合理教育系统的领导干部培训体系。当然尚包括充分利用当地各具特色的培训教育资源，由此丰富与发展领导干部培训教育的区域特色内涵。辽宁省教育系统就存在这样区域性的领导干部培训教育工作经验。葫芦岛市针对当地教育改革发展的趋势与动态，将本地区有特色的教师教学经验和校长科研成果或管理案例，通过提炼作为校长培训的专题课程，应用于培训教学，从而极大地激发参训领导干部学员的积极性与主动性，同时开办校本管理研究的专题研讨会，以"基于学校、为了学校、在学校中"为主题，促使民主管理、人本管理、和谐团队等理念成为校长和教师的共识；大连市确立"基于网络环境下的校长培训模式"研究课题，通过培训方式和手段的变革来提高校长的信息素养，并且以大连教育学院的大连教育网、远程教室、数字化图书馆为依托，开发网上培训教育资源，并且除了在网络上开设论坛和博客团队之外，尚联合各县区成立大连市干部培训网络联合开发小组，开设校长培训的专栏，推介优秀校长的观点，发布相关的培训信息，从而引领自主学习。

第六，确立领导干部"大培训"的思想观念，构筑开放优质的领导干部培训系统。教育系统的领导干部培训不仅仅需要在教育系统或区域教育（即"小教育"）的范畴中来寻求改革发展，而且需要在"大教育"的范畴中确立起教育系统领导干部的"大培训"观念，从而构筑起开放优质的教育系统领导干部培训系统。河南省强调高质量的教育系统领导干部培训必须以先进的培训思想观念为支撑，要求各级教育行政部门与各干部培训基地牢固地树立终身学习和持续发展的思想观念，坚持正确的干部素质观、培训质量观和培训目的观，坚持与时俱进和实践标准，切实地满足社会和教育对高素质和专业化的教育系统领导干部队伍建设的要求；北京市教育系统的领导干部培训坚持"研训一体"和"研训互动"，积极地开展教育改革与发展的形势及热点难点、校长队伍建设的发展现状、培训需求、模式和课程体系的建设，以及培训质量标准和效果等方面的研究，组织课程改革与管理创新等研究课题，甚至开展教育系统领导干部培训实施方案专家论证等活动；云南省在抓好教育系统领导干部任职资格和高级研修培训项目的同时，认真地实施教育部和社会团体的各种合作项目，比如教育部—联合国儿基会"爱生学校的学校管理"、中国移动西部农村中小学校长培训，以及教育部—中国移动中小学校长培训项目，并且引入外援开展跨省和省地等合作培训项目，比如组织中国宋庆龄基金会"西部园丁培训计划"的星巴克农村校长培训班。

第七，加强领导干部培训文化的建设，推进领导干部培训管理的现代化。文化建设是对教育系统领导干部培训理念精神的形塑与扩展过程。云南省在规范领导干部培训管理的同时，着力打造有影响力的领导干部培训文化：首先，将先进的理念融入项目管理，即通过项目的实施，先进的理念不断地融入部分农村学校，并且获取校长、教师、学生以及家长和社区的认可，比如"爱生"项目的实施促使农村学校的校长知晓"爱生"理念及其与素质教育的紧密关系，理解学校的办学需要依靠共同努力，走出封闭办学的发展阶段，从而主动地寻求社会各界的支持，以及充分地利用社区的资源，加强学校与家长合作；其次，更加注重领导干部培训工作中的人性化管理，特别是将课程中的教育理念和人文精神渗入领导干部培训的过程，努力地打造积极和谐的领导干部培训文化，从而促使其成为凝聚和熏陶学员的核心力量。教育部中学校长培训中心注重加强教育系统领导干部培训文化建设，以和谐大气、服务教育、优质高效、追求卓越为价值的追求；强化统一和规范使用形象标识；坚持以培训文化理念为指导，完善各项管理制度；加大培训文化的宣传力度，围绕培训文化建设的目标组织各种活动，加强对外宣传工作，通过开展以培训文化为主题的各种活动，展示价值观念、培训理念和成果，从而持续地提升知名度和美誉度，由此为保障和提升教育系统领导干部培训的质量与水平，提供文化的支撑，从而促进教育系统领导干部培训管理的现代化进程。

二、教育系统领导干部培训的困难与问题

一是按需施训的问题。近些年来，教育系统的领导干部培训需求日益出现多样化发展的特征，教育系统的领导干部培训机构就需要尽力满足这样的培训需求，但按需施训尚存在难以逾越的现实矛盾，以至于影响到教育系统领导干部培训事业的科学与持续发展。在"十一五"时期，各地都关注对教育系统领导干部培训需求的调研分析，并且在分类、分层和分岗的组织形式中存在充分的具体体现。但教育系统的领导干部培训需求并非呈现为固定不变的存在状态，而是随着社会和教育形势以及组织和个体的发展变化，呈现出阶段性和差异性的特征，学校、部门和个体都存在特定的培训需求，必然就会导致产生诸多的矛盾与问题，以致出现成效与需求之间的现实差距，由此也就成为教育系统的领导干部培训工作中难以解决的困难与问题。为了突破上述的矛盾、困难与问题，各地亦都积极地探索如何有效地推进教育系统领导干部培训工作改革发展的路径和方法。北京市进行分类分层、主动服务、研训一体、整合资源、模式创新等方面的实践探索，上述的努力有效地提升教育系统领导干部培训的针对性与实效性。但毕竟教育系统领导干部队伍的整体水平尚不够高，区域教育的改革发展不断产生新的困难与问题，而且教育系统领导干部专业发展中的个性化需求又日益存在多样化的

特点。因此，如何进一步地探索和创新教育系统的领导干部培训模式，增进教育系统领导干部培训工作的针对性和实效性，仍然是必须认真面对和研究的现实困难与实践问题。

二是工学矛盾的问题。领导干部培训的工学矛盾是指社会工作与领导干部培训学习之间所存在的困难与问题。教育系统的领导干部培训在广义上可以纳入成人继续教育的范畴，但其又具有特殊性，毕竟已经不属于普通继续教育的范畴，而是对具有某种特定社会工作和地位领导干部的培训教育。因此，上述的矛盾与问题就具有更加特殊的性质与特征。在"十一五"时期，各地都采取各种有效的措施，由此减弱其对教育系统领导干部培训教育实际成效的负面影响，并且努力地将其转变成为积极的因素，从而产生具有正面的现实效果。但上述的矛盾与问题依然具有现实性的制约作用。北京市中小学校长培训学习的积极性较高，对教育系统的领导干部培训促进专业发展和学校改进的认同度也较高，但工学的矛盾呈现出较严重的发展态势。调查分析表明，临时性工作的干扰是妨碍校长参训的首位因素，平时工作的负担重是妨碍校长参训的第二位因素。机构改革之后，广西壮族自治区机关的行政人员数量大量地削减，但工作的任务却日趋繁重，致使教育系统的领导干部在参训与工作任务重之间的矛盾更加突显，尤其是承担重要工作职责与任务的领导干部，就显得更加严重，由此就给教育系统的领导干部培训工作带来一定程度上的困难。甘肃省教育系统领导干部培训中的工学矛盾显然更加突出，经常出现调训计划难以落实以及苦于抽调参训干部等不正常的现象。

三是师资建设的问题。当前教育系统的领导干部培训工作出现全新的发展变化，不仅体现为在新时期的社会影响作用不断地扩大，培训学员的规模和频次日益地扩张，而且参训学员具有更强的初始能力素质，充分地体现在其学习经历、社会阅历、职业发展、人际关系、思想观念等方面，这对培训师资的建设提出更高的要求，同时中国各项事业的发展对教育系统的领导干部能力素质提出更富现实性的紧迫要求，但当前教育系统领导干部培训的师资建设难以完全适应上述的现实要求。河南省教育系统日益增长领导干部培训需求和领导干部培训教师相对缓慢成长之间的矛盾日显突出，急需落实优质领导干部培训师资和资源的共享，同时需要强化面向绝大多数教师的业务培训；海南省由于教育系统的领导干部培训机构普遍地存在编制、待遇和投入不足的问题，难以吸引和留住优秀的人才，近些年尽管不断地整合与充实师资队伍，但现有的素质和结构仍不理想，尤其是高层次的师资严重缺乏；福建省中小学校长培训的师资队伍素质尚需进一步提升，省市县三级校长培训机构很少开展集体备课，省级培训机构对市县级培训机构教师的专业引领亦不够；随着区域教育的深入改革发展，河北省教育系统领导干部培训的教学师资水平与校长日益增长的知识需求之间越来越不适应，特别是市县教育系统的领导干部培训机构普遍反映，上述的矛盾与问题日益难以解决，然而由于现有领导干部培训的收费标准较低，以致这些领导干部培训机构尚陷入难以支付外聘教师高额讲课费的困境。因此，如何建设专兼结合、素质优良且相对稳定的领导干部培训师资队伍，也就成为当前教育系统推进领导干部培训工作中面临的困难与问题。

四是针对性和实效性的问题。当前教育系统的领导干部培训工作实践中尚存在参训领导干部对计划、内容和形式等方面的特定和具体培训需求，由此就要求教育系统领导干部培训的项目规划设计必须具有较强的针对性和实效性。同时，尚要呈现具有发展变化特征的动态系统，必须随着社会和教育等各领域的发展变化，不断地对教育系统的各类领导干部培训项目进行具体地部署，以便适应不断发展变化中现实形势的客观需要。但目前教育系统领导干部培训的针对性与实效性难以契合当前社会和教育等各领域改革发展的现实需要，以致出现诸多的矛盾与问题，甚至对教育系统领导干部培训的成效产生某些现实性的影响作用。黑龙江省在检讨"十一五"时期教育系统领导干部培训工作中的困难与问题时，就很客观地谈及存在上述针对性和实效性不够强的问题。比如，按需培训的问题解决得不够好，主要体现在教育系统领导干部培训的内容更新慢，适应时代的要求和满足领导干部成长急需的知识培训跟不上，同时缺乏自由选择的空间；领导干部培训的形式没有能够根据教育系统领导干部职业、年龄、文化、心理特点、差异对象的不同要求，而有所变化或创新，领导干部培训的方式尚显单调，领导干部短期培训的实际成效亦不够明显，以及难以调动领导干部参训学习的积极性和主动性，并进而影响领导干部培训的质量与水平。

五是资源整合的问题。领导干部培训的资源整合涉及教育系统领导干部培训资源配置与使用中的诸多环节，比如培训的经费和课程等方面以及区域和层级中的不平衡问题。由于各地域教育系统领导干部培训观念和社会经济发展等影响因素具有现实性的差异，领导干部培训在经费投入和政策扶持等方面也就存在程度上的差距，当然尚存在地域社会治理中资源投向等决策性的问题，上述的方面都会造成教育系统领导干部培训的资源整合出现区域和层级中的不平衡问题。与普通中小学校长相较，农村学校、职校校长、幼儿园园长在受训人次和规模上都存在较大的差距。北京市区（县）由于区域经济和社会呈现出不均衡发展的状态，教育系统领导干部培训的资源整合亦就存在诸多现实性的矛盾、困难与问题，甚至个别的区县在重视程度、经费投入、理念和思路、主动性和创造性、基地建设等方面都存在较为负面的表现，跟不上当前区域社会和教育事业的发展步伐，教育系统领导干部培训的质量与水平亦就不够高；河北省尽管明确地规定中小学校长的培训经费，但近些年多数的地区仍然依靠收取培训费来维持运转，由此严重地制约教育系统领导干部培训工作的开展。同时从重视程度、工作力度和受训者自身等视角来讲，认识和行为上亦明显存在诸多的问题，由此影响教育系统领导干部培训项目的实施成效。

六是体系建构与发展的问题。在当前教育系统的领导干部培训事业发展中，领导干部培训体系的建构是相对薄弱的环节，其实这亦是实现教育系统领导干部培训改革发展中的困难和问题，集中地体现在保障和管理等体系的建构方面，其中包括构筑教育系统领导干部培训系统及其内外部的沟通与交流机制、建立教育系统领导干部培训管理的长效机制、强化教育系统领导干部培训研究组织的影响作用，以及发挥教育系统领导干部培训系统的社会职能等问题。

"十一五"以来，四川省由于地区间的社会和经济等方面尚具较大的发展差异，教育系统的领导干部培训存在水平参差不齐、投入经费匮乏和管理经验不足等问题，保障和管理的体系尚待进一步地发展与完善，特别是要努力地实现地区间资源配置与均衡发展的目标；河南省教育系统的领导干部培训尚存在体制机制等方面的诸多现实困难与问题，特别是尚未构建经费保障的机制，需要协调资金和整合资源；黑龙江省教育系统的领导干部培训尚未建立完整的约束与激励机制，尤其是对领导干部培训学习的考核结果运用方面做得很不充分，特别是尚未将领导干部的培训学习与实际利益更加紧密地结合起来，以致造成部分领导干部培训学习的内在动力和外在压力呈现出相对弱化发展的趋势，由此在一定程度上减弱领导干部培训学习的热情与动力，进而影响教育系统领导干部培训的质量与水平。

由上可知，"十一五"时期教育系统的领导干部培训工作成就卓著，获取的经验亦很丰硕，但尚面临诸多的困难与问题。总结上述的工作经验，分析其中的困难与问题，不仅对保障与提升教育系统领导干部培训的质量与水平，以及做好今后时期教育系统领导干部培训工作的规划、计划及其实施，具有重要的参考与借鉴价值，而且为今后更长时期开展教育系统的领导干部培训，提供必要的支撑与助力，从而有助于更进一步地推进教育系统领导干部培训工作的科学与持续发展。

V / 形式变革论析
教育（学校）领导干部培训

夸美纽斯在名著《大教学论》中首次提出"自然适应"原则，即要求教育教学遵循一些自然的规律，其实就是作为世间万物中的个体人，即儿童自然成长的发展规律。身处人类社会中的个体人，尚需考虑到另一原则，即"社会适应"原则，由此要求教育教学遵循一些社会的规律，其实就是作为特定社会中的个体人，即儿童在现实社会中获取成长的发展规律。由上可见，教育教学必须考虑自然和社会的因素，并且需要将上述两者有机地结合起来。其实，教育（学校）领导干部培训亦应这样，这也正是此文的重要立论基础。

一、遵循"自然适应"原则：以世间万物的自然生长为拟喻

在世间自然界中，万物的生长都应该遵循一定的规律，其实这是自然界的常态。譬如，在植物的样态上，就存在树木、灌木和草类等。其实，上述样态的类别划分就存在一种自然的标准。比如，

树木是由根系、主干、枝干和叶片等组成；灌木显得很矮小，多丛生态；草类更呈现为低矮的样态，也是可以进行一定程度上的归类。既然存在这样的类别划分，表明植物的样态存在某些规律性的特征，其生长的状态也就存在某些共同之处。当然，尚存在特定植物地理分布上存在自然性的选择。古语有言，"橘生淮南则为橘，生于淮北则为枳"。其实，这也就道明植物生长环境的选择性存在。

上述的内容主要是在世间万物的自然选择层面，以植物的生长为具体的个例，阐明世间万物生长过程中的自然适应法则，其已获取诸多教育家和哲学家的广泛认知，其中以夸美纽斯在《大教学论》中提出的"自然适应"原则为主要代表。其实，中国的古籍早就做出阐述，比如"道法自然"揭示的就是上述这样的道理。其实，个体人也是世间万物中的一种类别，虽然存在种群上差异性的特征，比如肤色上存在不同，但在样态上依然存在共同之处，比如长有双手和脚；存在毛发，以及核心的头颅与身躯，并且存在一些生长阶段过程中的共同点。就教育教学而言，其功能中的重要点同样存在儿童身心的发展，这是儿童获取知识技能的重要物质基础。再从儿童获取知识技能的角度来讲，其途径与方法需要符合一定的自然特性，比如存在循序渐进、因材施教等教学原则，其实这是对儿童接受知识技能教育教学中"自然适应性"特征的一种概括性描述。就知识技能本身而言，其实是长期以来自然人在生存中的一种体验性和感悟性总结，也是一种自然适应的成果。由上可见，"自然适应"原则是人类社会中个体人获取知识技能的最根本法则。

那么，为什么教育（学校）领导干部培训形式变革需要借助上述的"自然适应"原则？这确实是需要解决的重要问题。其实答案很简单，即领导干部培训是一种成人教育教学的工作，也是在做"人"的事情。其中，教育（学校）领导干部培训是在更高的层级上具有职业性和专业性的成人教育教学工作，其中包括组织、教学和管理等方面的具体工作。无论是对较低层次的领导干部，还是较高层次的领导干部；不管是学历和资历较低的领导干部，还是学历和资历较高层次的领导干部，从终身教育和学习化社会的角度而言，亦都存在于一定成长的阶段过程。由上可见，教育（学校）领导干部培训亦应符合"自然适应"原则。

当然，尚需从职业性和专业性的角度来给予一种理性的分析。从职业性的角度而言，主要是强调工作的实践，对领导干部而言就是要做好领导和管理的工作，其中就存在遵循一定领导和管理的规律问题。毕竟，领导和管理并非具有严密实证的硬科学，而是为解决一定社会实践问题的软科学。因此对领导和管理干部而言，就必须在一定程度上具备某些领导和管理的能力素质，由此就需要掌握有关领导和管理的规律。当然对待不同的对象，其领导和管理的策略与风格就会存在差异。因此，领导和管理干部对规律性问题的掌握情形决定其领导和管理的工作方式，而这种规律需要符合一定的自然原则，即领导和管理干部亦需要遵循"自然适应"原则。从专业性的角度而言，目前主要存在如下两方面的理解：一是在领导和管理上的专业性；二是在科学领域中的专业性。当然对于那些"双肩挑"的领导干部，尚存在科学研究中的专门性。其实，这些专业性（或专门性）更加体现出规律性的存在，更加需要遵循"自然适应"原则。从上述分析的角度来讲，教育（学校）领导干部培训应该遵循"自然适应"原则。

"物竞天择，适者生存"讲的就是上述的道理。其实，"自然适应"原则的核心就是需要处理好形式变易与本质不变的问题。其中的重要方面是策略、方法和手段的问题，从避免出现"橘生淮南则为橘，生于淮北则为枳"这样不适应自然的问题。当然，上述的内容是从果实味道的角度而言的。若从生存的角度而言，这种情形又可以作为适应了自然的个案。毕竟，无论是结出了称作"橘"还是结出了称作"枳"的果实，都表明这种"橘"在不同的自然环境中获取了生存，这种生存的状态存在一种规定性的特征。教育（学校）领导干部培训亦存在上述"自然适应"与否的问题，毕竟受训者来自不同的教育（学校）组织机构，或教育行政机构，或各级类学校，而且存在地域、环境和条件甚至学历、资历、职务、经历等方面的自然差异，更不用说尚存在个体发展的自然差别。面对存在上述自然差异的受训者，教育（学校）领导干部培训就要解决一个重要的问题，即培训的有效性问题。由上可见，从某种角度而言，培训的有效性依然存在"自然适应"的问题，即为了提升教育（学校）领导干部培训的有效性，尚需解决在某种程度上所存在各种不适应自然的问题。

二、遵循"社会适应"原则：以社会制度的持续发展为拟喻

由"自然适应"原则到"社会适应"原则历经教育思想的深化过程。夸美纽斯提出"自然适应"原则之后，历经卢梭"自然教育"

的目的论与原则，"自然适应"原则在西方教育思想中占据重要的地位。当然，在教育思想的发展中，社会的因素逐步获取学者的注意，并且逐步朝向自然与社会并重的方向发展。第斯多惠提出"全人类教育"的理想，其中在以"自然适应"原则为基本前提下，提出"文化适应"原则，而且尚对教学的目标提出两种思想理论，即"实质教育"论和"形式教育"论：前者以获取知识技巧为基本的教学目标，后者以培养能力素质为教学目标。乌申斯基则提出另一重要的原则，即"民族适应"原则。其实，无论是"文化适应"原则，还是"民族适应"原则，本质上都是"社会适应"原则。此后的诸多教育思想家更将此种原则做出进一步的推衍，比如欧文、斯宾塞、杜威等，虽然都未明确地提出"社会适应"原则，但实质上都已由"自然适应"原则过渡到"社会适应"原则。涂尔干是将教育学与社会学进行紧密联系的代表人物，著述以《教育与社会学》和《教育思想的演进》等最为典型，其中后者从社会学的视界、以多元史学的方法，对教育"话语""知识制度化"及其权力关系，以及"教育思想体系的生产和选择机制"等诸多方面，进行深刻的阐述。其实，尚有诸多的教育著述皆以社会为系统背景，对教育的诸多理论与实践问题进行深入的论述，比如富尔的《学会生存》，其中提出终身教育和学习化社会的概念及其内涵。上述诸多内容的陈述主要是对"社会适应"原则的形成和发展，以及从思想史或理论的层面对教育与社会的紧密关系，做出某种简要的阐明。

上述原则的运用可以通过分析社会制度的持续发展来获取充分的实证。当前中国建设的是特色社会主义，这是邓小平理论的实质内涵。但在国际和国内的社会发展潮流中，形式的方面却历经诸多的发展变化，特别是具体表现在社会制度的持续发展方面。当然这种社会制度的持续发展依然是指社会主义制度。在建国的初期，中国的社会主义建设在怀揣"共产主义理想"中历经诸多的曲折，比如"大跃进""大炼钢铁"等，都是在上述实质"理想"下的一种形式表现，但在历经诸多社会发展的挫折之后，还是在形式上进行诸多的变革。

首先，表现在社会主义制度的陈述方面：由单纯的"经典理论"层面逐步地过渡到"社会实践"层面，即由"经典马克思主义"过渡到"特色社会主义"，提出解放思想、实事求是的实践方法。其次，体现在社会制度实践形式的内涵方面，比如经济领域引入"企业化经营"的方式，股份制改造成为国有大中型企业改革的重要形式；金融领域引入股票，炒股曾经成为一种社会现象的关键词；最典型的形式变革表现在农业领域——从小岗为求自存而开始分产到户，到农村联产承包责任制经营模式的确立，甚至当前农村城镇化过程中出现企业化经营的发展模式。上述的方面都表明中国农业领域已经历经历史性的形式变革过程。但在社会制度的持续发展层面，上述的形式变革并未影响特色社会主义的实质内涵。中国社会制度的持续发展过程深刻地表明，"社会适应"原则存在广泛层面的应用价值。其实教育领域的形式变革同样表现得非常突出。

在新中国成立初期，意识形态上的需要决定教育的内容和形式都具有显著的政治性色彩，但改革开放之后中国的教育教学出现显著的发展变化，具体的就是出现以科学文化为主体内容的教育内容、以素质教育为基本理念、以多元为主要特征的教育形式，并且形成教育开放的社会局面。确实，上述方面的形式变革同样并未影响特色社会主义的教育实质内涵，并且在教育实践的方面尚获取巨大的发展。由上可见，从社会制度的持续发展角度来讲，可以显著地阐明"社会适应"原则的应用价值。

其实，教育（学校）领导干部培训同样应该遵循"社会适应"原则。可以通过分析实质与形式的方法，获取思想和观念上的普遍认同。实质的本质是一种教育的目标，其实无论是普通教育还是培训教育，其目标都指向知识与技巧的获取；形式的本质则是一种达成目标的路径，同样无论是普通教育还是培训教育，都是以培养能力素质为旨归。确实，对从事和经营教育（学校）领导干部培训的人而言，获取上述的理性认识具有非常重要的意义。为什么教育（学校）领导干部培训需要遵循"社会适应"原则？同样亦是需要给予阐述的内容。其实，上述问题的答案就更简单，主要是社会的职业性所决定的结果，其中包含两方面的含义：一是社会的职业性需求；二是领导的职业性特征。确实，任何的个体人都是以自然人和社会人这两种身份而存在的。既然存在上述这样的社会人身份，就存在承担社会责任的使命。然而，社会责任的履行是通过完成一定的社会事务来实现的，而其路径就是社会的职业性需求。也就是说，每个人都是通过满足社会职业性需求的形式，从而实现人生的目标、达成生命的追求。当然，从个体人自身的角度而言，任何人都是特定社会中的成员，都要满足特定社会中的具体职业性特征。就领导干部的社会角色而言，则更加需要在掌握知识技巧（实质内容）和培养能力素质（形式内容）等方面都具有比较的优势，从而才能承担领导和管理干部的社会角色，即领导干部的职业性特征。因此，教育（学校）领导干部培训就应更加注重并遵循"社会适应"原则，由此满足社会的职业性需求与领导干部的职业性特征。

三、教育（学校）领导干部培训形式变革：对"自然适应"与"社会适应"原则的理性选择

按照哲学思维的基本逻辑，这里所谈论实质与形式之间的关系，其实就是不变与可变之间的关系，这亦符合传统经典《易经》中"阴阳变易"的哲学思想。其实，事物变化中存在不变的成分，这种成分存在一种实质性的内容。如上所述，虽然自然界的现象存在不断的发展变化，但世间万物的自然生长却存在一定的规律。比如，宇宙具有生成的规律，植物具有生长的规律，人类具有进化的规律。在具体的科学领域中，"日心说"揭示的是宇宙中恒星和行星等天体之间运动的规律；"万有引力学说"则阐明质量与能量之间的变换规律。诸此种种充分地表明，在世间万物的形式变化中，总是存在一些不变的实质内涵。其实，上述不变与可变之间的关系就是"自然适应"原则的重要立论基础。此前亦有陈述，人类认识与理解世界，不仅仅停留在客观的自然界，而且不断地扩展到人类社会，包括文化和民族等多种社会性要素。在特定的社会中，不仅会存在某些不变的内容，亦会存在某些可变的内容。比如，在社会制度的持续发展中，特色社会主义的陈述就是一种实质性的内容，客观地概括社会主义初级阶段的时代实质内涵，此即当前中国社会制度中的

不变成分，体现出社会制度的持续性特征，但这种社会制度并非停滞和僵化的体制，而是处在不断发展变化的过程之中，此即当前中国社会制度中的可变成分，体现出社会制度的发展性特征。由上可见，上述社会制度中的不变与可变同样揭示出实质与形式之间的关系。其实，上述的关系就是"社会适应"原则的重要立论基础。确实，无论是不变还是可变，其中都存在某种特别的变易或运动发展规律，即实质与形式之间的关系亦存在某些变化或运动发展规律。其实，所谓"形式变革"，主要是指在实践的过程中，需要关注自然和社会中的那些可变因素，以及遵循发展的过程中所存在不变与可变成分之间的关系，并且在符合规律的基础上推进可变成分朝向利于发展的正确轨道。

　　教育（学校）领导干部培训同样存在上述的不变与可变因素，由此达成"形式变革"的重要认识前提。但毕竟教育（学校）领导干部培训存在其特殊性，不仅不是普通教育的类型，同时不是纯粹意义上成人教育的类型，即教育（学校）领导干部培训中不变与可变成分之间的关系存在其内在的基本规律。确实，无论是强调遵循"自然适应"原则，还是强调遵循"社会适应"原则，其中的重点就是教育（学校）领导干部培训需要遵循自然和社会中的一些发展规律，其中就包含一些不变的实质内容。当然，上述不变的成分并非固定的不变，而是发展中的不变。其实，对上述概念的理解也很简单，比如特色社会主义——这是现阶段中国社会制度的一种概括，在探讨社会制度的持续发展过程中，这是不变的成分。由上可见，上述的不变只是相对的说辞，而不能进行绝对的理解，其实就是发展中的不变。教育（学校）领导干部培训中就存在一些不变的成分，比如领导和管理干部的职业性知识与技巧，此即教育（学校）领导干部培训中的实质内涵。当然，对具体的受训领导干部而言，其职业岗位、身心特征、工作经历、知识背景、社会关系等亦可以归类为不变的成分。其实，这些不变的成分正体现出自然与社会适应规律。由上可见，在教育（学校）领导干部培训中，其实可变的成分更能展示出培训教育的有效性，体现出对实质内涵等不变成分的适应。按照"形式教育论"观点，即体现在能力素质提升的方面。从上述的角度来讲，教育（学校）领导干部培训关键需要做好两方面的工作：一是领导干部培训需求调研，即需要分析具体领导干部或群体的不变成分，明晰教育（学校）领导干部培训中一些实质性的内容；二是领导干部能力素质提升培训，其实这是以领导干部培训需求为基本前提的，即以不变成分为前提，也就是对"自然适应"原则和"社会适应"原则的理性选择，然后就是强化对领导干部能力素质提升的培训，此即教育（学校）领导干部培训中的可变成分——"形式变革"的内容，其实这亦是体现教育（学校）领导干部培训有效性的重要方面。

由上述的理论分析可以获取一些基本性的结论：第一，开展具体项目之前，应该加强对教育（学校）领导干部培训需求中不变与可变成分的调查分析。需求调研是做好教育（学校）领导干部培训的首要环节，其主要的目标就是把握其中的规律，对"自然适应"原则和"社会适应"原则进行理性的选择，从而对教育（学校）领导干部培训的组织、服务和管理等环节，以及课程开发与实施，提供必要的支撑。其实，需求调研就是通过信息收集、整理和分析等处理方式，获取受训领导干部的相关信息，包括受训前中后三阶段的相关信息，需要进行数据统计和分类管理，以及作为分析探究的重要基础。第二，分析与探究相关的信息时，应该坚持一种相对的思想观念，即诸多不变的成分中尚存在可变的因素；而诸多可变的成分中同样存在不变的因素，即不变与可变并非绝对的提法。因此，在教育（学校）领导干部培训的课程设置中，就需要既开设一些"实质课程"，同时又开设一些"形式课程"，比如政策课程。对教育（学校）领导干部培训而言，政策应该属于不变成分的范畴，但政策却具有可变的因素，毕竟政策总在更新的过程之中。当然对领导干部培训而言，更为看重的应该是"形式课程"，其特点就是在可变的成分中体现出不变的因素，因此就需要归纳和综合相关的资源，并且提炼和形成相关的课程。第三，在培训教育课程的开发与实施中，应该体现分类管理和多元拓展的思想意识。教育（学校）领导干部培训属于成人教育的范畴，已经超越普通教育所注重知识与技巧传授的范畴，因此课程开发的方面就应更加重视以能力素质提升为目标指向的"形式课程"，而以知识与技巧传授为指向的"实质课程"则应该体现出多元拓展的特色。当然，课程开发尚需以分析与研究的结果作为前提性的基础，从而促使课程具有并保持新颖性、前沿性和深刻性的特征。课程开设的形式同样应该采取多元拓展的策略，比如可以开发综合、选修、活动、讨论、研究、参访和实操等多种类型的课程，同时需要重视问题意识、经验交流和问题解决，并且强化对过程和结果的分析与评价，从而推进培训教育课程的深度与广度。第四，在开展教育（学校）领导干部培训项目的前后，尚应注意组织、服务和管理等诸环节中的相关细节与交互问题，特别是需要在场域、人员和信息等方面建立利于实现交互的机制，以及改进培训教育的方法与模式，并且形成具有系统性特征的组织、服务和管理制度与体系，从而通过形式变革最终实现教育（学校）领导干部培训的科学与可持续发展。

京师履印习稿

平凡人生　踏实为要
——新时代青年应该确立的"三心"理念

中国具有五千余年的文明历史，积累丰富多彩的传统文化精神。但精华与糟粕并存，亟须去伪存真、去芜存菁，以及奉行"拿来主义"，由此融合中西、兼顾内外。现今的社会面临时代的转型，东西思想相互交融、市场经济急速推进，社会人心"浪涛激荡"。在新时代社会背景中，如何引导青年确立正确的人生观、价值观和世界观，亟须进行深切的省思。

第一，敬畏之心：在自由与约束之间，需要敬畏规律和契约。在现实的自然社会中，存在难以改变的客观世界——从微观的夸子到宏观的宇宙，由此需要致力于探索与发现自然界中的发展与运动规律；在现实的人类社会中，同样存在难以管控的社会契约——从规制的法律、规章到民间的习俗、风尚，由此规范社会的思想与行为。

在现实的自然和人类社会中，需要敬畏规律与契约。但可以通过科学探究，揭示和遵循客观世界的内在规律，此即科学技术的社会力量；可以通过改革发展，完善社会的契约，但一旦达成规制，则形成约束的社会力量。

敬畏规律，容易认识清楚。近代的中国落后挨打，存在切肤之痛。但敬畏契约，则难以理解清晰。因为行为逾越社会的契约，往往就会获取现实的暴利。由上可见，违背自然的规律，就会导致难以科技创新，往往就要背负发展之痛；逾越社会的契约，就会造成社会失序，往往就要承受现实之殇。

无论是在现实的自然社会还是在现实的人类社会，自由与约束都会存在特定的条件与环境，需要认识与理解客观的规律、改革与发展社会的契约。上述的方面并非彼此矛盾，而是相辅相成。作为新时代的青年，应该敬畏自然的规律和社会的契约，在享受客观的社会自由同时，自觉地接受既定的社会约束，即需要拥有敬畏之心。

第二，进取之心：在理想与现实之间，需要秉持进取的精神和热情。人生既是自然社会的成长过程，亦是人类社会的成长过程。马克思主义认为，人是一切社会关系的总和——既包括个体人与人类社会（包括人际）之间的关系，同时包括个体人与自然社会之间的关系。从上述的角度来讲，个体人既是自然人也是社会人。其实，社会的历史就是一部认识社会和改造社会的发展过程，并由此增长认识、理解自然社会和人类社会的知识与技术。

现今学习的内容就是前人长期积累而形成的既有知识与技术，

而学习的过程不仅是掌握既有的知识与技术，而且是发展既有的知识与技术，因而需要激发批判性的思维与创造性的思维，由此就为当前的教育提出时代性和挑战性的任务，即在前人所积累既有知识与技术的基础上，拓展崭新的知识与技术，此即新时代青年的历史使命与重要责任。

新时代青年如何承担现今社会的历史使命与重要责任呢？其中涉及理想与现实之间关系的认识与理解问题。温家宝曾经创作一首诗《仰望星空》，在"五四运动"周年纪念活动上又说出勉励北大学子的话："脚踏实地。"作为新时代的青年，既要仰望星空，更要脚踏实地；既要脚踏实地，又要仰望星空。上述的逻辑可谓一体两面。

平凡的人生并非不需要理想。理想需要崇高，但亦需脚踏实地，即需要正视现实，由此才能迈向理想的彼岸。青山为主人为客，峻岭做足人做峰。只有认识与理解客观的世界，才能更好地认识与理解自身。但既要认清现实的社会，又要不失激情与豪情，即需要认识与理解人生的乐观主义，以及秉持进取的精神和热情。

第三，平和之心：在社会（或家庭）与个体人之间，需要保持平和的心态和状态。客观世界存在复杂性和多样性的特征，可谓"龙生九子，各不相同"。新时代青年的禀赋、个性、兴趣，以及发展环境与素质基础等，都会存在显著的差别。因此，社会（或家庭）不应以相同的标准进行衡量，而该高度地关注自然禀赋和素质基础等方面的差异，尊重差异、因材施教、各成其才。家庭是社会的细胞，父母是最初的老师，更应认识、理解和尊重个体人的差异，保持平和的心态和状态，而不应存在严重攀比的心态和状态。

当前，社会市场的发展导致产生极具挑战性特征的时代抉择。传统"官本位"的思想和文化存在深刻的社会作用，普遍地强化"学而优则仕，仕而优则学"的思想观念，家庭和个体人经常受到严重的影响，反映在学校教育和个体人发展的方面，就是极为关注青年学生在校学习的成绩，因而导致出现"千军万马过独木桥"的应试局面。当然，其中的成因不仅仅是思想观念的问题，更重要的则是社会和教育治理的问题。

天下熙熙，皆为利来；天下攘攘，皆为利往——语出汉代史学家司马迁，充分地表明古代社会同样严重存在名利的思想。当代社会倾情名利者，更是数不胜数，而科学专家和大国工匠等对社会有贡献的杰出人物，以及日夜操劳的普通劳动者，则默默无闻、辛苦奔命，此即当今社会的怪现状。因而亟须提出如下问题：如何引导新时代青年确立正确的名利观？上述方面是非常重要的社会和家庭问题，当然亦是非常重要的人生与教育问题。

学校和学生（或家长）追逐分数，同样是当今社会追逐名利的观念体现，即现实的应试教育是社会名利观在教育上的映射。因此，应该引导新时代青年，充分地认识与理解两大社会与人生问题：一是客观的规律，比如不能获取改变的客观存在因素，自然世界和社会个体人的发展规律属于上述的类型；二是社会的契约，比如传统文化、法律法规、社会习俗、时代风尚，个体人难以改变上述的社会存在因素——当前社会的名利观就是这样的因素。因此，个体人并非就要极力地排斥社会的名利，但"君子爱财，取之有道"，即需要引导新时代的青年，保持平和的心态和状态。

现今的社会乱象频现、充满诱惑，亟须进行政策的科学设计与系统安排，从而为新时代青年的健康成长创造优良的社会环境与氛围。在当前的社会环境与发展氛围中，如何正确地认识与理解教育的本质，则是学校和家庭都要考虑的重要问题。中国的教育亟须实现由应试教育到素质教育，以及由素质教育到"学力社会"的转型发展，而不应仅仅停留在应试教育的层面、以追逐社会的名利为目标。乔布斯的生命历程就已提供极为重要的警示——人生更重要的是身体的健康，当然包括心理的健康，教育更重要的则是提升学力，而我们则更应积极地创设"学力社会"的教育环境与氛围，进行系统、科学和合理的政策安排，而非仅仅为了协助青年学生及其家长更多地获取社会的名利。

平凡人生，踏实为要。个体人存在于人世间，需要具有三种用心，即敬畏之心、进取之心、平和之心。前者对天地，中者对人生，后者对生活。新时代青年亟须积极涵养内心，常怀敬畏之心、进取之心、平和之心，即需要秉持三心理念。

文化与教育：何为基础

文化与教育，互相协同，促使能力素质的发展。但两者之间，常存主辅之别。言文化者，认为文化蕴涵能力素质发展的基因，乃教育的基础；论教育者，又言教育作为能力素质发展的途径，乃文化的基础。而在上述的辩论中，何为基础，遂成问题。

谈及文化，难以脱离社会的因素，社会乃文化存在的条件，营造文化发展的氛围，由此知晓社会文化的说法。但文化亦非仅仅社会文化，上述的说法过于宏观，毕竟尚存微观文化的内涵，比如风俗礼仪、经典图文，甚至更为细致的文化类别。

文化存在于社会，并且存在教育的功能，由此遂成能力素质发展的基因，时刻影响能力素质的发展。故言，文化乃教育的基础。

但上述的说法尚存问题。毕竟谈及教育，除却文化的影响，甚至文化的教育，尚存实际的需要，由此导致教育的具体化，即现实性的教育需要。后世的教育多以现世的需要为归依。言古者，不脱离现世；论今者，假借于经典。教育的素材由是而生，促进能力素质的发展，由此推动文化的发展。故又言，教育乃文化的基础。

由上产生悖论，文化与教育，何为基础？此为人类社会学的问题。人类社会的发展不可脱离文化与教育，两者互为表里，呈现阴阳的变幻。《周易》之理、太极之图，岂是凭空的杜撰？实为世界认识的结晶，由此或知中华文化的精髓、中庸思想的渊源。文化与教育，乃上述特殊的关系。其特殊也，乃世界的规律，由此互为基础。可见，言文化不应只见其"大"，论教育不应只言其"小"，此诚"大教育"认识的基础。

远程网络课程与现代教育教学的发展

人类社会历经漫长的发展进程，现代社会的各领域逐步进入高速进步的阶段。面对知识经济、数字技术、移动网络、生物科技等飞速发展的社会环境，现代的教育呈现出前所未有的崭新气象，正处在进步发展的关键时期。当前经济社会日新月异，教育的改革方兴未艾，同时现代科学技术迅猛发展，引起阅读方式、教育形式等产生深刻的发展变化。现在的年轻人更多地采用手机微信、WIFI、iPad 和电脑网络等阅读的方式，纸质的媒介逐步远离年轻人阅读的视界。可以想见，经过若干年之后，那时的年轻人对待现在纸质媒介的态度，或许正如当代人对待线装古籍的态度。

慕课（英文 MOOOCS，即大规模远程网络课程），已经成为当前社会和教育中的热词，人们在家、教室、自家车、海滩、丛林等地点，运用远程网络的工具和手段，就可以观摩全球各国家、著名学校、优秀教师以及特定教学地点开设的特色课程，并且可以与全球村中的教师、学生以及其他在线者交互研讨。由此可见，当前国内外社会形势、科学技术的发展等因素已经深刻地影响现代的教育，因此必须存在适宜的教育理论与之相对应，用以指导教育事业的进一步发展。慕课的出现标志现代教育存在巨大的发展机遇与时代挑战，造成现代教育行将再次超越现实存在的范畴，即逐步地从关注学校的教育向"大教育"的转变，社会的"大学校"行将再次以更为崭新的教育教学等方式呈现出来，因此需要在教育的观念上存在崭新的发展变化，才能紧跟现代社会和教育发展的现实需求。

现代教育教学的发展已经超越传统文字的范畴，开始关注工具、图画等方式，由此就对教育的研究提出崭新的课题。当前若要推进教育研究的时代发展，就必须建立相应的研究机构来执行。从上述的角度来讲，迫切地需要成立教育教学技术（工艺）研究所，特别是基础教育教学技术（工艺）研究所，专门从事教育教学工具和工艺的研究开发。同时，需要成立教育教学动画研究所，专门从事教育教学动画技术的研究开发。上述的任务相当繁重，应该给予特别的经费和政策扶持，从而更进一步地推进现代教育教学的发展。我们亦应认识到，上述部门的研究内容都与现代社会的实践发展存在紧密的联系，充分地反映出现代的社会和教育对人才培养类型的需求，即需要超越传统单纯文字教育教学的藩篱，努力地将文字、工艺、动画等要素结合起来，由此形成三位一体或多位一体的现代教育教学模式。这是现代社会和教育发展所需要的，亦是现代教育教学的重要发展方向。

故乡的山

记忆中，故乡的山是常绿的；心灵深处，故乡的山是温情的。它留有童年的足迹与欢笑，以及少年的忧伤与烦恼。喜爱故乡的山。它有带刺的毛栗，脆甜、爽口；它有酸涩的野柿、山楂，以及苦味的小野果——这些都是年少时最爱的东西。

盛夏过后，开始盼望九月的来临——这是满山挂果的时节。

俗话说，七月篷，八月长，九月毛栗笑哈哈。到了九月，毛栗露出含羞的笑脸，毛刺炸到半边，就可以直接去拣，而不用担心包裹的毛刺。

那酸涩的野柿，还是青青的，就迫不及待地摘了它。听老人说，放在冷去的炭灰中，就可变黄，且味道鲜美。于是，常常放入灰盆，天天地等待，嘴痒痒的，但天天翻出还是青的。待半月过去，果然变黄，味道美极。

故乡的山中，不仅有童年的美味，而且有层叠的山形，以及难以忘怀的记忆。

每逢春天，新生的柴苗，叶色微黄，但挺有精神，仿佛刚刚露头的小娃娃，软软的，怪令人怜爱。有时，找块嫩绿密集的地方，躺上睡会儿，任习习的微风吹拂，任树上的小鸟啁啾，任四周的枝丫抽绿，仿佛置身绿的天堂，周围都是欢快的小鸟呀、小虫呀——年少时，在绿的世界中度过。

那山顶上裸露的山石，仿佛故乡母亲袒露的胸膛，在上面休息一会儿，睡上一阵，坐上一会儿，欣赏着周围美丽的山色、水光，俯瞰着远处碧绿的秧苗、菜畦。那山石，就是故乡母亲的胸膛；那山石，寄托年少的快乐、甜蜜。

故乡的山啊，那山上一片片小叶，无不熟悉，无不令人爱抚。我爱它们，犹如爱自己的生命。它们曾是昔日的伴友。早晨，常牵牛来到这里；中午，常牵牛路过这里；傍晚，依然牵牛从这里经过。故乡的山啊，就是最初的情人，年长之后，更加情牵梦绕。

故乡的山啊，秀丽悠然，令人神往。常在月夜中，回想年少时的野趣；常在睡梦中，忆念山中的美味。这山啊，其实就是牢刻于胸中的年少记忆，以及不时怀想起的曾经希冀，无时不在心中。生命之树常青，这是你给予我的啊，故乡的山。

希 望

人生总是充满希望，无论在顺境还是在逆境。生命因为有了希望，才有了存在的价值。动物总是希望能够觅到食物，人类总是希望能够实现理想。在失败的时候，希望成功的天使姗姗而来；在成功的时候，又有了新的希望。

希望是路标，是十字路口的红色箭头。当人生的旅途历经荒蛮之域，是希望指引勇敢地披荆斩棘、降伏妖魔。有人在失败中奋起，有人在成功中沉沦，有人终生碌碌无为。在人生的旅途中，无不是满载希望之舟，疾驶在茫无涯际的海天。有了希望，便有了成功的动力，有了驶向彼岸的桨橹。凭着与狂风恶浪拼搏的勇气与执着，终究会有胜利抵达彼岸的时刻。

希望是启明星。它始终坐落在遥远的前途，犹如赛场的终点线，我们都是参赛的运动员。当在赛场上奋力拼搏时，它在我们心中是神圣的。虽然在观众看来，只不过是一条红飘带、一点星光——那便是能够获得的名次。无论在什么时候，有希望的生命，总将自己看成是参与者，而不是旁观者。旁观者清，当局者迷，而又有谁能够承认旁观者的冠军形象。但只要勇于参与，希望的启明星便不会陨落，生命才有存在的价值。当一个人充满希望，生命便特别地慷慨，赐予可以获致成功的机遇和条件。

希望是成功的前奏，是迎接进入成功殿堂的乐师。它始终为奋斗者摇旗、呐喊。当精疲力竭时，它会促使鼓起风帆；当懈怠失望时，它会给予精心抚慰，以便重整奋进的旗鼓；当抵达彼岸时，它会安排更为幽深的殿堂，促使切实地认识自己的浅薄，以及生命中希望殿堂的博大。

当人生充满希望地走过，在回首往事之时，就不再会叹息生命是怎样地虚度，亦不再会眷顾身后的挫折与坎坷，而只会对置于身后的坚实脚印，投去些许欣慰的微笑，说一声——未愧对宝贵的时光，而又迈上自己的路途。因为前面依然有希望之星，正在熠熠闪亮。

幽梦幻影录：梦境之解析

寻梦之旅，析梦之境，亦艰难事也。今为之。记弗翁故事，以解梦矣。

三顽童与鹅

梦中三顽童在外玩耍，此地为香蕉园，乃乙顽童家之香蕉地。甲顽童想摘香蕉而食，乙顽童阻止之。忽然，三顽童见香蕉地草丛中有一鹅，伏于草丛中安静从事。甲顽童决定逮之，以换乙顽童的香蕉，而以丙顽童为证人。乙顽童乃许之。甲顽童奉力逮鹅。逮住之后，送于乙顽童之手。甲顽童尚取一鹅蛋，已变蛋形也。甲顽童乃剥而食之。三顽童仍守前诺，鹅归乙顽童，甲顽童遂获香蕉而食。甲顽童归家，视家中鹅蛋置处，内有多家享用之名条。乃取而读之。其中有一字条，具甲顽童母名。遂知此鹅乃己每日食蛋母体，由是大悔。梦中所现，记之矣。

藏雏[①]记

幽梦幼时戏，田边藏禽雏。几只在田里，还有藏埂中。田间善嬉闹，悠然秧间游。埂中屏深藏，遮雏不易见。

邀友田埂上，拨开密枝蔓。但见白似雪，禽雏忽毕现。一摇二摆出，尽显婀娜样。捧在双手心，犹如握瓷瓶。耽于瓶易碎，拳拳护雏心。

梦中见儿时，几多乡愁在。少时长已矣，青春更易逝。中年奔在外，老时又何似。生若一禽雏，长似物自然。叹何不悠然，逍遥度此生。

古墓探访

梦见学校，正在建设，且工程浩大。前往探访，遂知古墓情形。

梦中古墓已现，呈两墓室：一放珍宝祭品，似已出空；二放普通白菜，仍置其中。但见岩上泉水潺潺，涮尽白菜残渍。而吾处于岩壁之上，探访古墓情形。

同行者尚有两人，位于岩壁更上方：一为老者，经验丰富；二为女孩，少年光景。当时吾正欲下岩壁，沿着泉流方向。老者见状，建议顺着无泉流方向。因为沿着泉流方向，青苔厚重而潮湿；而无泉流方向，则青苔略少且干燥。但吾仍觉恍惚，似有恐高症状。无

---

① 藏雏地：菜园田下方斜坡，墒边小矶斗田埂。

法再行而下，遂告消防。

后蓦然而醒，不知所终。梦中所见，醒后识之矣。

升落的飞燕

梦由境生，顿感幻化成为飞燕，翱翔在天地之间。

起先与友君攀爬悬崖峭壁，沿岩间小道而上，其间并无台阶，而窄至只容独人侧过。

瞬间幻化成为飞燕，张开双臂，飞至云霄，悠然翱翔天际。然后遽然飞落，降在狭窄地域。

前此攀爬，似乎尚需通行证卡。友君后方递送，而领头者己，凭卡带队而过。且与友君迅速攀爬，通过而上。

在急剧前行中，自己分明承担两类角色：领头攀爬的自己，以及幻化成为会升落的飞燕——在幽梦中幻变，煞是令人惊异。

高空翱翔之后，降于狭窄地域，且张开双臂，遽然飞落、瞬间飞升。

升落之后，遽然而醒。遂于恍惚中，笔录于纸上。

梦境解析

梦境多为印象深刻的光景，比如幼时特殊的喜好，情形多处在虚实之间，质料多为实，情节多为虚，即未必为真实地呈现，但却存在深刻和真实的质料。

梦境中，人体处在现实与幽冥之间，存在于人世与非人世之间，或与濒死的情景类似。

梦境发生，多在人体出现不适之时。幻梦中，灵魂进出人体，造成虚幻的场景，但却与人生的际遇或个人的喜好、嫌恶等，存在紧密的关联。

学术随谈

阳历三月末，正是江南风扬百花时，素有"烟花三月下扬州"语。吾出生在南方的乡村，十余岁前身处其中，虽然当时并未存在浓烈的感受——默然而立其间。随着时光流逝，后来离开家乡，远离江南的俊丽，再难感受扬花的时景。但年岁愈长，愈生莫名的思念，或生归根的感觉。社会日愈喧嚣，金权益发显著，学术或许是落魄心灵的寄托，确实已无现实的价值。但社会的发展不容裹足，否则落于孙山之外，毕竟尚有生存的竞争。在上述的方面，金权上如此，学术上亦如此，虽然此学术已经异于彼学术。所谓此学术，乃社会中的现世学术；所谓彼学术，乃理想中的纯粹学术。其实就社会的需要而言，上述皆为必需：前者可以成为社会进步上的智力支撑；后者则可以成为文化发展上的思维贡献。

日本"物哀论"随感

阅读本居宣长的《日本物哀》，其中论及日本文化脱离"汉意"的欲望，并谈《源氏物语》中的"物哀"论调，实在有所感慨。源氏部撰述《源氏物语》时，其父夫皆已丧去，可谓寡妇之言。日本文化在《源氏物语》"物哀"论调的影响下，渐次发展成为一种"寡妇"文化。但明治维新之后，由于日本社会出现时代性的发展，特别是"去中国化"思潮的泛滥，逐渐产生鳏夫文化的特征，由"物哀"的悲怨转换为具有鲜明强势特征的文化形态，此即日本型文化，显著的特征就是本土化、"去中国化"和西方化——前两者在江户时代即已出现，本居宣长的《日本物哀》就是明证；后者则在明治前后显著地呈现出来，特别是在清末中国鸦片战争失败之后的历史时期。

新年贺词

大厦、公寓、杏坛，汇五湖教育领袖；小桥、凉亭、曲水，聚四海学校精英。

国之兴盛，教育至大；教之大成，乃力共举。时光虽荏苒；情谊却难忘。

大教小治 执正坚行

大教之行，天下为念；民之所需为志，国之所求为业；非只以学校为场域，社会乃大课堂；愿酬在苍生，利泽于斯民；育民以力，成人之才。

小治之道，民意为先；国之所求为职，民之所需为政；以人民之是为纲领，官员成公仆役；权限在为民，力穷于社会；奠国以基，定民之德。

　　时光飞矢穿梭，诚宜早立大教小治之职志、政业，此乃浩然之正气、清源之活水。然终达此彼岸，实在执正坚行，育成才力，奠定德基。

咏　史

乾坤昌盛思危际，简帛蒙尘叹且哀。

豪壮青春为国洒，满腔热血刻史碑。

哀　项

垓下之围声名裂，乌江自刎子孙评。

倾城国色虞姬误？英豪一代悲风凝。

大江滔滔千载立，骁雄列列世间零。

隔岸灯火依旧在，何不策骓过江东。

送　别

犹记迎宾日，今已送客时。

虽无雨纷霏，却有离别意。

人生多路驿，扬鞭各奋蹄。

盼君达千里，莫忘长思忆。

后注：专门为送行第 27 期高校中青年干部培训班学员而作。

清　明

青山易老人未老，天堂何处话寂寥。

又逢清明时雨飞，寄情生死不逍遥。

感　悟

人生似龟兔，竞之又何如。

但晓终餐食，犹来争王寇。

释言：童话中有龟兔赛跑的故事，但现实中的龟兔只为餐食而已，若知终将成料食用，又何必去争做王成寇的事情。

重　游

　　题记：廿六年前，桐中师生春游浮山，今日与友重游，深有感怀。

　　　　浮云轻绕山尖，烟波弥漫禾田。
　　　　远眺群峰深处，人家点缀其间。

III

/

新诗习录

静　湖

期待的并非匆匆步履

尽踏碎茫茫无际心的静湖

留存浮泛光波荡漾的湖面

独有凋零成碎片的心绪

林间蜂蝶绕紫花间戏舞

奔来瞻望湖面波光细密的纹路

咏唱着长恨歌

吟哦着赞美诗

再也不见涟漪旖旎的光圈

熠亮波动不息的心湖

晚归的心

乘着陶子荷锄戴月晚归的梦船

尽情欣赏桃花诱人的芳香

看青青草长　少壮咸忙

羡成群牛羊　蚕茧盈筐

温煦阳光下翩翩的少女

领着落寞的亲娘

硕嫩桑叶在她们手心

飒飒风声洒满阴凉

夕阳抹红天边的云彩

映照陶子的恬然　钓台的清爽

和着晚归的心　在天底熠亮

归返的航船

这是早已熟悉的土路

小草依旧青青如毯

野花依然　山石依旧

凭风沐雨几千载

有一个身影

消失在群山秀色中

留下弯弯的小径

绵延伸向远方

远方有一艘航船

迎风舒帆志在远方

卅年而后

山色依旧　山岭依然

历经风光天下秀

饱览人间万事

航船开始起锚

正是归返的时刻

匆　匆

时针永不停息地拨动

把时光毫不吝啬地挥洒

当生命抵达尽头

有些人

留下永久的感叹

叹息年华虚度如许

叹息追求理想的豪壮

而

永不却步的灵魂

仍匆匆

匆匆地搜寻

当成功的一刻姗姗来临

又无愧面对多少匆匆

匆匆的时光

匆匆的人世

和匆匆而过

岁有荣枯的花草

故乡的小溪

爱的永恒主题

是故乡潺潺的小溪

把束束的相思

送至缥缈的远处

小溪水清　清得彻底

小溪水浊　浊得迷人

故乡潺潺的小溪

是爱的永恒主题

集涓涓的细流

汇入浩渺的海洋

小溪水细　细成银丝

小溪水洪　洪成奔龙

爱的永恒主题

是故乡潺潺的小溪

故乡潺潺的小溪

是爱的永恒主题

红　叶

无奈

秋风残酷

飒飒过

红叶片片落

地上

一层

天上

飞舞

康河边的石子

我们曾是

康河边的两粒石子

不慎同落入康河

轻风曾

抚摩我们的额头

河水曾

静静在身旁冲流

我们竭力地想

重归故里

再做康河边的

两粒石子

不幸

洪水冲毁我们的康堤

再也不能重筑防栏

我们不再是

康河边的两粒石子

只是

大海中的沙子

粒粒

走步伴随儿长大

恒儿满三岁了，我们送他到"三幼蒙班"上学，恒儿非常高兴——因为听我们说，"三幼"比之前的家庭幼儿园更大，小朋友亦更多。我们在同一单位上班，每天下班之后，总是提前去幼儿园门前等候，接他回家。

我们只有自行车带恒儿去上幼儿园，与汽车族的父母相比，好像有点寒酸。但恒儿没意识到什么，每天与我们高高兴兴地来回。冬天马上就要过去，天气渐暖起来。有一天，他的妈妈突然对我们说，"今天不骑自行车了，我们走步到公共汽车的站点，乘车上幼儿园。"恒儿开始很诧异，好像不太高兴。但在我们面前，他没怎么任性，只是跟着我们走。

我们的家距离公共汽车的站点，尚有很长的一段路程。出了家门之后，我们边说话边向前走。恒儿很听话，遵从我们的指挥，亦有说不完的话。我们就这样，边说边走。

刚开始走的几天，恒儿真的有点不适应，走了没有多久，就想让我背，蹲下做已累状。这时，他的妈妈总让背他一会儿。其实，恒儿并非特别的累，只不过找些借口，让我背他，还要给讲好听的故事。我们边走、边讲，他高兴的情状可想而知。于是，笑笑闹闹地到达公共汽车的站点。

恒儿确实长大了，四岁的他背在身上，时间久了，真的有点受不了。总该找出什么办法，解决这个问题，我想。每天，我们仍然走到公共汽车的站点，恒儿真的一天天长大，走的时间越来越长。但总会有点小脾气，不背一会儿还不高兴，以致噘着嘴到幼儿园，让我们放心不下。

恒儿最爱奥特曼！这也怪我，走趟安徽老家，给他带回太多的奥特曼（玩具、图画书和光碟）。看的时间久了，亦就迷上了。参加过一次家长会，老师批评幼儿带奥特曼上幼儿园的事，回去后便没收了他的奥特曼。但在很长的时间，他都很牵挂。每天从幼儿园回来，第一件事情就是要奥特曼。次数多了，感到有点不妥，于是就把奥特曼拿出来，还给了他。但提了一个条件：在上幼儿园、去公共汽车站点的路上，走赢了老爸，才能玩奥特曼。

第二天早上，在去公共汽车站点的路上，我们谈笑如同往日。恒儿很高兴，向前走得很快，好像没有再让我背的意思。天气时热、时冷，我们不敢给他脱下羽绒服。走的时间长了，他满头大汗，但仍然一个劲地往前走。我们夸奖他的进步，他亦很高兴。下班之后，我们依然急匆匆地赶往幼儿园，接他回家。从教室里出来，他习惯性地指指板报栏，介绍他的"作品"，然后下楼。在上公共汽车前、下公共汽车后，他都很自觉地在前面走，没有让我背。回到家，他即问我，"爸爸，我可以玩奥特曼了吗？"哦！终于明白了个中缘由。

以后，在来回幼儿园的路上，恒儿走得都很欢。我们说说笑笑地走步送接，他亦很自觉，每次都走在我们的前面。有时，他还跟我们说道幼儿园里的趣事，以及他的小朋友们，谁爱与他玩，谁带了什么东西，老师上了什么课，哪位老师对他好，甚至路上的鸽子和小草，都成了我们的话题。恒儿长大了，我从内心感到喜悦。

恒儿与往常一样，回家之后依然要玩奥特曼。总该想点办法，改变这种现状，我想。于是对他说，"恒儿，像奥特曼、孙悟空、金刚葫芦娃，这些东西都是小孩儿看的、小孩儿玩的，现在你已经长大了，是大孩子了，应该看些像《幼儿画报》《上下五千年》（儿童彩图版）这样的图书了。"刚开始，他还感到不耐烦，有点不高兴。

一天，他的妈妈吃完晚饭之后，需要去趟附近的超市，而他和我在家，于是缠着讲故事。我讲"盘古开天辟地""后羿射日""精卫填海""女娲补天""大禹治水"，以及"神农尝百草"等神话传说故事，他听得很认真，以致让我一遍一遍、不断重复地讲，他则不厌其烦地听。于是，趁机对他说，这些故事都是我从书中学习到的，你要是肯认真学习的话，以后会知道得比我还要多，到时候你就可以给我讲故事了。恒儿认真地听我讲，眨巴着双眼，聚神地看着我，好像懂得了什么。

恒儿确实长大了，每天从幼儿园走步回家之后，我也不用再太多地管他干什么了，他玩奥特曼，看各种图书，捡拾他的光碟。有时，我说一句，"该看书了"。他就自觉地走到读书区，看书去了——看他的画报、卡片，以及故事图书。现在，他还认识不了多少字，但我想，只要养成看书的习惯，知道读书的乐趣，长大之后肯定会知道得更多，给我——这老爸，讲更多关于他和其他的故事。

回忆我的小学老师与我的成长
——谈心目中的好教师

多少年之后，小学老师教给的知识，逐步地融入成长的过程，以致在记忆之域难以再现完整知识的印象，甚至有时连自己亦很困惑。前几天，恒儿拿回语文试题，询问韵母和声母的区别，但我们都很茫然，最后从思维之域中搜寻规律，才能给予满意的答复。这件事给了我很大的触动，小学老师到底要教给学生什么？这是需要思考的重要问题。

忆及我的成长，小学阶段的学习印象尚很清晰。但主要的并非学到多少知识，最深刻的是生动活泼、意义深远的社会活动。记得四年级时，学校组织当地最长大桥的落成典礼，让我的内心受到极大的震撼——大桥的宏伟气势让我体会到民众的伟大和知识的力量，给了学习的勇气与自信，促使更勤奋地学习。然而，在乡村小学的学习中，考试的分数好像并无太大的吸引力，并没有现在城市小学生经受的择校压力。

知识的学习是重要的。我最初的知识积累是在艰苦的学校环境中实现的。我的小学启蒙是在复式的班级中进行的。当时，所读的乡村小学只有三位教师，但需要完成三个年级所有课程的教学任务，往往老师先教低年级的课程之后，再给高年级上课，而此时的我遂提前拥有现在城市孩子依靠报各种超前班才有的学习机会，现在回想起来，感觉很幸福，或许这是乡村小学艰苦的学习环境送给的额外礼物。

忆及我的小学老师，总觉倍加温馨，最深刻的印象莫过于在我的成长过程中给予的表扬。可以说，语文老师一次不经意的表扬成就了我的成长，以致现在尚存无限的感激。乡村的小学生拥有的课外书很少，课本或许是唯一的参考。记得一次作文中，借用刚刚学到的课文中对鸬鹚的描述文字，形容教室前的一排冬青树，语文老师在全班点名表扬，特别夸奖学习过程中的活学活用。这次不经意的表扬给予我学习的勇气、自信和力量，以致在此后学习和成长的过程中，时常地提醒自己需要发现新的问题、提出新的思路，不断地联想、总结、提炼和升华学习的知识，力求做到举一反三，把学习的知识转变成思维的能力。

老师的榜样给予我了理想，最终选择学习师范，立志在教育中成就事业，时常思考相关的问题。恒儿从幼儿园毕业之后，开始小学阶段的学习过程，不由地让我忆起我的小学岁月，忆及我的老师和我的成长，以致对小学教育有了更深的感悟，更加对辛勤耕耘在小学教育领域的老师们心存无限的敬意。

在小学教育的阶段，老师到底要教给学生什么——这个并非简单的问题。固然，知识的学习是相当重要的——这是学生成长的基础。但关键是要把知识的教学转化为思维能力的培育——这是教育教学过程中需要关注的重点问题，特别是要培养学生学习的习惯。

现在要谈心目中的好老师，我想在小学教育的阶段，需要老师做好几点：多些表扬，少些批评，摒弃惩罚；不只教给知识，更应教会思维、培养习惯；多些社会活动，努力地建立社会发展与学生成长之间的联系，增强学生的勇气、自信与力量。

恒母习文

快乐伴随儿成长

儿子乳名恒恒，2001 年 5 月 18 日（农历四月二十六日）出生于陕西省西安市妇幼保健院。可能爱屋及乌的缘由，恒儿的外公非常欢喜他。当得知母子平安时，老人即赋诗一首，借以表达油然而生的情感：秦皖姻缘学院情，京城孕育长安生；产后出血脐颈绕，五八六六幸顺通；夜半煎熬魂离体，两股颤颤神不宁；诚善为本天遂愿，眉目清秀名恒恒。

没事时，经常翻看恒儿的照片。看他的照片，是一种简简单单的快乐——这种没有任何负担和压力的娱乐，能让我真切地感受到生命的可贵、生活的美好。恒儿象征着一段无忧无虑的幸福童年，让人怀念、羡慕。对入世已深的成人来说，恒儿更像是一股单纯、善良的清泉，缓缓地流进已经被现实渐渐磨平棱角的心灵。

恒儿三岁半时，我们送他上"三幼蒙班"，践行"蒙台梭利教学法"。该教育法具有先进的教育观和儿童观，强调以儿童为中心，尊重和了解儿童，遵循儿童的成长规律，努力地把握儿童发展各阶段的敏感期，有目的地创设良好的环境，提供直观和实效的蒙台梭利教具，让幼儿主动地学习，在愉快的动手、动脑过程中，促进潜能的发展、建构完善的人格。从恒儿的发展变化角度来看，这种教学法有益于他的成长。从小我们就发现，孩子具有独特的个性，以及很强的毅力与恒心，而这种个性的特点需要正确的引导，"蒙氏教学法"恰恰迎合他的性格。恒儿经常会在双休日过后的第一天，睡眼惺忪地对我说：妈妈，我想上幼儿园。这种主动的精神状态表明，幼儿园是真正的儿童之家。

在恒儿成长的道路上，我给孩子提供充足的阳光与快乐。在学习的方面，订阅《婴儿画报》《幼儿画报》；在生活的方面，提供充足的游戏时间。毕竟，游戏是孩子的天性，孩子是与游戏一起长大的，游戏可以促使孩子锻炼身体、培养品质、开发智力、提高学习效率，同时会带来生活的甜蜜、生命的润汁。这种美好而轻松的心境将帮助他积极地面对人生、理智地化解困境、艺术地营造生活，从而构筑起幸福和美丽的人生大厦。我们希望，游戏能够保持恒儿对世界敏锐的好奇心与旺盛的求知欲，以及拥有丰富的想象力和巨大的创造力。

父亲对孩子发展的影响与母亲同等重要。在家庭的教育中，若把父亲比作一棵大树，母亲则是一片绿草地。母亲更多地提供给孩子温情和舒适的感觉，而父亲则提供力量、支持与依靠。父亲对孩子的影响主要表现在品格培养、智力发展、社会心理，以及坚强、自立、勇敢等性格的确立方面——这是母亲在家庭的教育中不可替代的。天气渐渐地转暖，为了给孩子创造更多与父亲接触的机会，我们一起到幼儿园，接送恒儿，并且由自行车改为步行。开始时恒儿有些不太乐意，总用稚嫩的眼睛询问：妈妈，为什么要走路上幼儿园？时间久了，也就适应了。有时，走在回家的路上，他就像小鸟一样叽叽喳喳，不停地讲幼儿园的趣闻和轶事。在家之时，他的爸爸会给他讲"女娲补天""精卫填海"等神话传说故事，我会给他讲《幼儿画报》里的故事。在互动交流中，我们和孩子分享亲情的快乐、品尝浓浓的爱意。在与孩子沟通与交流中，我体会到为母的伟大与育儿的艰辛。

生命需要七彩的阳光，少年的心灵能够闻得到阳光的香味，听得到花开的声音。春天的阳光和鲜花同样属于孩子，身为父母者没有理由与权力剥夺孩子享受生命的美好。在恒儿成长的过程上，我们共同分享成长的喜悦，共同承担成长的烦恼。我爱我家，我爱恒儿。

母子赴日亲旅记

妻儿于 2008 年 7 月 19 日来日，至 8 月 13 日返国。赴日后的安排，既有对日本的进一步了解，亦有些许的遗憾。参观白根山、迪士尼、早稻田、银座、新宿、明治神宫、池袋、台场、学艺大等处所，由此增强对日本的感性认识，促使更加深入地理解日本，但期间亦亲历一些小插曲：

其一，雾满白根山。以前感受过大雾天气，但对大雾的无穷变化并无亲身体会。白根山参观过程中，感受到山峦间浓雾的变化与游动，异常壮观与神奇，变化万端、实幻迷离，令人心旷神怡。

其二，大畏庭园中偶遇孔像。胡锦涛于 2008 年访问早稻田大学，山东省政府赠送早稻田大学孔像，现安放在大畏庭园的一角。早稻田大学参观的当天，正是大畏庭园的开放日，故而见到矗立其中的孔像，栩栩如生、倍感亲切。

其三，参观 SONY 大厦的技术展。前往银座，路过索尼大厦，进入参观许久，欣赏到驰名产品基地的技术魅力。

其四，感受日本的科技文化。在前往台场参观途中，发现"翼龙展"广告，于是前往参观位于台场的日本科学未来馆。首先观赏"翼龙展"，其后逐层审视日本科技普及展览，实物操作，煞感可心。

其五，偶遇台湾地区的游客。在台场的滨海公园，偶遇台湾地区的随团游客，携带子女旅游而来。坐在沙滩路沿上，相互攀谈，很觉亲切，毕竟两岸同属中国人。

其六，享受恒儿的安慰。迪士尼是恒儿赴日的游玩目标。在游览过程中，恒儿成为主要的角色。途中恒儿声言自己不害怕，安慰我亦别怕。于是横下心来，陪恒儿狂玩惊险的项目。

其七，自由坠落中的惊吓。海洋馆游玩时，有个项目是自由坠落。之前与恒儿相互鼓励。结束之后，恒儿声称受到惊吓，仿佛被抛出去。途中紧抓保护杆。经历之后发现没事，感到很高兴。

其八，恒母的庆幸。游玩自由坠落时，有位女游客用车护卫推出，好像受到较大惊吓。恒母倍感庆幸，声称若亦参加，肯定是同样的结局。

其九，感受游灯与烟花。游乐场参观结束之时，见到了游灯；海洋馆参观结束之时，见到了烟花。上述表演各具特色、规模宏大，或许这正是东京迪士尼的魅力所在：游灯造型多样、魅力非凡；烟花雄鸡站立、水火烟交织。上述的情形着实令人心旷神怡。

教子有方法：困惑与尝试

天下父母，俱望子成龙与凤，吾亦然。

每日早晚，辄叮嘱恒儿曰：学习乃第一要务。然久之，仍未见效。遂自侃曰：政治育儿可终也。

莅日早起，改而嘱咐恒儿，学会考试亦素质。且以身作则。日课接儿回，嘱之曰：学习要"六到"。

何者？曰：眼到、手到、耳到、口到、脑到、心到。前四者，育感官；后两者，育心智。

某日，恒儿曰：何时吾已成囚徒！且怒曰：吾将罢学。吾无语。

妻兀自曰：生活亦学习，学习亦生活，何以使儿至此！乃从之。

越数月，恒儿生活有规矩，学习亦具精神。动情曰：爸妈乃吾友。

久之，恒儿身日健，学习亦有常，日日有进步。

由是，吾顿悟：社会乃大课堂，生活是真教育——此乃陶公生活教育之实效也。

我们的家庭教育行动

第一，将家庭建设成为兼具生活和学习的场所，努力地创设读书和学习的氛围，激发阅读和学习的热情，由此营造浓郁的书香、涵养生活的气息，养成读书的习惯。

第二，以学校教育为优先，处理好家庭教育与学校教育之间的联动关系，鼓励参加学校组织的足球队，参加班级组织的班干部选举等，以此锻造健康的体魄，培养参与社会性活动的综合能力素质。

第三，把历史文化的熏陶作为家庭组织社会性活动的立足点，强化历史文化的认识，增强社会理解的深度，注重历史文化场馆等社会设施的参访，促使认识与理解历史的人物、事件及其意义，从而积累历史的经验、开阔文化的视野、丰富人文的知识。

第四，对一些不好的方面，探索疏导与释放结合的途径，松紧相续而非绝对地禁止，比如漫画的读物和视频，采取限时、奖励、偶尔（解放）等多种方式，并且辅以言语的教育，引导进行更有效率的读书学习，并且促使成为一种生活和学习的习惯。

童 谣

少先队，走上前

少先队，走上前；扛红旗，做先锋；怀国家，爱家乡。

少先队，走上前；勤学习，争创新；早成才，添砖瓦。

少先队，走上前；宽心胸，善包容；慎思考，辨是非。

少先队，走上前；常自束，厚道德；养文明，树新风。

少先队，走上前；跟着党，齐努力；弘精神，扬中华。

恒儿习诗

春天的风

春天的风是染料

她一来

就染出了绿色的花草

春天的风是魔术师

她一来

就把太阳变得通红

春天的风是笑脸

她一来

就给人们带来欢笑

春天的风是画笔

她一来

就画出了五彩斑斓的世界

小雨点

小雨点

多可爱

落在花丛里

百花奇香满园

小雨点

多调皮

落在鱼池里

鱼儿摇头摆尾

小雨点

多淘气

落在手心里

好像神气活现的小精灵

云

春天的云

是画笔

飞入森林中

百花迎春怒放

夏天的云

是凉爽

流入瓜田里

西瓜香又甜

秋天的云

是飞翔的小鸟

飞向世界各地

把欢乐带给人们

冬天的云

是小花

把花瓣洒向大地

就像穿上层层的衣裳

春夏秋冬

春天、夏天、秋天和冬天
是一个四季的花园

雨滴
是春天花园的精灵
洒在小花、小草和小树的身上
希望它们快乐地成长

河流
是夏天花园的精灵
流过高山、树林和池塘，
让小朋友们随便玩耍、冲浪

微风
是秋天花园的精灵
吹过森林、山尖和楼房
让树叶在风中搭起神秘的走廊

雪花
是冬天花园的精灵

飘落在林间、河水和小朋友的头上

让花园成为世界上最欢乐的地方

恒儿习诗

未来世界

美术课上

画了一张未来世界的画

我想再过 200 年

汽车会变成带翅膀的飞车

带着我们飞向天空

飞往世界各地

那时

人们有一双跑如豹子

跳如袋鼠的鞋

能让人们跑跳如飞

不怕累

还有

那时的鸟

能和人们快乐地对话

同学们也画了

相信我们的梦想

一定会成真

恒儿习文

假如我是……

假如我是一个太阳，就会放出耀眼的光芒，让小花与小草、小树在一起，快乐地开放。

假如我是一棵小树，就会释放氧气，吸收二氧化碳，让大地万物茁壮地成长。

假如我是一只小鸟，就会唱出最动听的歌曲，让音乐老师编出优美的乐谱，教同学们歌唱。

假如我是一名天文学家，就会像列文虎克一样，发明五千倍的望远镜，看得更远，能够看见月球、金星和木星。

假如我是大地球，就会让人们快乐幸福地过日子。

恒儿习文

最喜欢的颜色

最喜欢的颜色是红色，因为它代表福气和正义。

我们戴的红领巾是五星红旗的一角，是很有纪念意义的。

夏天，同学们在操场上活动，都把红领巾扔了起来，操场一下子成了红领巾的海洋，这一个、那一个像一朵朵鲜红的小花。

秋天，香山的红叶就像一把火，把众多的小鸟引了过来，还把冬天引来了。

冬天，孩子们做的第一件事就是玩雪。他们有的打雪仗，有的堆雪人。玩耍结束了，小脸红通通的，像一个个红苹果。

春天，百花争艳。红红的月季，张开大大的花瓣，真是太美了。

真的喜欢红色。

恒儿习文

圆明园

今天，我们一家去了圆明园遗址区。我们先去看了残桥——英法联军破坏后剩下的一座桥。我在心里暗暗地想："这些桥又没把英法联军怎么样，他们破坏桥干什么？"

我们又去了黑天鹅观赏区。非常幸运，刚好看见一只黑天鹅，正在水中喝水。我赶忙用手机把它拍下来。嘿，还真可爱。

我们最后去了展览馆。在里面，看了一部有关圆明园的电影，给我留下了强烈的印象。于是，便写了一首小诗：

哦！祖国，伟大的祖国，

为什么咱们没有更厉害的炮火，

为什么咱们没有更先进的武器，

是因为我们不够发达，

或因为别的什么。

哦！祖国，伟大的祖国，

为什么咱们武器没有别的国家厉害，

为什么咱们科技没有别的国家发达，

是因为中国人的智商低，

还是因为别的什么。

哦！祖国，伟大的祖国，

你就忍心让英法联军浩劫圆明园的宝物？

不忍心！

可是为什么没能守住圆明园？为什么？为什么？

对！因为当时的中国没有更先进的武器，

没有更杰出的人才。

所以，现在我们小学生要好好学习、天天向上，

将来为国家造出更厉害的炮火、更先进的武器，

把英法联军浩劫的宝物都带回来。

崛起！崛起！崛起！

为了重造心中的圆明园而奋斗。

生态文明从我做起——未来的地球

呜呜呜！我们没有家了！嗯？这是谁在哭泣？啊！原来小鸟在说，它们没有家了。可它们怎么会没有家呢？因为人们过度破坏花草树木，所以很多小动物无家可归、四处流浪。

我想，如果人们以后依旧不改，那么后果可想而知！到那时，未来的地球会怎样？！让我想象一下：那时的地球，一定是人类几乎灭绝，而地球也不再是属于人类的地区。它的主人，一定是一些拥有超强能力的机器人，会让人类做它们想做的事。那时，人类的地区是小小的山包，人类的数量越来越少，只有十几或更少的人，而他们没有能力抵抗攻击力强的巨型机器人，只能无奈地等待救星的来临。在这十几个或更少的人中，也许只有一个人从不破坏树木，但最后累死——这是人类破坏花草树木的后果。如果人类不破坏花草树木，那么就算有机器人，人类也会拿起武器，打败机器人，因为他们是好人，不搞破坏，所以能够打败机器人。

希望大家，不要像那些坏人一样，乱砍滥伐、破坏树木。否则，不仅小动物们无家可归，人类也将灭亡，连地球都有可能遭受毁灭。

只有团结一心，都不破坏花草树木，人类、小动物、森林、海洋才能和平共存、和平共处。

我最喜欢的一本书——《科学家故事》

我最喜欢的一本书，是爸爸、妈妈给我买的《科学家故事》。

书中生动记载多位著名的科学家，包括牛顿、爱迪生、达尔文、居里夫妇、爱因斯坦、鲁班、毕昇、詹天佑等。其中，最喜欢的是爱迪生。在爱迪生发明的东西中，最喜欢的是留声机和电灯。

先说留声机。留声机是在纽约西南方的门罗公园发明出来的。1897 年 8 月 12 日，爱迪生发明的留声机即将诞生。在绘图能手鲁西的帮助下，世界上的第一部留声机诞生。

下面再说电灯。电灯的发明可比留声机难多了。爱迪生先后用了 1600 种到 6000 种用作灯丝的材料。先用了炭丝，又用了白金、钡、钌、钛、钼、锛、锆等稀有金属，可是效果并不好。后来又用棉线做灯丝，亮了 45 个钟头。这次实验让爱迪生很高兴。他接着研究，最后拿炭化竹丝做实验，结果亮了 1200 个钟头。电灯就这样成功地发明出来。

1929 年 10 月 21 日，是爱迪生发明电灯 50 周年的日子。但不久后，1931 年 10 月 18 日 3 时 24 分，爱迪生病逝。我们应该向爱迪生学习，努力钻研科学，以后为社会和人民服务。

《科学家故事》——这就是我最喜欢的一本书。

恒儿习文

神奇的 "0"

在我们的生活中，"0" 具有很多种的意义。

单看 "0"，它表示 "没有"，比如在足球比赛中，甲队和乙队的最后比分是 "0：1" ——这个 "0" 就表示甲队没有进球。

但是，"0" 又是一个数，它可以同其他的数一起参与运算，而且在一个整数的后面，加上一个 "0"，就表示为原数的 10 倍。

"0" 还是标度的起点或分界，比如每天的时间从 "0" 点开始；温度计以 "0" 度为零上和零下的分界。

啊！"0" 真的很神奇。

恒儿习文

珍惜我们身边的爱

爱是看不见的语言，爱是说不出的感谢。每天付出一点爱，才能快乐到永远。如果连爱什么都不知道，那真的罔为人。其实，身边有许多人爱着我们，我们也爱着身边许多人。

古时候，就有 "天地君亲师" 的说法，教导我们内心要充满爱。

天为宇宙，地为地球。宇宙给了我们生存的空间，地球哺育我们的成长。宇宙和地球都爱着我们，它像一位慈母，看着我们一点一点地长大。我们应该爱我们的家园，别再污染空气，多种树、少伐树，节约资源和能源，这样才是对天地的回报。

现在君王不存在了，朋友就显得很重要。可以将君换成友，我们应该爱自己的朋友。朋友是这个世界上最不可缺少的。没有朋友，就少有人帮助，就会感到孤独。我们应该爱自己的朋友，珍惜每一位朋友。

亲人中，有我们最爱的母亲，她养育我们。当然，还有我们的父亲，他教导我们。提到亲人，让我想起一则故事：

有一位铁匠的儿子，可怜又孝顺。父亲嗜酒如命，常常喝得酒气熏天。而一旦醉酒，他就会打他的儿子，因此他的儿子几乎每天青一块、紫一块地来上学，同学们都很同情他。

于是就对他说："哪有这么不讲理的父亲，竟然打自己的儿子？"而这位儿子却双眼含着泪水，大声地说："不！不是我爸爸打的，是……是我自己摔……摔的。"同学们只能无奈地摇头。

毕业典礼时，铁匠也来了，儿子获得年级的第一。但儿子一看到他就吓得浑身发抖，铁匠羞愧极了。他一把抱住儿子，发誓不再多喝酒，儿子也泣不成声。

听完上面的故事，让人感动得哭出声来。这就是父亲和儿子的爱——儿子爱父亲，父亲也爱儿子，即使存在过去的痛苦。

最后，要提到老师。我们应该敬重老师，他们是辛勤劳作的园丁，也是甘愿燃尽自己、照亮别人的红烛。古话说得好，"一日为师，终身为父"。对待老师，我们要保持敬重的态度，要像对待自己的父母一样。老师教给我们知识，养成我们习惯，让我们健康地成长。我们要爱戴自己的老师。

其实，爱就在我们身边，需要细心地寻找和发现，并且珍惜身边的爱。

恒儿习文

我的梦想

我的梦想是当一名科学家，发明世界上还没有的东西，比如能一边做饭一边打电话的机器人，还有能够帮忙洒水的车辆。

当然，少不了我们儿童的功夫梦——超级吸盘衣。这样，我们儿童就能像超人一样飞檐走壁。这件衣服就像章鱼的吸盘，能够牢牢地吸在想吸的东西上，比如在大门、窗户、高楼上面，而且可以快速地走动、慢慢地爬行，能够让工人们安全地刷油漆，而且它的上面还可以配有武器。

我一定会好好地学习，努力实现我的梦想。

恒儿习文

生活中的国学

在我们日常的生活中，许多地方都会用到国学。比如在学习的方面的"温故而知新"，在成长方面的"三十而立"——这些都是很经典的。

但对我印象最深的还是"三人行，必有我师"。原文是："子曰：三人行，必有我师焉。择其善者而从之，其不善者而改之。"它的译文大概是：孔子说，三个人同行，这里面一定有可以做我老师的。选择他们的长处加以学习；他们的短处也可以作为自我改正的参考。我认为，孔子的这句话是非常正确的。在生活中，肯定有很多人的长处，是我们可以学习的；肯定也有许多人的短处，是我们应该注意的。

说到这儿，让我想到身边的一个例子：一次，几个朋友约我与附近小学的足球队踢球，没想到他们的球技特别厉害，我们最终败北。但他们老骂人，所以我很不喜欢他们。这就正好应了上面的道理：他们球踢得很好，我们要向他们学习，但他们老骂人，我们要注意不和他们一样。这不就是一个例子吗？

当然，我所举的这个例子只是生活中国学的一小部分，还有很多的例子需要我们去发现。

恒儿习文

漂流书的故事

在一座金碧辉煌的收藏馆中，一本毫不起眼的书摆放在那里，寂静而又绝望地看守着最后的一抹书香。

公园里的长凳上放着一本书，一本包装精美、模样可爱的书。它静静地躺在那里，似要挺起胸膛，展示美丽的外衣，又高傲地昂着头，像是不屑正视任何人。

一个小男孩走过来，立刻被书的华丽、奇特吸引了。他高兴地抱起书，书正在为这么快就有人赏识自己而感到骄傲时，远远的话音传来："小明，你抱着沉甸甸的笨书干吗？爸爸刚给你买了一个电子书阅读器，咱们回家读书去。"小男孩想着轻薄精致的电子书，随着"砰"的一声响，书被扔到草地上。它惊呆了，眼前的一切让它不知所措，眼中的高傲似乎黯淡了一分。

一个白领走了过来，步履匆忙。他看到了书，同样被它华丽的外衣所吸引，想了想，把书插进开口的公文包，乘上列车赶去单位工作。书又变得神气起来，以为自己终于找到真正的主人。没有高兴多久，伴随列车的晃动、乘客的拥挤，书被挤到地上。白领看着书，皱了皱眉，戴上耳机，点开手机的听书软件，津津有味地听了起来，再没理会掉在脚下的书。人潮拥挤、摩肩接踵，书被踩得破烂不堪，再也不复之前的光鲜、靓丽。它静静地躺在列车上，眼中浸满血泪，昔日的高傲永远地失去了。

一个年迈的老人走了过来，他是一位德高望重的收藏家。看到地上破旧不堪的书，嫌恶地捡了起来，眼中突然变成惊叹，"呦，是一本老古董啊！"书被拿到老人的收藏馆，它的眼中又闪出希冀的火花。它只希望老人能够看看里面金玉般的话语，闻一闻那不多的书香。希望又一次破灭，它被放进玻璃罩，每日供人观赏，而从没有人注意到它的内容。

在金碧辉煌的收藏馆中，一本书静静地躺着。人们看着电子书、听着有声书，纷纷地与它合影。书什么话也没有说，只是静静地躺在那里，守护着最后一抹书香。

写给14岁恒儿的信

（正文）

恒儿：

　　好久了，想给你写信，但提起笔来，却又不知从何处讲起。现在老师布置作业，才有耐性，重又提起笔。因此，首先应该感谢老师给予我俩沟通的机会。讲起14岁的你，忆起14岁的我，你我注定会有不同14岁的经历、见解和想法。因为14岁的我，生活在偏远的安徽农村；而14岁的你，生活在令外地人歆慕的北京城市；14岁的我，父亲是经年承受重负的泥瓦匠，按照现在的称呼，就是农村手工业者，虽有一技之长，但难以凭此生计致富，勉强养活全家，更谈不上生活小康；而14岁的你，父亲是拥有博士学位的高校教师，按照现在的称呼，算是知识分子。虽然收入不丰，但足以满足你的多数需要，更别说营养和喜乐。因此，注定你我会有不同的发展道路。但有一点是相同的，就是你我都走在成长的路途之中。这时的你是学生，那时的我也是学生，你我的身份相同、道路相同，虽然目标存在差异，这是必然。现在的你，优裕无忧、个性十足；而那时的我，生活艰辛、学习刻苦。现在的你，可以毫无顾忌地购置图书，扩大阅读面，甚至拥有手机、iPad、电脑；而那时的我，只能拼命地学习教材，没有其他的辅导图书，甚至买不起纸笔。现在的你，可以悠然地边听音乐、边做作业；而那时的我，为了跳出农门，在炎热、蚊虫侵扰的夏季，脚底放上装水的木桶，在寒凉刺骨的冬季，走在大雪封裹的上学路途，往往到教室时已是满靴的冰水，感冒后鼻涕像泉水涌出，现在连自己都惊异，那时的我却能安之若素，两袖就是纸巾，也没有太过在意。现在的你，注定存在不同，时代在发展，社会在进步，还有你我生长在不同的家庭。但只要有一点是相同的，那就是你我都处在成长的路途之中，就已经足够。

14 岁，成长的年纪，梦幻的年龄，青春的岁月，美好的年华。14 岁的你，可曾想过树立人生的理想和目标？你我的起点不同，人生理想和目标会有差异，我的理想和目标是跳出农门、改变命运，你的理想和目标呢？ 14 岁的你，可曾想过父母的艰辛？你我的父母处境不同，但生活和工作的艰辛，你我都应该体会——只是我的父母是体力劳动者，你的父母是脑力劳动者。你注意到了吗？ 14 岁的你，可曾想过读书的乐趣？其实，读书并非负担，而是极乐的事情。古人云：天下第一等好事，就是读书。那时的我，因生活所迫、命途所愿，坚信读好书，就可以跳出农门、脱离贫困、改变命运，因此以读书为乐事，终日不疲、长久成趣。而现在的你，如何确立读书的乐趣呢？当然，人的发展不止在读书。现在的你，更应注重全面发展、提升能力素质，但读书是必经的路径。如何读书？是否想过。在我看来，第一要学会阅读经典图书。在现在的时代，读书更应选择，经典的图书历经时光的淘洗，值得花时间阅读。第二要学会鉴赏，要有思考性的阅读，养成撰写札记的习惯。俗话讲，好记性不如烂笔头。阅读如此，学习亦如此。第三要学会拣择。阅读分成不同的类别，有精读、有泛读。精读图书，有的值得用一天，有的值得用一周，有的值得用一月，有的值得用一年，而有的值得用十年、二十年，抑或一生；泛读图书，有的只需看看书名和作者，有的只需再看看目录，有的只需再看看结构，有的只需再看看文字，或 10 秒、10 分钟、半小时、两小时……当然，现在的学习，不仅仅只有阅读，还要学会操作，比如物理、化学、计算机，因为现在的时代，只读圣贤书绝对不行，更为重要的是要掌握现代科学技术的知识和能力，不仅在于谋生，而且在于谋业、谋大成。

语文、英语和数学是非常重要的，因为此三科是基础和工具。语文是国语，作为中国人，只有学好语文学科，才能更好地立足。英语是世界上应用最广泛的语言工具，并作为国际通用的语言。现在世界已经国际化，若要实现相互的理解，没有英语的工具和基础绝对不行，否则不仅阅读的范围会受限制，而且难以开阔视野、获取信息、掌握前沿、走向世界。数学是通向科学的基础和工具，若要学好计算机、物理、化学和生物等现代科学技术学科，没有数学的基础和工具，没有数学的思维和逻辑，难以获得成功。当然尚要强调，现在计算机日益成为基础和工具，而且是实用的基础和工具。

作为现代中国人，必须掌握计算机的技术和操作，学会运用和编程，甚至成为计算机方面的专家，因为平时经常需要处理一些操作和运用中的问题。只有熟练掌握计算机的知识和能力，才能更好地操作和运用。现在的学生，还要注意身体和心理的素质，以及综合的素养。没有健康的身心，只是学习好、能力强，仍然是不够的。没有健康的身心，就没有未来。因此，要学会调整身心的状态，提升身体的素质，保持心理的平衡，这样才会拥有更加美好的未来。同时，人总是生活和工作于社会之中，经常与社会中的人和事打交道，因此要自觉地提升自身的综合素养，包括社会的礼仪。说实在的，在历史抑或现实中，有些人的成功，得益于具备这样的综合素养，因此自觉地提升综合素养，也是非常重要的。

当然，要想获取更好的发展和成功，不仅要树立人生的理想和目标，而且要具有坚强的意志。因为做任何的事情，包括学习，都不会是一帆风顺的，都会经历失败。如何面对失败，这不仅是学习上的问题，也是人生中的问题。要正确地面对失败，因为成功固然重要，但失败乃成功之母，只有能够承受失败，才能最终感受到成功的喜悦，才能更好地走向成功。在由失败走向成功的路途中，要拥有坚强的意志——这种意志就是立足于对成功的期许，以及树立的理想和目标，也就是对这种期许、理想和目标的坚守。因此，持之以恒的坚守对走向成功非常重要。由此就知道，你的小名叫恒恒的缘由。

面对 14 岁的你，想说的话还有许多，或许你又会埋怨我的唠叨，但无论我是怎样唠叨的父亲，爱你的心都始终如一。别嫌弃我的唠叨，当有一天，我不再唠叨时，或许你会感受到一种失落。现在的我，就有这样的感受。拳拳絮语，难以言尽。但愿所言，能对 14 岁的你有所触动，至少可以作为曾经 14 岁的我——你的父亲，给 14 岁的你的寄语。

谨记：作为父亲，只能陪伴你的成长；人生之路，还得依靠自己。对于这一点，相信你懂的。无论怎样，我一直在你身边，为你呐喊、助阵，做你永远的粉丝，因为你就是我的骄傲。

后记

　　屈子曰，"路漫漫其修远兮，吾将上下而求索"。若有梦想，诸事可成，此言非虚。曾经仰望东方的天空，观瞻浮云高耸、氤氲，引发无限的人物想象，不禁产生屈子天问的意念。随着年岁的增长，坚毅地迈上辛苦的求学之路，由此造就坚忍不拔的意志、养成持之以恒的韧性，因而虽然历经人生的诸多磨难，但依然坚韧安卓、豪勇向前。傀集是书，忆念历程、感恩遇见，不禁发出几多的慨叹——对于人生，抑或对于社会。感念京师学事三十年，以此聊表纪念的意蕴。

京师之前的求学际遇

　　出身田垅间，幼时家境清寒。在小幼时，不仅参加人民公社末期的田间劳作，帮助大人拣稻、脱谷，早晨两小时仅挣两角的工分，而且承受以灌木果实充饥的难耐岁月——虽然那时已至新中国建设中生活饥荒的最末时期。正是由于承受过艰难生活的境遇，因而小幼始就特别地珍惜生命中偶获的恩赐，无论是天然还是人为因素导致的善果。

那时，农村地区没有幼儿园，甚至没有出现幼儿班，尚且规定只有超过八周岁，方可进入小学读书认字。但亦存在诸多优越条件，比如低廉的学费，虽然当时并没有免费义务教育的政策。可以说，低廉的学费是那个时代的特殊馈赠。但即便只是那样的低廉学费，家庭依然难以承受劳力缺乏和经济贫困的压力，甚至缴不起几元的杂费。仍旧记得小学时，经常早起去田间、地头拣掐药草，然后卖给收购人，每天挣得几角，可以换取上学用的纸笔，以及补贴家中的油盐开销。

回忆起来，小学的阶段确实在懵懂中匆忙地度过，甚至已经记不得如何考取了初中，只在记忆中仍旧感受到些许童年的片段，虽然儿时的玩伴业已星散，或为了生活而已远行，或仍居偏僻的乡野，甚至有的已到另外的世界——此刻切实感受到生命的脆弱和人世的无常。在上述成长过程中，最强烈的记忆仅存参观练潭大桥，以及获取老师表扬时的骄傲，其他的记忆渐次模糊，甚至已经遗忘殆尽。

初中阶段的学习历经一种不自觉的勤奋状态。当时仅有的愿望就是持续努力学习，或许志愿摆脱家庭的窘困，即实现最初的人生理想——脱离出身的现状。现在看来，那时的勤奋是一种不自觉，而非一种自觉，并未确立什么崇高的理想。对农村出身的学生来讲，这样或许是普遍性的状态。在上述愿望的驱使之下，初中阶段的学习显得很亢奋，课堂上向老师学，路途中捧书本学，回到家练习着学，晚上依然勤奋地学，甚至夏季时足入冷水中学，冬季身在火桶中学，除了一日三餐，一直是一种不自觉的勤奋状态。由此，在课外书极为缺乏之时，仅仅读透课本，成绩却一直很领先，以致进入闻名当地的桐城中学。

桐城中学是人文汇聚的名校，"桐城派"享誉清代中国文坛二百余年。学校的创始人是清末中国"桐城派"文学的著名代表人物——吴汝纶，其日本教育考察及其著述《东游丛录》对清末中国的教育改革与学制厘定产生重要的影响作用。建国之后，桐城中学很早就成为安徽省的重点中学，享誉皖省内外，科技、政治与学术等领域的名人遍布于世界。在桐城中学就读，可以时刻地感受桐城文化的熏陶——桐城文庙、六尺巷、左忠毅公祠、老街、寺庙等，学校中尚有盛名的碑亭阁、刘邓大军挺进大别山时的会议旧址，以及"桐城派"著名人物——姚鼐手植的银杏树。同时，学校的教师文脉相传，注重"桐城派"文学的教学与研究，集聚大批涵养深厚的古文学术大师和人文教学名师，由此奠定最初的文科基础。

京师学习的勤奋时光

1990年走出桐城，前来京师求学，入读北京师范大学——昔时的京师大学堂师范馆，其拥有师范类大学的翘楚地位。最欣赏的是学校的图书馆，因而经常忆念在馆阅读的美好时光。若说桐城中学给予最初的文学素养与文化涵养，那么北京师范大学则给予丰厚的知识积淀与潜能拓展。印象最深刻的教室是教学七楼，最受专业熏陶的场所是英东楼，而最感快乐的地方则是图书馆，由此形成知识获取中的三位一体格局。大学生活主要的内容是知识的学习，日常的生活则集中在宿舍、水房、食堂和操场，偶尔前往附近的书店，翻阅新入的图书。大学的生活是枯燥的，但亦是丰盈的，可以润泽知识的甘露、激发自身的潜能。但日常的生活确实异常辛苦，至今思之亦会泪湿沾襟。然而泳于知识的海洋、骋于无际的沃野，身心的感受却是美妙的，由此奠下知识范畴的博广基石，以致可以在学科之间自由思索。

感念教学七楼和图书馆报告厅的学术报告与拓展课程，由此极大开阔学术的视野（时间与空间），从而知晓学术前沿与博广的重要，于是更加重视知识的摄取。同时，专业课程是基础性的专业存在，应付考试是重视的必然目标，当然尚存重要的指引作用。图书馆则更成为可以有的放矢地获取知识的无穷宝库。回忆在北京师范大学的七年时光，60% 以上的就读时光都在图书馆中度过，而 30% 左右的则大多散布在聆听课程和参与活动，当然亦会存在班级同学和昔日故友的叙谈。校外的活动是极少的，常去的就是西单——偶尔会闲逛西单的图书大厦和商场。当时的公交算很方便。

在大学的期间，正值京师城市建设提速的发展阶段，以致出现翻天覆地的发展变化。逼仄的三环路拓宽，四环路的建设在不知不觉中开启，随后尚有五环路、六环路的建设，乃至七环路的规划，京师大交通建设如火如荼。道路的建设只是京师发展变化的重要侧面，而求学的期间目睹京师城市的发展变化，则更加增添对改革开放的信心，以及对国家复兴和民族崛起的自豪。

京师职事的平凡日常

求学的时期是短暂的，毕业之后步入社会，是人生路途中的必然选择，即使依然就业于学校教育机构。硕士毕业之后，前来国家

（高级）教育行政学院工作。当时在北大的昌平园办公，任职于杂志社，编辑内刊《高教领导参考》。最初住在北大的昌平园内，后来居住在位于西城区二里庄的集体宿舍。每天上下班，乘坐学院的班车，路途拥堵颠簸、异常辛苦，因为当时八达岭高速路尚未修整、路窄车多。在昌平园内上班近一年之后，学院迁至位于大兴区的清源北路——原先中央电大的旧址，而后者则迁往西城区的复兴门，现今更名为"国家开放大学"。在清源办公之后，先后历经杂志社、培训部、教研部等部门的工作循环，形成蜜蜂采蜜的"8字形舞"，其间，历经北京大学攻博和东京学艺大学访学，由此实现专业与科研的蜕变转身。

京师职事的日常是平凡的，但同时是神圣的。面对高阶的行政单位和高层的专业人士，平凡的日常定会存在不平常的音符。在杂志社的初始，为了熟悉业务工作，经常前往京师各大学的党委、校办等党政部门，组织相关的制度文件与管理文稿，因而亦认识一些部门的领导，建立相关业务的联系；在培训部的期间，参与制订、修改培训规划和教学计划，编校参考资料与日常联聘教员，具体实施培训教学评估，甚至组印、搬运和分发资料汇编，以及日常联系院车接送教员等，故而逐步熟悉学院培训工作的详细流程；在教研部的期间，参与学院培训教学组织的日常，主持专题报告与分班研讨，组织名校考察和现场教学等，践行学院培训教学的工作，因此亦就实现职事与学术、理论与实践的紧密结合，进而提出文化、社会和教育等相关理论，逐步地构建起自己的思想体系。

2009 年 3 月（日本访学归院）之后，在完成岗位日常任务的同时，开始清理学术科研积累的材料，集中在学位论文和访学札记的规整。2011—2019 年，先后出版《文化理解视野中的教育近代化研究——以清末出洋游学游历为实证个案》（2011）、《大教育系统在日本的运行与在中国的构建》（2014）、《大教育系统札谈——在中国与日本之间》（2015）、《日本型文化札谈——在历史与现实之间》（2016）、《东京游学丛录》（2016）、《后羿计划与嫦娥计划——应对日本型文化侵华的策略构想》（2016）、《教育转型的文化诠释——清末中国西学教育思想研究》（2018）、《东京见思录——个人体验的社会史（2007.10—2009.03）》（2019）、《中西文化理解与中国主体观的兴盛——以清末出洋游学游历为实证个案（第 2 版）》（2019），提出中国近代化研究的"中国主体观"理论模式、中国特色大教育系统思想理论，以及日本型文化、社会和教育理论。

京师学事三十年的感悟

1990 年至今，京师的学事已满三十年的岁月——从求学于北京师范大学，到任职于国家（高级）教育行政学院。在慨叹光阴如梭、时光倥偬的同时，内心不禁产生诸多的感悟。

第一，应该感谢赐予生命和生活的父母至亲。父母之情无际，生命之光有限。父母给予生命与生活，但终归不可赐予终身。享有父母的恩赐之光时，需要存在光合作用的意念，珍惜生命和生活的恩惠，感恩父母的舐犊深情与生命萤光。在享有父母的恩赐之时，尚需有意识地给予反哺之报，及时地酬谢父母赐予的生命与生活。毕竟父母的生命与生活同样可贵，而且极有可能反哺已晚，以至于追悔莫及。因此，回报父母的深情，确实应该及早而行。

　　第二，应该感谢生命和生活中的所有遇见。出身不可预见，但赋予生命与生活却可以遇见。在人生成长的路途中，总会遇见各种类型、形形色色的个人或群体。无论其是否存在助益，其实都是生命和生活路途中的遇见，需要至诚地表达感谢，即使某些群体或个人并非助益于人生的成长，抑或阻碍于生命和生活。善待各种遇见，其实是对人生的彻悟与反省，既要感谢生命和生活路途中遇见的各种恩惠，同时尚要感谢生命和生活路途中存在的各种阻碍——毕竟往往会成为生命和生活路途中的强劲推力，促使认清生命和生活的本质，彻悟人生奋进和成长的真谛。

　　第三，应该感谢生命和生活中的崇高奉献。某些集体或个人，并非赐予生命和生活的父母至亲，亦非赋予生命和生活的各种遇见，或许只是生命和生活中的一种远望与崇敬，比如历史的创造者、时代的形塑人，更多的则是在社会的各行业中做出奉献的集体或个人，比如铺路架桥的工程师、创新发明的科学家、纵横捭阖的企业家、抗击疫情的逆行者。正是借助诸多群体或个人的社会光热，生命和生活才会如此丰富多彩、熠熠生辉。因此，感谢生命和生活中的崇高奉献，就是热爱生命、感恩生活，乃至就会胸怀一股积极奉献、乐观有为的热情，做出生命和生活中的崇高奉献，由此光照人间、普惠他人。人生若此，亦不幸哉。

严加红

2020.03.02